『無刀』のおっさん、
実はラスダン攻略済み

「今時の若い者は――なんて言う大人に、
なりたくはなかったが」

藍川英二
Aikawa Eiji

ダンジョンマスターを倒した元・英雄。
今はダンジョン観光企業のサラリーマン。
今でも世界屈指のＡ級レンジャーだが、
素性を隠して生きている。

「よし。やるぞ」
呼びかけると、未衣と氷芽は表情をいちだんと引き締めた。もう肩に力は入っていない。刀を抜いて、杖を構えて、獲物から視線を切らさないよう注意を払いながらじりじり間合いを詰めていく。

ルージュスライム
危険度はE。スライム系のなかでは比較的獰猛な種だ。戦闘力も高めだが、元素系魔法ならどれでもよく効いて、使用者には狩りやすい。
「大丈夫、教習を思い出せばできる。お前たちならやれる」

朝霧 未衣
おじさん！
明日ごはんつくりにいくからね！
悪いな。
食後に剣のケイコつけてよね！
それはもっと偉いレンジャーに教われ。
やだ！
何故。
だっておじさんが世界最強だもん
Send Message

朝霧未衣

Asagiri Mii

かつて英二の仲間だった大魔導師《ウィザード》・舞衣の姪。
英二を慕って弟子入りし、
一緒にダンジョンに潜って欲しいとお願いする。

『無刀』のおっさん、実はラスダン攻略済み

Once Upon a Time,
The "No Blade"
in Last Dungeon.

末松　燈

illust 叶世べんち

INDEX

Once Upon a Time, The "No Blade"
in Last Dungeon.

SUEMATSU TOMORI
illustration by KanaseBench

■始章　～かつての英雄～

今から三十年前。

藍川英二《あいかわえいじ》が、まだ小学生だった頃だ。

世界の七ヶ所に大深度地下構造物――いわゆる「ダンジョン」が出現した。

そのうちのひとつが、英二《えいじ》の住む東京都八王子《はちおうじ》市にも現れた。

八王子ダンジョンは七つのうちでもっとも危険で、かつ未知の資源にあふれていると目された。

ゆえに「ラストダンジョン」と呼ばれ、憧れと恐怖の的となった。


『低迷する日本に、ラストダンジョンによる恩恵を！』


そう考えた大人たちは法律を整えた。関東に住む少年少女を訓練して、都立中学・高校の科目に「探索」というカリキュラムまで設定して、凶悪なモンスターが跋扈《ばっこ》するダンジョンへと送り込んだ。

何故《なぜ》、大人が行かないのか？

ダンジョンには様々な結界が張られており、そのうちのひとつ「年齢制限結界《エイジ・リミッター》」によって、生後十八歳未満の人間しか足を踏み入れることができない。「銃火器制限結界《ファイア・リミッター》」も存在するため、少年少女はRPGのように剣を手にしてダンジョンに挑むことになった。

ダンジョンを支配するのは、最深部に棲《す》むダンジョンマスター。

そのラスボスを倒すため、英二《えいじ》は過酷な訓練を積んだ。

幼なじみの来栖比呂《くるすひろ》、桧山舞衣《ひやままい》と三人でパーティーを組み、危険渦巻くダンジョンに青春のすべてを捧《ささ》げたのだ。

◇

ラストダンジョン出現から、十年。

英二《えいじ》たちが高三の夏。

ダンジョンに潜ることができる、最後の夏。


「さあ、いよいよだ」


リーダーの比呂《ひろ》の言葉に、英二《えいじ》と舞衣《まい》は頷《うなず》いた。

三人はついに第99層、ダンジョンマスターが潜むという祭壇の目前にまで迫っていた。

「これで俺たち、英雄のなかの英雄だな。日本を救った救世主サマってわけだ。これからの人生楽勝、イージーモードだぜっ！」

緊張をほぐすための軽口を叩《たた》く比呂《ひろ》に、舞衣《まい》が苦笑する。

「気が早いですね、比呂《ひろ》くんは。それはマスターを倒せたら、ですよ？」

「倒せるさ。ここまで辿《たど》り着《つ》けたのは俺たちだけなんだから。なあ、英二《えいじ》？」

体各部のストレッチを入念に行いながら、英二《えいじ》は答える。

「さあ。英雄はわからないけど――楽しみだよ」

「楽しみ？」

「ダンジョンマスターって、どんな姿をしてるんだろうな。何をしゃべるんだろう。どんな性格なんだろう。どんな耐性を持っててどんな攻撃をしてくるのか。使う魔法は元素系なのか、オーラ系なのか。倒せたら、いったい何が起きるのか――。考えただけでわくわくするよ」

比呂《ひろ》と舞衣《まい》は顔を見合わせて笑った。

「出たよ、英二《えいじ》の『わくわくする』が」

「はい。これなら大丈夫そうですね」

英二《えいじ》は首を傾《かし》げた。

どうも、自分の感覚は他の探索者たちとはズレている。

「よし、英二《えいじ》のおかげで気合い入った！　行くぞ！」

比呂《ひろ》が、剣を持って立ち上がる。

舞衣《まい》が、杖《つえ》を持って後に続く。

しかし英二《えいじ》は、何もその手には持っていない。

即《すなわ》ち――「無刀」。

そんな英二《えいじ》の背後で、舞衣《まい》がそっと耳打ちした。

「英《えい》くん。《零牙《レイガ》》は使っちゃだめですよ。本当の本当にどうしようもなくなった時にだけ、わたしが合図しますから」

「ああ。《終牙《シュウガ》》だけでなんとかしてみせるよ」

それは、すでに何度も打ち合わせていることだった。

なぜ、今また聞くのだろう？

「……あの、英《えい》くん」

「なに？」

舞衣《まい》はもじもじしながら言った。

「もし、無事地上に戻れたら、わたしに時間をくれませんか？」

「いいけど……なに？」

「い、いま聞かないでくださいよぅ。そのとき言いますのでっ！」

薄暗いダンジョンでわかりづらいが、舞衣《まい》の頬は赤く染まってるように見えた。

◇

激闘の末――。

英二《えいじ》たちはダンジョンクリアを成し遂げた。

……………大きすぎる犠牲を、払って。

◆

あれから時は流れて二十年。

英二《えいじ》たちの活躍の甲斐《かい》あって、ダンジョンの危険度は大幅に減った。ダンジョンマスターの消失によってモンスターは弱体化し、トラップもおおよそが解除された。「年齢制限結界《エイジ・リミッター》」もなくなり、誰にでも広く開放されたのである。

となれば、人間が考えることは決まっている。

このダンジョンをビジネスに活用することだ。

たとえば資源採掘。

ダンジョンには貴重なレアメタルやレアアースが豊富に眠っている。さらに「幻想資源」と呼ばれる神話上の物質までもが発掘され、現代のゴールドラッシュが起こった。長く低迷していた日本経済は、ダンジョンがもたらした莫大《ばくだい》な恩恵で立ち直ることができた。

もうひとつあげるなら、ダンジョンが日本の国土となったことだろう。

全部で99層あるダンジョンのうち10層までは開発が進み、資源採掘場と化した。それは、まさに「領土の拡大」であった。第1層などは生活インフラが完璧に整えられ、ダンジョン事業や魔法研究に従事する人々が小都市を形成するほどになった。

八王子市には国内、そして世界中から観光客が押し寄せた。

昨今は配信者も多く見られるようになり「ダンジョン潜ってみた」動画は一億回以上再生されることもザラにある人気コンテンツとなった。

ダンジョン関連の事業で最大手なのが「日本ダンジョン株式会社」だ。

世間では「ニチダン」と略して呼ばれている。

ニチダングループの規模は日本最大級であり、その傘下には多くの子会社や孫会社、さらにそれらの「下請け会社」が存在する。

そして――。

一万以上はあるニチダンの下請け会社のひとつ、主にダンジョン観光事業を行う「八王子ダンジョンホリデー」。その小さな会社に、二十年前の大英雄・藍川英二《あいかわえいじ》（37）の姿がある。

ラストダンジョンクリアの偉業を、世間に隠して。

ただの平凡なおっさんとして、社畜としての日々を細々と送っていたのだが――。

■01　無刀のサラリーマン

八王子《はちおうじ》ダンジョン第1層。

新宿区の二倍の広さはあると言われる広大な地下空間の一角は、今日も多数の観光客でにぎわっている。

「皆様、右手をご覧ください」

女性ガイドが指さしたのは、地面に突き立つ巨大な角である。

血に濡《ぬ》れているような、紅《あか》い角。

高さは五メートルほど、大の大人が見上げねばならない高さがある。

「かの有名な『Rの角』でございます。二十五年前、地上への侵攻を試みた巨大な火竜レッド・ドラゴンが、英雄たちと交戦した際に残したものでございます」

十名ほどのグループから歓声があがる。地方から来た老人ホームの一行で、角を見上げながら入れ歯がはずれそうなほど大きく口を開けている。

この名所は、第1層を訪れた者が最初に驚くポイントだ。

「Rというのは、火竜の呼称です。そのあまりの恐ろしさ、強大さに、いつしか名前を呼ぶのを憚《はばか》るようになったのです。多大な犠牲を出しつつ、かつての英雄たちはRを撃退し、第11層の地下火山へ追い返すことに成功しました」

再び観光客が歓声をあげる。次々とスマホカメラのシャッターが切られ、何を思ったか、数珠を片手にナンマンダブと唱えるおばあちゃんまでいる。もっと近くで見ようと身を乗り出すおじいちゃんもいたが、高いフェンスに阻まれて届かない。先日子供が角によじ登る事案が発生して以来、フェンスはより高くされた。

「英雄たちの活躍でダンジョンは平和になり、今やこの第1層は地上の都市と見た目は変わりません。昔は岩ばかりの洞窟でしたが、この二十年で急速に開発が進んだ『ジオフロンティア』なのです」

ガイドが促し、観光客はぐるりと周囲を見回した。

「公園やマンション、コンビニやスーパー、映画館など、都市にあるものはひと通り揃っています。お日さまだけは地下なので差しませんが、代わりに『エーテル』と呼ばれるダンジョンにしか存在しない幻想物質によって、一日中ずっと明るいのです。植物も人工観葉植物《フェイクグリーン》によって補われております」

ガイドの背後は二車線の道路になっている。排気ガスが出ない電動自動車が走り、交差点には横断歩道も信号機もある。地上と違う点は、辺りをぴょんぴょん飛び跳ねるスライムの存在だ。人間に害を為さないようペット化されたもので、観光客に名物の「スライムせんべい」をもらってキュイキュイ甲高い声で鳴いている。
微笑《ほほえ》ましい光景だ——と、藍川英二《あいかわえいじ》は思う。

ダンジョンが平和になった証《あかし》だ。

自分たちが命を賭した甲斐あって、こんなのどかな風景が見られるようになった。悪くない。あのRと戦ったのは中学一年の春だ。その時に負った脇腹の火傷《やけど》は、梅雨の時期になると痛む。しかし、それがこういう形で報われたのなら、悪くない。

今の英二《えいじ》は、ダンジョン観光会社勤めのサラリーマン。黄色のネクタイを締め、スーツに社名の入った腕章。肩書きは現場主任、もっぱら会社では「主任」と呼ばれている。

「ちょっとそこのアンタ、トイレはどこかいね？」

「あちらの土産物屋の裏です。少しわかりにくいので、ご案内しましょう」

こんな感じでツアー客の相手をする。ガイドの女性がまだ新人なのでそのお目付役も兼ねてというところだが、ようは何でも屋である。職場には他に「免許持ち」がいないのだ。

その免許とは——。

「ところでアンタ、何しとる人？　あの別嬪《べっぴん》ガイドさんの上司け？」

「申し遅れました。私はこういう者です」

道すがら、名刺を差し出した。主任の肩書きと、英二《えいじ》の持つ「資格」が書かれている。

「あらまあ『A級レンジャー』けえ？　人は見かけによらんねえ」

七十歳くらいと思《おぼ》しきおばあちゃんは、無精ひげが目立つ英二《えいじ》の顔をまじまじと見上げた。

レンジャー。

プロのダンジョン探索者の名称であり、その国家資格の名称でもある。

レンジャーは一般に開放されている10層よりさらに深く潜ることができる。なかでもA級は国や大企業に依頼されて深層まで冒険し、レアアイテムを持ち帰る。億単位の収入を稼ぎ、世間の尊敬と憧れを集める。今や小学生のなりたい職業一位がA級レンジャーだ。

だが、英二《えいじ》の職業は観光ガイド。

正直、人気はない。レンジャーなら深層まで冒険してこそ。浅瀬でバチャバチャやってるやつはダサイという風潮だ。なり手は少ない。C級D級がしかたなく、嫌々やる仕事だ。

「A級なら、もっといい仕事があるんじゃないんかね？」

「かもしれません。ですが、私はこの仕事が好きなのです」

英二《えいじ》は、観光客がダンジョンを楽しむ姿を見るのが好きだった。

少年時代の戦い、その苦い過去が、この平和な光景を見ていると少しだけ癒やされる。

「A級って、どこでも刀を持って歩いてもええんじゃろ？　江戸時代のお侍さまみたいなエリートじゃろ。なんでアンタは『無刀』なんじゃね？」

英二《えいじ》は苦笑した。

「そういう特権はありますね。でも私には必要ありません」

「そうなんけ？」

「私の職場は第1層《こ》ですから。深層まで潜ることは、もうないでしょう」

おばあちゃんがふと立ち止まった。

何か気を悪くさせたか――と一瞬、思う。

ところが彼女は、しわくちゃの手を合わせて英二《えいじ》を拝んだ。

「アンタがガイドをしてくれとるおかげで、ワシみたいな独り身のバアサンでもダンジョンに来られた。みんながお宝に目の色変えて潜っていったら、ワシらは置いてきぼりだでなあ」

ありがとう、とおばあちゃんは拝みながら言った。

英二《えいじ》は身をかがめて彼女と目線を合わせた。

「失礼ですが、ご主人やお子さんは？」

「夫は先月亡くなった。息子は二十五年前にダンジョン《こ こ》で亡くなった」

「……そうでしたか」

「親不孝もんでな。ダンジョンで一旗あげてくるゆうて上京して。連絡もろくに寄越《よこ》さんまま、さっきの『R』と戦ってそれっきり。……遺体も、返ってこんくてねえ」

英二《えいじ》は軽く目を伏せた。

それから再び目を上げ、おばあちゃんの肩を優しく叩いた。

「ご子息が生きた場所を、ご主人の分までご覧になっていってください」

彼女は目を細めて頷いた。

これが、英二《えいじ》の仕事。

かつて仲間たちと駆け抜けたこのダンジョンを見守ることだった。

◆

第1層南西部に位置する「巨竜湖《きょりゅうこ》」のほとりに、その小さな慰霊碑は建てられている。

『英雄たちよ　安らかに』


よく手入れされた石碑に、ただそれだけの文章が刻まれている。

十年に及ぶラストダンジョン攻略では、百万人を超える少年少女たちが散っていった。ダンジョンにほど近い八王子市南大沢《みなみおおさわ》には国が管理する立派な慰霊碑があり、そこでは毎年、総理大臣はじめ政府首脳が訪れる立派な式典が催されている。

だが、公式《それ》だけでは埋められない情というものがある。

息子や娘、恋人、親友を喪《うしな》った悲しみは、たったひとつの慰霊碑で受け止めきれるものではない。

この小さな慰霊碑は、富山県から集団上京してダンジョンに挑んだ少年少女たちのために建てられたものだった。富山の県人会が建てたものだ。この隣には青森、さらに隣には島根と、他の団体が建てた慰霊碑もこの第1層には無数にある。

小さな慰霊碑では、人々がそれぞれのやり方で死者と会話している。

そばにしゃがみ、両手を合わせ、じっと目を閉じたまま微動だにしない若い女性。

「元気か」「食べとるか」とつぶやくように呼びかけている初老男性の目には、光るものがある。

その隣では、英二《えいじ》と同じ歳《とし》くらいの男性がコーラを掲げている。今どき珍しい瓶のコーラだ。わざわざ探してきたのだろうか。きっと戦友の好物だったのだろう。

英二《えいじ》が案内したおばあちゃんは、隣の婦人と同じように目を閉じて祈りを捧げていた。何かをぶつぶつ呟《つぶや》いていた。「ばかもんが」「親不孝もんが」。微《かす》かな声が耳に届いてきた。やがて、それは湿った嗚咽《おえつ》に変わった。

特別、今日がなにかの記念日であるわけではない。

毎年十二月二十五日が「ラストダンジョンクリア記念日」として国民の休日になっているが、そんなことは関係ない。

ダンジョンでは毎日が誰かの――名もなき英雄の命日である。

世間がそれを忘れても、遺族が忘れることはない。

英二《えいじ》は少し距離を置いて、そんな彼らを静かに見守った。

その時である。

「近づかないでくださいっ。お参りの途中なんです」

毅然《きぜん》とした声に続いて、騒がしい大声が響いた。

「いいじゃん。このまま俺たちとボーケン行こうぜ」

「そうそう。あんな辛気くさいジジババの相手しててもつまんないっしょ？」

振り返ると、この春に新卒入社したばかりの新人ガイド・椎原彩那《しいはらあやな》が、輩《やから》二人に絡まれていた。

彼女は紺のワンピースにジャケットを身につけ、首には華やかな赤のスカーフを巻いている。

「バスガイドみたい」と他社から言われている制服だが、スタイルのいい彩那《あやな》にはよく似合っている。しかしその魅力は、時にこういうトラブルを引き寄せてしまうことがある。

「実は今、カメラ回してンのよ。ほら」

輩が見せたスマホには、困惑する彩那《あやな》の姿が映し出され、配信コメントが流れていた。

『ガイドさんマジかわー』

『口説けるんスか青木サンw』

『A級だからってイキんなよ』

『罰ゲーム待ってるぞー』

盛況なコメント欄に、青髪はニタリと笑った。

「『ダンジョンでナンパしてみた』ってうちのチャンネルの企画でさ。君が来てくんないとオレ、罰ゲームで5層までソロ特攻しなきゃいけなくて。助けると思って。ね？」

髪を青く染めた輩と、黄色く染めた輩が、しつこく彩那《あやな》に絡んでいる。

二人ともチンピラの風体だ。半袖シャツから伸びる腕には「オーラ系魔法」のタトゥーが刻まれ、腰にはシルバーアクセで飾り立てた日本刀を帯びている。

青髪が口説き役で、黄髪はニヤニヤしながら動画を撮影している。最近はダンジョン配信がブームで、この手の連中は珍しくない。なかには過激なことをして再生数を稼ごうという「迷惑系」も大勢いる。高そうな金のネックレスをぶらさげているのは、配信の稼ぎなのだろう。

中学生のなりたい職業一位が「ダンジョン配信者」である。

A級レンジャーになれるのはひと握りの天才のみという現実を知った小学生が、配信者ならばと夢を変えるのだ。実際、人気配信者になれれば一攫千金《いっかくせんきん》も夢ではない。

「動画を撮るならちゃんと条例を守っていただかないと罰せられますよ。それと、お客様を侮辱するのはやめてください」

彩那《あやな》は慰霊碑に彼らを近づけさせまいと両手を広げている。研修中はツアー客と一緒に迷子になったり、クレームに泣かされたりと先行きが思いやられたが、最近はしっかりしてきたようだ。

とはいえ、輩二人が相手ではさすがに荷が重いか――。

なかなか口説けないことに苛立《いらだ》ったのか、青髪がくちゃくちゃ噛《か》んでいたガムをぺっと地面に吐き捨てた。それは近くにあった慰霊碑の根元に落ちた。彼はそれに気づきもせず、彩那《あやな》にニヤケ面を近づけることに夢中だった。

英二《えいじ》はガムを拾い上げ、ティッシュでくるんで歩み寄った。

「これ、落としましたよ」

声をかけると、青髪は怪訝《けげん》な顔で振り向いた。

英二《えいじ》に気づいた彩那《あやな》は、パッと表情を輝かせる。

「主任、申し訳ありません」

「いいから。任せろ」

部下を背中にかばって、英二《えいじ》は輩たちと対峙《たいじ》した。

相手が手を出せば、届いてしまう距離だ。

「なんだ、おっさん。邪魔すんなや」

「落とし物です」

ガムを差し出すと、青髪は怒りをあらわにした。

「馬鹿かお前。捨てておけよ、そんなもん」

「ゴミのポイ捨ては厳禁であると、入窟時に注意があったはずです」

チューイだってよ、と黄髪が笑う。撮影は続けたままだ。

「いいだろ別に。どうせお前らが後で掃除するんだろ？　むしろ感謝して欲しいね。底辺に仕事与えてやってるんだから」

青髪はぽん、と腰の刀を叩いてみせた。

「おや。A級の方でしたか」

「……まあな」

嘘《うそ》だな、と英二《えいじ》は看破する。青髪が帯びている刀はどう見ても安物、A級が持つような幻想金属《ファンタ・メタル》製ではない。A級の権威が高まった結果、浅い層ではこのような「自称A級」が蔓延《はびこ》る昨今である。

「A級であればなおさらです。エリートならば率先してルールを守るべきでしょう」

「ガタガタ言うなや、おっさん」

青髪は腰の刀を抜いた。鍔《つば》がガチャガチャ不格好な音を立てる。素人の抜き方だ。それでも刃は本物で、英二《えいじ》の目の前でぎらりと光った。

「配信の邪魔なんだよ。殺すぞ」

刃物が出たことで、にわかにコメント欄が活気づく。名無しの罵声が濁流のように浴びせられる。

『いいぞ』『斬れ』『斬り捨て御免w』『殺せ』『斬れ』『殺せ』『殺せ』。

「斬るも殺すも、勝手ですがね――」

ポケットから手を抜かぬまま、諭すように、声を低くした。

——重くないか？　その玩具《おもちゃ》。


青髪の顔が、怒りでふくれあがった。

「ふざけんじゃねえ死ねっ!!」

タトゥーが鈍く光って魔法が発動し、青髪の筋力を瞬間的に跳ね上げる。オーラ魔法のひとつ《身体強化《ブースト》》の効果だった。

ならば、こちらも《身体強化《ブースト》》。


『武装言語起動』

『獣の骨』

『鋼の血』

『嫋《たお》やかなり』


今では使う者が少なくなった「詠唱」をする。

この二十年で魔法も効率化が進み、無詠唱が一般化している。アイテムや呪符《カード》、タトゥー、スマホアプリなどにあらかじめ術式を仕込み、詠唱しなくても効果を発現できるようになった。

だが、英二《えいじ》は未《いま》だに古くさい詠唱を使い続けている。

発動の速さでいえば、無詠唱に分がある。念じるだけで発動できる。英二《えいじ》の詠唱が終わったとき、すでに青髪は刀を振り上げていた。

だが、ここからだ。

英二《えいじ》の「加速」はここからだ。

ゆらり――――

、と。

英二《えいじ》の体が揺れた。

蠟燭《ろうそく》の火が風に吹かれたように揺れた。

その瞬間、青髪は英二《えいじ》の姿を見失った。

「っ!? どこだ!?」

青髪が叫んだ。

右を見た。

左を見た。

いない。

英二《えいじ》はすでに背後に回っている。静かに。軽やかに。音もなく。それは《暁降《あかときくだち》》と呼ばれる技術だった。脚部だけにオーラを通わせて《身体強化《ブースト》》し、他の部位は限りなく脱力することで、瞬間移動のような行動を可能にする。

「こっちだ」

英二《えいじ》はわざと声をかけた。背後から後頭部を打って終わりにすることもできた。だが、今回は厳しくいく。プライドを折っておかないと、この手の輩はまたやらかす。

「てめえ、逃げんなっ」

青髪は振り向きざま、刀で突いてきた。英二《えいじ》の目には、その動作がはっきりと見えている。眠い。眠い動きだ。オーラでパンプアップされた上腕二頭筋が、その瘤《こぶ》に浮かぶ血管の形まで、英二《えいじ》には見えていた。遅すぎる。向こうが一発繰り出す間に、十発は叩《たた》き込める。青髪の一秒が、英二《えいじ》にとっての十秒だ。

だから訊《き》いたのだ。

「重くないか？」と。


バキン、と音がした。


刀がへし折られた音だった。英二《えいじ》が跳ね上げた手の甲が「折れず曲がらず」の日本刀を叩《たた》き割《わ》ったのだ。そこに重なるように、鈍い音がした。拳が肉を叩いた音だ。硬く握ったなら、胃袋を外から破くことができる拳だ。だから手加減した。それで十分だった。

「ぐぇぇぇっつっ、えっ」

青髪はぐるりと白目を剝《む》き、腹を押さえて膝から崩れ落ちた。泡立つ口を必死に動かしているが、

言葉は出てこない。びゅう、びゅう、唇から異音がする。涎《よだれ》を垂らしながら地面に接吻《せっぷん》した。《身体強化《ブースト》》の効果はむなしく続き、びくっ、びくっ、彼の筋肉だけを痙攣《けいれん》させる。折れた刀の破片が足元に突き刺さっている。


『なんだ？』

『なんで倒れた？』

『なんで折れた？』

『おっさんなんかやった？』

『いや突っ立ってるだけじゃん』


拳はすでに英二《えいじ》のポケットに収まっている。

抜拳も、詠唱も、気づいた者は誰ひとりいなかった。

「お返しします」

ティッシュに包んだガムを、気絶した青髪のポケットにねじ込んだ。

撮影役の黄髪は、ぽかんとしている。

「おーい？　どした？」

カメラを持ったまま青髪に駆け寄って、目の前で手を振った。青髪から反応はない。ただ、その股間がじわりと湿り、湯気を立てて水たまりを作った。

配信画面にはしらけたコメントが流れている。

『え、ナンパ配信これで終わり？』

『ただのおっさん相手に何やってんだよ』

『やっぱ自称A級だったか』

『だらしねぇ～』

『ん？ なんかズボンが……』


黄髪が青髪を肩に担いで助け起こした。

その重みでふらつきながら、英二《えいじ》を睨《にら》みつける。

「て、てめえ、後悔するぞ！ 俺たちのバックが誰だか知ってるのか!?」

「それより仲間を運んだほうがいい。ここなら南三番E区の橋本《はしもと》クリニックが一番近い」

黄髪は「おぼえてろ」と定型文の捨《す》て台詞《ぜりふ》を残して、青髪を引きずっていった。

「……やれやれ」

あの体たらくで、ダンジョンを闊歩《かっぽ》しているというわけか。

（レンジャー全体の質が落ちているんだろうな）

英二《えいじ》はため息をついて、視線を慰霊碑に戻した。

かつての英雄たちがあの連中を見たら、嘆くだろうか。それとも笑うだろうか。

「まったく、今どきの若い者は……」

なんてことを言う大人に、なりたくはなかったのに。

◆

「主任、先ほどはありがとうございました」

ツアー客を別の場所に移動した後で、彩那《あやな》が駆け寄ってきた。

「一瞬で相手を無力化するなんて、さすが主任です！」

瞳を輝かせて英二《えいじ》を見つめる。憧れのまなざしだ。彼女はレンジャー試験の勉強中で、十年以内にA級合格が目標という。

「オーラ魔法のように見えましたが、動きがまるで見えませんでした。あれって主任のオリジナルなんですか？　剣聖技《けんせいわざ》の《暁降《あかときくだち》》があんな感じに消えるって聞きますけど」

「大したことはないさ。どんな魔法も技も、このダンジョンのなかでしか使えないんだから」

レンジャーの使用する魔法のほとんどは、ダンジョン内に満ちている幻想物質「エーテル」を媒介として使用される。ゆえに、地上では使えない。「冒険者、地上に戻ればただの人」。昔から言われている言葉である。

「そんなことより椎原《しいはら》。慰霊碑の近くではもう少し声を落とせ。お客さんのなかには、もう二度とダンジョンに来られない方もいるかもしれない。最後の観光、最後の参拝になるかもしれないんだ」

「も、申し訳ありませんっ」

声を落として、体まで縮めて、彩那《あやな》は頭を下げた。

「それから、もうひとつ」

「は、はいっ。なんなりと」

緊張する彩那《あやな》の肩を、ぽんと叩いた。

「刀をぶら下げた大の男二人相手に、よくがんばった」

「――――」

「新卒四ヶ月目ができることじゃない。見直したぞ」

彩那《あやな》はぽかんと口を開けた後、喜びに打ち震えながら敬礼した。

「わ、私こそっ、藍川《あいかわ》主任と同じ職場で働けて、誇りに思いますっ！」

「……ああ。だから、声を落とそうな」

ふと、英二《えいじ》は巨竜湖《きょりゅうこ》のほうを振り返った。

慰霊碑の後方に広がる青黒い湖。

対岸がかすんで見えるほど広く、水深も三十メートル以上はあるという。

無人の潜水艇による調査も、険しい地形のため進んでいない。

穏やかな湖である。

波がほとんど立たないから、湖水が陸を濡らすことも滅多にない。

ところが――。

「水をかぶってるな」

湖に一番近いところにある、レンジャー連盟関西支部の慰霊碑に水滴がついていた。

ハンカチで英二《えいじ》は薄灰色の石碑を拭った。それで拭き取れるくらいだから、大した水量ではない。

しかし、こんなことは今までなかったように思う。

「最近、湖の様子がおかしいと感じることはないか？」

「いえ？　以前からこんなものだと思いますけれど……きゃっ！」

変な声をあげて、彩那《あやな》は前につんのめった。英二《えいじ》が抱きかかえなかったら、顔面から地面につっこんでいただろう。

「すっ、すいませんっ主任！　わざとじゃなくって、その……」

少女のように頬を赤くする彩那《あやな》をよそに、英二《えいじ》が見ていたのは足元のスライムだった。ゼリーのような弾力で飛び跳ね、キュイキュイと逃げていった。

このスライムが、彩那《あやな》のお尻に体当たりしたようだ。

「こいつらの様子も、少しおかしい気がするな」

「確かに体当たりしてくるなんて珍しいですね。お客さんに被害が出なくて良かったです」

異変がひとつだけなら、偶然かもしれない。

しかし、二つとなると、どうなのか。

「いちおう報告あげておくか。第1層の監視と調査、それから警備の強化をお願いしますってな」

「課長にですか？　また煙たがられますよ」

関係ないさ、と英二《えいじ》は肩をすくめた。

出世なんてとっくにゴミ箱に捨てている。

上司の顔色なんて、知ったことじゃない。

■02　37とＪＣ

八王子《はちおうじ》市南部の、とあるニュータウン。

会社から徒歩十五分ほどの小さなアパートに英二《えいじ》は住んでいる。

大学生から一人暮らしを始めてからというもの、一度も引っ越していない。

築三十七年。英二《えいじ》と同い年になるボロアパートだが、日当たりも風通しもよくて気に入っている。

ダンジョンまでは徒歩十分。

近いのがいい。


思い出は、時につらいが、やっぱり、近くにいたい。

◆

七月の、とある夕方。

月曜の午後五時すぎのことだ。

珍しく定時で上がれた英二《えいじ》は、近くのスーパーで割引シールの貼られた鮭《さけ》弁当を買って帰った。

二階の角部屋、おんぼろの洗濯機が置かれているドアの前にセーラー服姿の少女がうずくまっていた。足元にはスクールバッグとネギのささったスーパーの袋が置かれている。

亜麻色のポニーテールが、夕風に揺れている。

英二《えいじ》はハッとして立ち尽くした。

退屈そうにスマホを弄《いじ》っていた少女は、むすっと頬をふくらませて立ち上がった。


「もうっ。遅いよ、おじさん！」


その声を聞いて、英二《えいじ》は我に返った。

思わず苦笑が漏れる。

いつもこうだ。あの亜麻色の髪を見ると、いつも「彼女」と間違えてしまう。

「ひさしぶりだな。未衣《みい》」

「ひさしぶりだなっ、じゃないよーっ。昨日メッセ送ったじゃん、今日遊びに行くからって！」

「すまん。見てなかった」

「メッセの意味がなーい！」

その少女――朝霧《あさぎり》未衣《みい》は、ぷりぷり怒りながら英二《えいじ》の胸に肩をこつんとぶつけた。ポニーテールがふわりと揺れて、ボロアパートに似合わないシャンプーの匂いが香る。

「可愛《かわい》いカノジョをこーんなに外で待たせてさ。良心が痛むでしょ？」

「カノジョじゃないから痛まない」

「まーた、おひげそってないし。清潔感がないと女子中学生にモテないよ？　おじさん、ちゃんとしてればかっこいいんだから！」

「中学生にモテなくても困らない」

「あーっ、またコンビニ弁当！」

話がコロコロ変わるのは、今どきの若者だからなのか。それとも未衣《みい》だからなのか。

「コンビニ弁当じゃない、スーパーの弁当だ」

「同じだもん！　だめだもん！　栄養とれないもん！」

だもんだもんと連呼して、未衣《みい》はニコッと微笑んで「開けて？」とドアを指さした。

「まさか、上がりこむつもりか？」

「そーだよ？　みぃちゃん、独身のかわいそうなおじさんにお料理作ってあげる！」

「……うーん……」

「ミィチャン　オリョウリ　ツクル　カンシャ　セヨ！」

今度はロボになった未衣《みい》に急《せ》かされて、英二《えいじ》は鍵を開けて部屋に入った。

「料理の前に、まずはお掃除かなっ」

「毎日ちゃんとやってるが」

「だめだめ、いろいろ落ちてるもん変な毛とか！　ほらコロコロどこ？　こ〜ろ〜こ〜ろ〜」

女子中学生が言う台詞《せりふ》か？　と肩をすくめつつ、英二《えいじ》は掃除用具を手渡す。

「ころころ～♪　ゴミをぺたぺた♪　ころころ～♪」

「歌う意味あるのか？」

「だって魔法はちゃんと詠唱したほうがいいって、おじさん言ってたじゃん」

「それはダンジョンの話だ」

しかし未衣《みい》の手際が良《い》いのか、リビングの古びた床があっという間に綺麗《きれい》になっていく。本当に効果あるのかもなと思う。

この少しギャル入ってる中学生・朝霧未衣《あさぎりみい》は、英二《えいじ》とパーティーを組んでいた桧山舞衣《ひやままい》の妹の娘――つまり舞衣《まい》から見て姪《めい》にあたる。こう見えて名門のお嬢様女子校に通う中学一年生。つくりたてのホイップクリームみたいに瑞々《みずみず》しい少女で、そこにいるだけでくすんだアパートが華やかに彩られて見える。

「さて、とっ」

腕まくりした未衣《みい》はピンクのエプロンを純白のセーラー服の上から身につけた。手狭なキッチンにトントントンッ、と包丁の小気味良い音が響き渡る。

「お前、包丁上手《うま》くなったな」

「当たり前だよそんなの。もうあたし十三だよ？　子供じゃないもん」

しばらく見ないうちに背が伸びて、体つきもすっかり女の子らしい丸みを帯びている。俺の白髪も増えるはずだと、英二《えいじ》はまた肩をすくめた。

彼女が作ってくれたのはチーズオムレツにサバの塩焼き、そしてけんちん汁だった。統一感のないメニューだが、全部英二《えいじ》の好物だ。

さっそくチーズオムレツから口に運ぶ。ふわっふわの卵がチーズの塩気とともに口の中でとろける。追いかけてご飯をかきこむと、旨《うま》みが何倍にも口の中でふくらんだ。

「うまいな」

「あいじょーこめて作りましたからっ」

未衣《みい》もオムレツに箸をのばして「今日はおいしくできた♪」と微笑む。同じ大皿で二人して、オムレツとサバの塩焼きを交互につつきあった。

未衣《みい》が入れてくれた熱いお茶を飲みながら、人心地ついて――。

「それで、今日はどんな相談なんだ？」

「へ？　何が？」

「理由もなく遊びに来たんじゃないことくらいわかる。小遣いをねだるようなお前でもないし、いったい何の相談だ？」

エヘヘと未衣《みい》は頰をかいた。

「やっぱおじさんスルドイなぁ。さすが『英雄』」

「そんな風に呼ぶなって、前にも言っただろ」

「うん……。でも、お母さんにとっておじさんはヒーローだよ。もちろん、あたしにとっても」

未衣《みい》は真剣なまなざしを英二《えいじ》に向けた。

こんな表情をするようになったのかと、内心で英二《えいじ》は驚く。すっかり大人びて、「可愛い」から

「綺麗」に変わりゆく成長を見せられているかのようだ。

未衣《みい》は正座で座り直した。

「おじさん。お願いします」

つるんとした膝こぞうをスカートから覗《のぞ》かせ、頭を下げた。

「あたしたちを、ダンジョンに連れて行ってください」

◆

私立鳳雛《ほうすう》女学院。

未衣《みい》が通っている学校は、少し特殊である。

絵に描いたようなミッション系のお嬢様学校。

いわゆる「乙女の園」。

聖母マリアがおはようからおやすみまで見ているような学園。

漫画の世界のように「ごきげんよう」が挨拶としてまかり通る、一種の異空間である。その雰囲気は清楚《せいそ》かつハイソ。英二《えいじ》のような庶民の中年男性にはあまりにも別世界だった。

そんなお嬢様たちが集う鳳雛《ほうすう》に「ダンジョン部」はない。

八王子市はダンジョンのお膝元ということもあり、市内の中学高校にはダンジョン部があるのが普通だった。ふだんは学校で体力作りをして、メタバースを利用したVR空間で訓練を積み、週末は顧問やコーチの引率のもとダンジョンに潜っている。ノリとしては「剣道部」と「登山部」を足して二で割ったような感じだ。

未衣《みい》はそのダンジョン部を、鳳雛《ほうすう》にも作りたいのだという。

「中等部に入ってからずっと、友達と創部活動してるの。でも鳳雛《ほうすう》にはレンジャーの資格を持ってる先生がいないから」

「それで、俺に頼みに来たわけか」

ダンジョン部の活動には、B級以上のレンジャーが引率する必要がある。ダンジョン活動に力を入れている学校ほど、優秀なレンジャーを引っ張ってきている。サッカーや野球に力を入れてる学校が有名監督を招くのと似ている。

「あたし、お母さんからおじさんたちの冒険の話を聞いて、憧れてたんだ」

「優香《ゆうか》ちゃんは家でそんな話をしてるのか」

舞衣《まい》の妹である優香《ゆうか》は、英二《えいじ》にとっても妹のような存在だ。適性試験に落ちたためダンジョンには潜れず、自分も行きたいと泣いては舞衣《まい》や英二《えいじ》を困らせていた。今やそんな彼女も母親であり、娘の未衣《みい》に昔話をすることもあるということか。

「言うまでもないことだが」

未衣《みい》の真剣な瞳を受けとめ、英二《えいじ》は言った。

「ほとんど地上と同じように都市化された1層と違って、2層以下の探索には危険がつきものだ。

5層以下では毎年死者も出ている。昔よりカジュアルになったとはいえ、過酷な場所には違いない。地上なら絶対に遭わない危険な目にも遭うんだぞ」

「わかってる。でも、外に出たら交通事故に遭うかもしれないからって、ずっと引きこもってるわけにはいかないでしょ？」

「それはそうだが……」

未衣《みい》を危険な目に遭わせたくないのが、英二《えいじ》の本音だ。

今日の「違和感」のこともある。

「俺は反対だ」

「……」

「お母さんのことを考えてやれ。もしお前に万が一のことがあったらどうする。ひとりぼっちになってしまうんだぞ」

未衣《みい》はそれほど落胆したようには見えなかった。おそらく予想していたのだろう。ピンクのスマホを取り出した。画面を二度タップしてこちらに差し出した。通話に出て、ということらしい。

画面に表示されていたのは、英二《えいじ》がよく知っている名前だった。

『おひさしぶり、お兄ちゃん』

「……優香《ゆうか》ちゃんか」

未衣《みい》の母親の朝霧《あさぎり》（旧姓・桧山《ひやま》）優香《ゆうか》。

前に会ったのは彼女の夫の一周忌のときだから、もう四年以上前になる。

『元気？　ちゃんと食べてる？　未衣《みい》の料理は口にあった？』

「ああ。優香《ゆうか》ちゃん仕込みで、美味《うま》かったよ」

お互いもう三十路《みそじ》の半ばをすぎたが、未だに優香《ゆうか》は英二《えいじ》のことをお兄ちゃんと呼ぶ。子供時代「わたしもダンジョンいく！」と英二《えいじ》たちの後ろをトテトテついてきていた頃から変わらない。

『私からもお願い。予定が空いているときだけで構わないから、未衣《みい》を連れて行ってあげてくれないかな』

「いいのか？　ダンジョンだぞ」

『だってそれが一番安心できるから。お兄ちゃんよりすごいレンジャーなんて、この世にいないでしょう？』

英二《えいじ》は首を振った。

「もう二十年前とは違う。最新のダンジョンテクノロジーに適合した現代レンジャーのほうが優秀だ。俺はもう時代遅れの骨董品《こっとうひん》さ」

『私はね、お兄ちゃん――』

優香《ゆうか》の声が、優しい。

『未衣《みい》がダンジョンに行くのなら、それが止められないのなら、お兄ちゃんに連れて行ってほしいの。仮にお兄ちゃんが世界最弱のレンジャーだとしても、その気持ちに変わりはないの』

「……」

『お姉ちゃんも、きっと同じことを言うと思う』

英二《えいじ》の瞼《まぶた》に、舞衣《まい》の穏やかな笑顔が浮かんだ。

しくりと胸が痛んだ。

そんなことはおくびにも出さず、英二《えいじ》は言った。

「保護者の意見は承っておく。だが、まだイエスとは言えない」

通話を切った。

しばらく考えこんだ。

危険だからやめろ、という言葉が何度も口から出そうになった。大人の、高圧的な説教。だが、果たしてそれが未衣《みい》に届くのか？　自分も少年時代、親や教師に言われたのではなかったか。「お前はいつも突っ走りすぎる」。しかし、大人に小言を言われれば言われるほど、ますます冒険心をかき立てられたのではなかったか。

未衣《みい》はじっと正座したまま待っている。

その体には、凜《りん》とした一本の筋が通っているように見える。

「軽い気持ちで言ってるんじゃ、ないんだな」

未衣《みい》は頷いて、スクールバッグから長い筒を取り出した。

一枚の表彰状だった。

剣道の都大会・中学一年の部で「優勝」とある。

「お前、剣道なんてやってたのか」

「うん。実は小五からやってたんだ。師範《せんせい》が言うには、あたし筋がいいんだって」

亜麻色の髪から足元のソックスに至るまで「今どきの子」そのものな未衣《みい》だが、指だけは質素だった。爪は短く整えられていて、ネイルはしていない。

よく見れば、指には竹刀ダコまでできている。

その手元を恥ずかしそうに後ろに隠して、未衣《みい》は言った。

「おじさんみたいに強くなりたくて。あたしなんかじゃ無理だって、わかってるけど……」

英二《えいじ》は頭をかいた。

そんな指を見せられて、どうして「無理」と言えるのか。

「ダンジョン教習所には通ってたのか？」

「うん、春休みから三ヶ月間、放課後は毎日。実は昨日、卒験だったんだ」

「修了証、見せてみろ」

第2層以下に潜るには法定教習と修了試験を受ける必要がある。十三歳以上から受けられて、難易度は普通自動車免許より少し難しい程度。合格者は優・良・可の三段階に分かれていて、優は半年後の講習が免除される。

「優か。頑張ったんだな」

「えへへ……」

ほめられちゃった、と未衣《みい》は膝をもじもじさせた。

「ひとつだけ聞かせてくれ。何故、ダンジョンなんだ？　お前の年頃なら他にも楽しいことはたくさんあるだろう。友達と遊んだり、買い物したり、ゲームしたり、興味をひくことはたくさんあるはずだ。なぜ、危険に満ちたダンジョンでなければならないんだ？」

「それはね――」

そのとき、未衣《みい》の表情に光が瞬《まばた》いた。

パッと電気がついたみたいに、明るくなった。

「ダンジョンのことを考えるとね、胸がどきどきするの。いつも暮らしているこの街の下に、どんな世界が広がってるんだろう。どんなアイテムが眠っているんだろう。どんなモンスターが待っているんだろう。きっとあたしの知らない冒険の世界が広がってるんだって――ワクワクするのっ！」

「ワクワク、か」

その言葉は、英二《えいじ》の心をあの頃へ引き戻した。


『出たよ、英二《えいじ》の「ワクワクする」が』

『はい。これなら大丈夫そうですね』


二人の声が聞こえた気がした。

ダンジョンという未知に、無邪気に挑んでいた頃。

強敵との戦いに血をたぎらせていた頃。

レアアイテムの出現に胸を躍らせていた頃。

仲間たちとともに、どこまでも行けると思っていた頃——。

それはまぎれもなく、光と熱の時代だった。

英二《えいじ》にとっては、遠い光、過ぎ去った熱だ。

だが、それらは今、未衣《みい》の目の前に広がっている。


「——わかった」


英二《えいじ》は未衣《みい》の目を見て言った。

「今度の日曜、第2層に潜ってみよう。その友達も一緒に連れてこい。一度潜ってみて、駄目だと思ったらそれで終わりだからな」

「うんっ！　ありがとう——ありがとうっ、おじさんっ！　だいすきっ！」

抱きついてきた未衣《みい》を受け止め、ため息をついた。観念の吐息だった。甘くなったな俺も、という自嘲の吐息でもある。

迷いがないといえば嘘になる。

しかし、どうせ止めることができないのなら、自分がお目付役でついていったほうがいいだろう。

冒険への憧れは、誰にも止めることはできない。

それは、英二《えいじ》が一番よく理解していることだった。

■03　少女たちのダンジョンデビュー

『素人が八王子《はちおうじ》ダンジョンに潜るのって、どのくらい難しいんですか？』

ダンジョン観光の仕事をしていれば、たびたびこういう質問をされる。

英二《えいじ》はこう答えるようにしている。

「第5層あたりまででしたら、富士山《ふじさん》の頂上まで登るくらいですね」

昨年のダンジョンへの入窟者数は、およそ二十三万人（第1層のみの観光客を除く）。

富士山の入山者数が年間二十二万人ということだから、ほぼ同じくらいだ。

プロの登山家でなくとも登頂はできるが、ある程度の知識と体力、そして入念な準備がないと不可能だ。「富士山くらい」と舐《な》めた者は必ず痛い目を見る。

なお、それより下層になると富士山どころかエベレストすら越える危険がつきまとうのだが、素人がそこまで考える必要はない。

英二《えいじ》としても、未衣《みい》をそこまで連れて行くつもりはない。

まずは第2層の初心者ルートを回って、適性を見る。

「俺が無理だと判断したら、二度目はないからな」

「うんっ、そうならないようにがんばるっ！」

当日の朝。

行きのバスのなか、未衣《みい》は頷いた。

「どうしてバスなの？　おじさんの家からダンジョンってすぐそこなのに」

「俺の家から近いのは南大沢北口《みなみおおさわ》。今日行くのは、第2層直通の上柚木東口《かみゆぎ》。歩くと二十分以上かかる。潜る前に体力を消費することはない」

「へーっ、入口まで迷路みたいだね」

八王子ダンジョンには公式に知られているものだけで入口が十八ヶ所もある。昔は三ヶ所だけだったのに、企業が利益を求めてやたら穴を開けるものだから無秩序に増えてしまった。今ではダンジョンおよびその周辺は国立公園と同じ扱いとなり、新たに穴を開けるのは自然公園法で禁止された。

「ところで、なんで制服を着てるんだ？」

「先生に話したら、課外活動には制服着用が校則だからって。ちゃんとした部になったらコスチュームも作りたいよね！」

「校則通りにしてはスカート丈が短めに見えるが」

「このくらいふつーだよ、今どき」

折り目正しく整ったプリーツに触れながら未衣《みい》は言った。

「それに、魔法にはそのほうが好都合なんでしょ？」

「まあな」

ダンジョンという危険な場所に行くのだから肌の露出なんて論外――というのは素人の意見で、実はその逆だ。ある程度肌の露出がないと《防護《ガード》》の魔法がかかりにくく、かえって危険なのだ。女性はミニスカートやショートパンツで潜ることが多く、その点もダンジョン配信が人気の理由だった。

「水着で潜る人もいるんでしょ？」

「それはやりすぎだ」

そういうのを売りにする女性配信者がいるのも確かだ。

「でも、おじさんはいつものスーツなんだね？　なんか今から出勤するみたい」

「俺の場合は、いつもの服装が一番力が安定するのさ」

常に自然体であることを、英二《えいじ》は己に課している。あくまで自然に、肩ひじ張らず、身構えない。ずっとそれを貫き通している。英二《えいじ》が主に使用するオーラ系魔法には、それが一番大事なことだ。

「おひげもいつも通りじゃん」

「だから、いつも通りが一番なんだよ」

これは、単にめんどくさいだけ。

◆

バスを降り、竹林に囲まれた道路を歩いていくと、灰色の建物が見えてきた。カーキ色の幌《ほろ》のついた車両が列をなして停《と》まっている。陸上自衛隊の施設だ。探索者の遭難に対応するためのレスキュー隊が待機しているほか、モンスターが地上にあがってきた時のために備えている。そんな事態は一度も起きていないのだが、二十五年前の「R侵攻」のようなこともある。備えは必要なのだった。

警棒を持った強面《こわもて》の隊員が立つ門の前を通るとき、未衣《みい》は笑顔で挨拶した。

「こんにちはっ」

二十代半ばの隊員は微かに口元を緩めたが、隣の英二《えいじ》を見て不審げな目つきをした。スーツのおっさんとセーラー服の少女。ダンジョンに潜るようにはとても見えない二人である。

「前から思ってたんだけど」

未衣《みい》が言った。

「自衛隊のひとがマシンガンとか戦車とか持ってダンジョン行ったら、もっと楽に攻略できるんじゃないの？　こう、ダダダッて」

ダダダッ、はマシンガンを撃つマネらしい。

「ダンジョンには『銃火器制限結界《ファイア・リミッター》』があるから、使えない」

「えっ、解除されてないの？」

「『年齢制限結界《エイジ・リミッター》』はなくなったが、銃火器のほうは未だ健在。解除する方法さえわかっていない」

「じゃあ、剣と魔法でなんとかするしかない！　って感じ？」

「ああ。昔と変わらずな」

施設の横は、いよいよダンジョン入口だ。

日曜で大勢が集まっていた。下は未衣《みい》のような中学生から、上は白髪のおじいさんまで。動きやすい服装にナップザックやウエストポーチといった荷物を持っている。格好だけ見ればハイキングに行くのと変わらない。

「なんだか、あんまりガチっぽい人いないね？」

「第2層はな」

第2層の出現モンスターはスライム系やワーム系、たまに獣《ビースト》系が出るくらいで、いずれも低級。出現数も少ない。手軽にモンスター・ハントを楽しむにはうってつけのエリアだった。

「とはいえ、負傷者は毎日のように出ている。レスキュー隊の世話にならないよう、気を引き締めていけよ」

「わかってる！」

入場待機列の前にやってきた。五つのゲートにそれぞれ二十名ほどの列ができている。「テーマパークみたいだね」と未衣《みい》。確かに雰囲気としては近い。

「ところで、お前の友達はどこにいるんだ？」

「もう来てるはずだよ。……あっ、いた！」

ひときわ目立つ少女が、列から離れて立っていた。

大人びた少女だった。

切れ長の目、影を作るほど長いまつげ、ほっそりとした白い首すじが映える黒髪。全体のシルエットが直線的で、美しいナイフを連想させる。未衣《みい》が太陽の輝きを持っているとすれば、彼女は冴《さ》え冴《ざ》えとした月明かりのような輝きを放っている。

ただ――。

どことなく危うさも感じる。

人を寄せつけない余裕のなさ、ぴんと張り詰めた雰囲気を漂わせているのが気になった。

「ひめのーん！」

ぶんぶん未衣《みい》が手を振ると、黒髪の少女はこちらを振り向いた。

「おはよう未衣《みい》。そのひとが、例のA級のおじさん？」

「そう！　かっこいいでしょ？」

彼女はじっ、と見定めるように英二《えいじ》を見た。

「はじめまして。月島氷芽《つきしまひめ》です。今日はよろしくお願いします」

「藍川英二《あいかわえいじ》だ。よろしく。……月島《つきしま》？」

ひっかかりを感じて、まじまじと氷芽《ひめ》の顔を見つめた。月島《つきしま》という名で思い浮かべた顔と、どことなく重なる面影がある。

氷芽《ひめ》の目つきが急に険しくなった。

「なに？　人の顔じろじろ見て。そんな珍しい名前でもないでしょ」

「どことなく知り合いと似てたものでな」

「他人のそら似でしょ。こんな顔、いくらでもいるよ」

自分の美貌に大した価値を認めてないらしい。鼻にかけないところは好感が持てる。

「悪かった。もう詮索しないから許せ」

「……わかれば、いいけどさ」

氷芽《ひめ》は形のいい唇を引き結んだ。

この話題にはもう触れないほうがいいだろう。

「それじゃあ、入場受付に行くぞ」

「待っておじさん。その前に、一分だけオープニングやっちゃうから」

「オープニング？」

「そう、みんな待ってるから！」

未衣《みい》は手鏡を取り出してささっと前髪とメイクを整えた。

「ひめのん、撮影よろしくっ」

「了解」

「ちょー可愛く撮ってね！」

「実物よりは無理」

ぽかんとする英二《えいじ》をよそに、氷芽《ひめ》はスマホを取り出して未衣《みい》にカメラを向けた。

未衣《みい》はぶんぶん手を振りながら、普段よりさらにハイテンションに話し出した。

「やっほー鳳雛《ほうすう》のみんな！　みぃちゃんだよーごきげんよーっ♪　お待たせお待たせぇ！　ご覧の

とーり、あたしとひめのんは、いま八王子ダンジョンの第2層入口まで来ていまーす！　今日はばっちり実況しちゃうから、みんなついてきてねっ！」

朗らかで流暢《りゅうちょう》な口調は、ものすごく慣れているように感じる。

芸能レポーター顔負けだが、今どきの中学生はみんなこうなのだろうか。

「何してるんだ？」

「ちょっと藍川《あいかわ》さん。もっと小声にしてくれないと、音入っちゃうでしょ」

律儀にも小声にして、英二《えいじ》は氷芽《ひめ》に聞き返した。

「いったい、何してるんだ？」

「なにって、配信に決まってるでしょ」

「……ちょっと待て。配信するのか？」

氷芽《ひめ》は不思議そうな顔になった。

「そうだよ。だってダンジョン部を作るための活動実績がないといけないんだから。部員も集めたいし、配信しないと伝わらないでしょ」

「それはプロの配信者の話だろう？」

「関係ないよ。今どきダンジョン潜るのに配信しないとかありえないから」

今どきの中学生の感性に、めまいがした。

「鳳雛《ほうすう》のお嬢様たちが、ダンジョン配信なんて興味あるのか？」

「そう思う?」

ふふん、と氷芽《ひめ》は白い頬を緩ませた。そんな顔をすると、年相応に子供っぽさが出る。

「これ見てみて」

差し出されたタブレットには配信の様子が映し出されていた。

視聴者数は三十一人。チャンネル登録者数は五十一人。あくまで「身内」のチャンネルっぽい数字だが、コメントの流れる速度はかなりのものだ。英二《えいじ》が普段見ている「おっさんがチャーハン作るだけの配信」(登録者数十万人)より速い。


『ダンジョンダンジョン! わくわくですわ!』

『スライムさん! スライムさんはどちらに?』

『まだ入口ですわ 気が早すぎ!』

『ドラゴンさんも いるって 聞きましてよ』

『わざわざ危険なところにいくなんて 何を考えていますの?』

『それが未衣《みい》ちゃんクオリティですのよ』

『そういうところ しびれますわ~!』


英二《えいじ》は氷芽《ひめ》に尋ねた。

「君たちの同級生は、普段からこんな『ですわ』口調なのか?」

「まさか。リアルでは普通だよ」

「じゃあ、なぜネットでは？」

「ネチケットの授業で習うから」

「……」

ネチケットなんて言葉、もう死語かと思っていた。

一周回って今またトレンドなのか、それとも鳳雛《ほうすう》が特殊なのか。

「みんな、ダンジョンに興味津々なんだな」

「まあね。あと、未衣《みい》が人気者なのもあるかな」

「そうか」

娘が褒められているような気持ちになって、ちょっと嬉《うれ》しい。人の親になったことはないが、これが「親バカ」という心境なのだろうか。

それにしても、未衣《みい》が配信するとは予想していなかった。

身内の配信なら、世間に広まる心配はなさそうだが……。

未衣《みい》が、こちらに向かって手招きしている。

「ほら、おじさん！　きてきてー」

未衣《みい》に腕をひっぱられて、カメラの前に連れ出された。

「今日、これからあたしとひめのんを連れてってくれるレンジャーの藍川英二《あいかわえいじ》さんです！」

「おい」

「ちな、あたしの彼ピでーす！」

「……おい」

コメント欄がさっきの倍のスピードで流れ始めた。

『うそっ⁉　未衣《みい》ちゃんの彼氏さん⁉』

『おひげ！　おひげですわ！』

『ずいぶん年上ですのねえ』

『刀を持っていませんわ』

『ということは、B級？　C級？』

『A級だけが真のレンジャーで　B級以下の『無刀』はならず者だってお父さまが』

『なぁんだ　がっかり』

『そんな方に　未衣《みい》ちゃんは任せられませんわ！』

コメントでは言われ放題だが、未衣《みい》はニッコニコだ。英二《えいじ》の上腕部にぎゅーっとほっぺをくっつけている。

渋い顔の英二《えいじ》を撮りながら、氷芽《ひめ》がくすくす笑っている。

「ほら、彼氏。笑顔笑顔」

「あのなあ……」

ダンジョンよりも、女子中学生のほうがよほど手強《てごわ》いかもしれない。

先が思いやられるオープニング配信だった。

◆

第2層以下への入窟には、いくつかの手続きを踏まねばならない。

ほんの二、三年前までは人気テーマパーク並みに時間がかかっていたのだが、今は事前のネット登録のおかげで大幅に短縮された。国が運営するダンジョン探索サイト「もぐーる」にアクセスして修了証のＩＣチップを読み取らせ、電子マネーで入窟料を決済すれば、事前登録完了である。

電子化の遅い日本にあってこの改革を進めたのは、日本ダンジョン株式会社、通称「ニチダン」の力が大きいと言われている。

そのニチダンの下請け会社に勤める社畜、藍川英二《あいかわえいじ》——。

「二人とも、修了証は持ってきてるな？」

未衣《みい》と氷芽《ひめ》は頷いてカードケースを持ち上げてみせた。二人とも「優」だ。

「ホントは年パス登録したかったんだけどなー」

と、未衣《みい》。年間パスポートを購入すればその都度登録する必要がない。入窟料もトータルでは安く済む。

「しかたないよ。今日のテストに合格しなきゃいけないんでしょ」

氷芽《ひめ》がじろりと英二《えいじ》を睨んだ。「偉そうに、何様？」と言わんばかりの目つき。どうも初手の対応を間違えたようだ。

「藍川《あいかわ》さんはA級なんだよね？　どうして刀を持ってないの？」

「必要がないからだ」

事実を簡潔に答えた。

氷芽《ひめ》はますます不満げな顔つきになり、

「未衣《みい》。このひと本当にすごいレンジャーなの？　全然強そうに見えないんだけど」

「ほんとだってば！　ひめのんは心配性だなあ」

二人は横並びに五基用意されているゲートを通って、修了証をピッとかざしていく。駅の自動改札並みの手軽さである。英二《えいじ》もレンジャーライセンスを取り出してかざす。特殊加工を施された幻想金属《ファンタ・メタル》製のA級専用カードだ。トラブル発生時のために待機している係員が「おや」という表情になる。A級なのに「無刀」なのを訝《いぶか》しんだのだろう。

「それじゃあダンジョンいってみようっ！」

「店で武器をレンタルするのが先だ」

ダンジョンに潜れば、モンスターと遭遇《エンカウント》する。身を守る武器が必要だ。刀剣に槍《やり》や弓矢、斧《おの》やハンマー、杖や盾も武器に含まれる。一番安い短剣でも新品で十万円以上するので、ほとんどの探索者はレンタルすることになる。

「あーあ、早く自分専用の買いたいなっ」

「慣れてからでいいんじゃない？　まだどんな武器が自分に向いてるのかもわからないし」

前のめりの未衣《みい》と、慎重な氷芽《ひめ》。なかなかいいコンビのように見える。

店内に入った。雰囲気はスノボやスキーのレンタルショップに近いだろうか。違うのは金属の匂いが満ちているところだ。武器やアイテムが雑然と展示されている。すべてワイヤーでつながれていて持ち出そうとすれば警報が鳴る。これらは見本で、選んだ後は商品を奥から店員が持ってくる。

「すごいね。刀だけでもこんなに種類があるんだ」

未衣《みい》は日本刀が目当てのようだが、打刀《うちがたな》に大太刀《おおだち》、小太刀《こだち》、脇差《わきざし》、様々だ。手に取ってみては「うーん？」「むーん？」と玄人っぽく首を傾げている。

英二《えいじ》は口を挟まずただ見ていた。

二人の眼《め》を見るためだ。

武器選びからすでにテストは始まっている。

「私はこれがいい」

氷芽《ひめ》が手に取ったのは「黄昏《たそがれ》の杖」だった。ウェールズダンジョンに生い茂る「黄昏の森」で伐採された白樺《バーチ》でできた杖。高レベルの魔法には向かないが低レベルの出力が安定していて、初心者向けと言われている。

「向こうのアルミのやつのほうが軽くてよくない？」

「ううん。杖は木製、それもウェールズ製が一番信用できるんだって」

合格、と英二《えいじ》は心のなかでつぶやいた。よく勉強しているし、自分の力量をわきまえている。

「じゃあ、あたしはこれかなっ」

未衣《みい》が選んだのは、やや短めの脇差である。ニチダンが製造販売している量産タイプで、商品名は「半蔵《ハンゾウ》」。海外でも人気の刀である。これまた「合格」。刀剣は見た目重視で大きいサイズを選びがちだが、未衣《みい》は剣道経験者だけあって己の身長《みのたけ》をわきまえている。

「ちょっと先っぽが可愛くないけど、がまんしようっと」

「刃に可愛いとかあるのか？」

「あるよー。ほら、ここのところがツンツンしてて。可愛くない！」

さすがの英二《えいじ》も、その違いはわからなかった。

店員を呼んで、それぞれの品を受け取る段になって――。

「待て」

英二《えいじ》は氷芽《ひめ》を呼び止めた。

「なに？　私の選んだ杖に何か文句あるの？」

「貸してみろ」

怪訝な顔をする女性店員に英二《えいじ》は告げた。

「こちらの杖、不良品のようなので交換してもらえますか」

「不良品？」

「術式の構成にねじれがみられます。付与魔法の手順ミスです。使用者が魔法を発動しようとしても不発になる可能性があるということです」

店員はちらりと英二《えいじ》の腰を見た。

「お客様？　お言葉ですが、効果の付与には万全を期しております。当店が契約しているレンジャーによる検品を潜《くぐ》り抜《ぬ》けておりますので、見てわかるようなミスはないかと」

「わかりました。ですが念のため、責任者の方に確認していただけますか」

女性店員は渋々とバックヤードに引っ込んでいった。

氷芽《ひめ》はむっとした顔で英二《えいじ》に言った。

「まさかクレームつけて値切ろうとかしてる？　言っておくけど今日のお金は自分で出すから」

「そんなつもりはないさ」

ほんの一分ほどで店長らしき男が女性店員と出てきた。

二人とも妙にあわてている。

五十代後半の恰幅《かっぷく》の良い男は、恐縮した様子で英二《えいじ》に頭を下げた。

「申し訳ありません！　他の品と交換させていただきますので」

えっ、と氷芽《ひめ》と未衣《みい》は声をあげた。

店長と一緒に女性店員も頭を下げていた。さっきと対応が百八十度変わっている。ただ、店員のほうは納得していないのがその表情からありありとわかる。

英二《えいじ》は丁寧に礼を言った。

「ありがとうございます。できればこちらで選ばせていただけませんか？」

「ええ、ええ、もちろん」

店の奥から五本の「黄昏の杖」が新たに持ち出された。

英二《えいじ》はそれらを見定め、右端の杖を手に取った。

なぜかこれだけ白いシールが貼ってある。

「こちらがいいですね。月島《つきしま》くんも構わないか？」

氷芽《ひめ》は思いのほか素直にコクンと頷いた。成り行きがよく呑《の》み込《こ》めていないようだ。

未衣《みい》も同じで、新しく用意された杖をいろんな角度から見たり触ったりしている。

「おじさん、見ただけで違いとかわかるの？」

「いや。ただの勘だ」

付与魔法は門外漢だから、細かい術理や構造はわからない。

ただ現役時代、いつも完璧な付与が施されたアイテムを使っていたから、そうではないものがなんとなくわかるようになっただけだ。かつての仲間のおかげだった。

これで武器は整った。

いくつかの書類にサインをして決済をすませた。

「行くぞ」

まだ不思議そうな顔をしている中学生二人を連れて、英二《えいじ》は店を出た。

■間章　～女性店員のぼやき～

英二《えいじ》たちが退店した後、休憩室に移動した女性店員は店長に怒りと疑問をぶつけた。

「店長、いったいどういうことですか？」

彼女はこの店でアルバイトしながら付与魔法の研究をしている大学院生だ。ダンジョンに潜って戦うだけがレンジャーではない。アイテム作成や魔法解析、研究職を志すものもいる。

「見ただけで付与魔法の不備を見抜くなんて、できるわけないじゃないですか！　私の先生でもそんなことできません！」

「無論そんなことはありえんよ」

店長はソファでお茶をすすった。

ふーっ、と息を吐き出す。

「どうせ傷がついてたとか、汚れが気になったとか、そんな理由に決まってる。新品じゃないんだからね。ただ――あれが不良品なのも事実なんだよ」

「どういうことですか？」

「昨日の検品で付与魔法の効果が規定値に達してないものは商品から除いておいたんだ。ところが今朝、新しく入ったバイトの子が他のと混ぜちゃったみたいでね」

彼女はぽかんと口を開けた。

「じゃ、じゃあ、あのおじさんの言ってたことは正しかったと？」

いやいやいや、と店長は激しく手を振った。

「それはないない。でまかせを言ったら偶然たまたま当たっただけだろう。しかもあの人『無刀』だろう？　ますますありえないね」

はぁ、と彼女はため息をついた。

「怖いですね、偶然って」

「だね。……ところで、あの三人はいったいどういう関係なんだろうな？」

「店長も気になりました？」

彼女は身を乗り出した。

「親子って風には見えませんでしたよね」

「だよなあ。……援助交際？」

「まさかあ。ダンジョンでそんな」

「いやいや、最近はわかんないよ？」

話題が別の方向で盛り上がりをみせようとしたときだった。扉が開いて若い男が入ってきた。この店で専属に働いてる付与魔法士だ。B級の資格持ちで、土日は趣味でダンジョンに潜っている。

彼は休憩室を見渡して言った。

「向こうに置いてあった『黄昏の杖』知りませんか？」

「いや、知らないけど」

「おっかしいなあ。ひとつだけ、避けておいたんだけど」

店長が「ああ」と言った。

「すまん。新人さんが今朝間違えたみたいでね、他の商品と混ぜてしまったらしいんだ」

「マジすかー。付与魔法が上振れたから、今日自分で使おうと思ってたのに」

女性店員が聞きとがめた。

「上振れ？」

「いろんな条件が偶然重なって、付与効果が一割から二割増しくらいになっちゃうやつ」

ああ、と彼女は頷いた。この仕事をしていれば時々ある話だ。当然下振れもあり、極端な時はクレームがついてしまうこともある。

お茶を飲み干した店長が言った。

「目印をつけておかないからだよ。付与魔法なんて見ただけじゃわからないんだから」

男はぼやくように言った。

「わかってますよ。だからちゃんと白いシールを貼り付けておいたんです」

「「……えっ？」」

彼女と店長は顔を見合わせた。

白いシール。

確か、あの無刀のおっさんが持っていった杖に、それが――。

「……ぐ、偶然って怖いですねー」

「だ、だよねぇ。偶然だよねぇ？」

笑い合う二人。

しかし、互いの声と頬が引きつっていることを、二人は認めずにはいられなかった。

■04　ダンジョンの現実

ダンジョンは第10層まであればネットがつながる。

「二十一世紀の黒四《くろよん》ダム建設」と言われたダンジョンのインフラ・環境整備には十年以上の歳月と数兆円もの工費が費やされ、殉職者を百五十七名も出す過酷なドラマがあり、小説や映画の題材になっていたりするのだが――。

いま、英二《えいじ》の目の前を歩くＪＣにはなんの関係もない。


「ダンジョン、便利だよねー」

「ネットつながらないとか、マジありえないからね」


未衣《みい》と氷芽《ひめ》に言わせれば、そういうことになる。

「配信はどうするんだ？　体にアクションカメラつけて撮るのか？」

「だめだよそんなの。あたしたちの戦う姿が撮れないじゃん」

「そうだよ。別の人の動画に声かぶせただけって言われる可能性もあるし」

英二《えいじ》は首を傾げた。

「そんなこと疑うやつがいるのか？」

「学校の先生はアタマが固いんだよ」

氷芽《ひめ》がため息をつくと、未衣《みい》もウンウン頷いた。

「担任の先生がね、『ダンジョンなんて野蛮で危険だからおやめなさい！』とか言うんだよー。だからしっかり動画で見てもらって、創部を認めてもらわないと！」

「そうか」

正直、英二《えいじ》としては先生の言い分が正しいと思う。

しかし自分が中学生の頃を思い返してみれば、大人の心配なんて煩わしいだけというのもよくわかる話だ。

「実はさっき、受付でマジックドローンをレンタルしたの。これにカメラをセットしておけばバッチリだよ！」

カブトムシみたいな形と大きさをしたマジックドローンは、ＡＩと付与魔法によって自律行動する。撮影もしてくれるし、ＡＩが使用者の危機と判断した場合は地上に通報してくれたりもする。

小物のアイテムなら持ち運んでもらうこともできる。

レンタル代はかなり高額のはずだが「クラスのみんなが、少しずつ出してくれた」とのこと。未《み》衣《い》がクラスで好かれているのもあるだろうけれど、ダンジョンに対するお嬢様たちの興味は本物なのかもしれない。

二人は入口手前で係員に《防護《ガード》》をかけてもらった。これも簡略化されている。術式が込められたシールを素肌に貼っておくだけだ。モンスターの物理攻撃を軽減する効果がある。

「シールが破けたら終わりだからな。ちゃんと見えないところに貼っておけよ」

二人は恥ずかしそうに背中を向けてもそもそとしていた。シールはおへそに貼るのがセオリーだ。更衣室までは用意されてないので、女性はだいたいこんな感じになる。

さらに二人は探索者用のマントを羽織った。これにも《防護《ガード》》がかかっている。内側のポケットには小物入れがあり、スマホやハンカチ、薬などを入れておくことができる。未衣《みい》は女の子らしい純白のマント、氷芽《ひめ》は彼女の髪色と同じ漆黒のマント。二人ともよく似合っていた。

これで準備万端。

いよいよ入窟である。

「ここが入口？　おおきーい！」

二人は目を丸くしている。四車線くらいの幅がたっぷりとある入口だ。

「高速道路のトンネルみたい」

足を踏み入れると、ひんやりとした外気に包まれた。真夏の地上とは大違いだ。「涼しー！」と未衣《みい》が叫び、声が反響する。道は舗装されていて歩きやすい。中は薄暗く、足元に誘導灯がついている。他のパーティーと距離を取り、ぶつからないように歩いて行く。

「ねえおじさん、1層より下ってどこもこんなに暗いの？」

「ここはまだ入口。人間が作った道にすぎない。ダンジョンは――あれだ」

英二《えいじ》の指さす先には、ほのかな明かりが漏れている。

五分ほど歩いて、三人はその明かりに包まれた空間のなかへ出た。

「すっごーい！　壁も天井も地面も、全部光ってる！」

「地下なのに、地上より明るいくらいだね」

二人が歓声をあげる。

「小学校の遠足で鍾乳洞《しょうにゅうどう》に行ったけど、あれのすっごい大きいバージョンみたい！」

未衣《みい》の感想通り、第2層は鍾乳洞とよく似た雰囲気だと言われる。世界一大きくて明るい鍾乳洞だ。さっきのトンネルより遥《はる》かに大きい空洞が広がっている。

氷芽《ひめ》はしゃがんで地面に触れた。スカートを押さえるのを忘れないのがお嬢様らしい所作だ。

「熱くないね。熱エネルギーで光ってるんじゃないってこと？」

「魔力の蓄積光だとか固形化したエーテルだとか言われているが、詳しいことはまだ解明されてない」

「ラストダンジョンクリアから二十年も経《た》ってるのに？」

「そういうことになる」

「ふうん。わけわかんないね」

氷芽《ひめ》は立ち上がり、じっと無言で遥か頭上にある天井を見つめていた。そこには特別な想《おも》いがこもっているように見えた。やはり何か事情を抱えてそうだが、詮索するのはやめたほうがいいだろう。

いっぽう、未衣《みい》は配信の準備を始めている。

「さ、次はひめのんも映るんだよ」

「私はいいよ……。陰気な顔が映ると同接減るし」

「そんなことないって、ひめのん綺麗だし。てか、あたしだけだと間が持たないって！」

仏頂面してる氷芽《ひめ》の腕を引っ張って、未衣《みい》はドローンのカメラに向かってにっこり微笑んでポーズをとった。


「はろろ〜ん♪　みんな、見てるー？　ついにあたしたち、第２層に入ってきちゃいました！　ここからが本物のダンジョンです！」

ドローンが光り輝くダンジョン内を映し出すと、コメント欄がものすごい勢いで流れ始めた。


『びゅびゅびゅびゅびゅーてぃほー！』

『なんて綺麗なんですの！』

『山口の秋吉台《あきよしだい》で見た鍾乳洞みたいですわ』

『ああ　なんて幻想的なイルミネーション！』

『地上は七月ですのに　ダンジョンはクリスマスのようですわ』

『まさに真夏のクリスマスですわね！』


「真夏のクリスマス、ね」

鳳雛《ほうすう》のお嬢様らしい詩的な表現に、英二《えいじ》は半分呆《あき》れて、半分感心した。

しかし、未衣《みい》と氷芽《ひめ》はここに観光に来たわけではない。

冒険者としての一歩を踏み出しに来たのだ。

「さてお前たち。まずはチュートリアルだ」

緊張した面持ちで、二人が頷く。

「ここから三十分ほど歩いたところにある『天使の泉』を目標にしよう。初探索のビギナーには定番の簡単なミッションだが、油断するなよ」

「うん。ネットでちゃんと調べてきたよ」

「動画も見たから、攻略法は頭に叩き込んである」

今どきの子らしい言葉に、英二《えいじ》は首を振った。

「『生兵法はケガのもと』って言ってな。『見るとやるとじゃ大違い』って言葉もある。締めてかかれ」

反発されると思いきや、二人は真剣な顔で頷いた。素直な子たちだ。英二《えいじ》としても、力になってやりたいと思う。

しかし、コメント欄の反応は――。

『無刀のくせに　えらそうですわー』

『ですわですわ！　おひげもザラザラですし！』

『ポケットに手をつっこんだままで、態度ワルですわ！』

英二《えいじ》は話を続ける。

「魔法には大きく分けて五つの系統がある。未衣《みい》、わかるか？」

「もちろん！　オーラ系、元素系。それから付与系と神聖系。……えっと、あとは」

「召喚系」

「そう！　それ！」

氷芽《ひめ》の助け船に、未衣《みい》は苦笑いを浮かべた。

英二《えいじ》は続けた。

「二人の教習所データはさっき見せてもらった。未衣《みい》はオーラ系、氷芽《ひめ》は風・水の元素系の適性があったな。それぞれの特徴は覚えてるな？」

未衣《みい》がハイッと手を挙げた。

「オーラ系はもともと人間が持ってるオーラを使って、身体能力や反射神経を強化するんでしょ？　めちゃめちゃ筋力がアップしたり、ありえないくらい速く動けたり。あとチャンバラが強くなるっ！」

「まあ、正解だ。元素系は？」

氷芽《ひめ》が答えた。

「地水火風の四元素に働きかけて使う魔法。風系なら、突風を吹かせたり竜巻を起こして攻撃や防御に使える。水系は使い道が難しいけど、ダンジョンで飲み水を確保できるのは大きな利点。風系と水系を組み合わせれば氷魔法を使うこともできる」

「その通り」

教科書を暗唱するかのような模範解答だった。

「教習所のVR訓練で魔法の使い方はわかってると思うが、実戦はまた勝手が違う。突然モンスターに襲われてパニックになり、魔法を使う暇もなくやられるのは初心者あるあるだ。どんな時も落ち着いて、な」

二人は頷いた。

「前方だけに注意して進め。後方は俺が守るから気にしなくていい。——じゃあ、行くぞ」

先頭を未衣《みい》が、少し遅れて氷芽《ひめ》が続く。

未衣《みい》はレンタルした「半蔵《ハンゾウ》」を鞘《さや》に納めて腰に提げている。歩きながらも柄《つか》に手をかけて放さないそのポーズは「初心者あるある」で、内心はすごく緊張しているのが伝わってくる。いつも明るくて元気な未衣《みい》だが、実は女の子らしく脆《もろ》いところがあるのを、英二《えいじ》は知っている。

いっぽうの氷芽《ひめ》は黄昏の杖を左手に持っている。彼女の物静かな雰囲気と、美しく長い黒髪は「魔女」のイメージにぴったりだった。

氷芽《ひめ》は未衣《みい》に比べると落ち着いて見えるのだが、やはり、その膝は微かだが震えている。彼女も怖いのだ。それなのに「大丈夫だよ、未衣《みい》」「落ち着いていこう」と声をかけている。ツンツンしているけど、根は優しい子のようだ。

——それにしても。

この陣形は懐かしい。

現役の頃もこれと同じだった。

先頭はリーダーの比呂《ひろ》が行き、真ん中に舞衣《まい》が、そしてしんがりは必ず英二《えいじ》が務めていたのだ。

「ねえ、おじさん」

未衣《みい》が明るい声を出した。緊張をまぎらわせるためだろう。

「おじさんも昔、こんな風にダンジョンを冒険したんでしょ？　やっぱり、最初は大人と一緒だったの？」

「俺たちの頃は、ダンジョンに『年齢制限結界《エイジ・リミッター》』があったから、子供だけで行くしかなかったんだ。マッピングも不十分だった。暗い地の底で、ただ前に進むしかなかった。気づいたら飲み水も尽き果てて、行き倒れたことも何度もあった」

氷芽《ひめ》が口を挟んだ。

「非効率だね。洗練されてないっていうか」

「その通りだ」

肯定しつつ、英二《えいじ》は続ける。

「今みたいな攻略メソッドが確立されていったのは、時代の流れだな。昔はダンジョンのことも、その中で使える魔法のこともよくわかってなかった。そして俺たちは子供だった。何もわからない子供がこんな穴ぐらに放り込まれた。自分たちができることをがむしゃらにやるしかなかったんだ」

『このヒトの言うこと　わかりますわ』

『わたくしのお父様も　同じようなことを』

『ダンジョン学徒動員ですわね。社会科で習いましたわよ』

『わたくしたちが生まれる前の話ですわよね』

『ダンジョンマスターを倒すのは　並大抵のことではなかったと』

『犠牲者もたくさん出たとか』

『かつての英雄の皆様のおかげで　いまの日本があるのですわ』


コメント欄の反応は、珍しく好意的である。

「美化してるだけだよ、そんなの」

しかし、氷芽《ひめ》の口調はあくまで辛辣だ。

「昔の冒険者たちがダンジョンに潜ったのは、日本のためでもなんでもない。自分たちが有名になるためでしょ。名誉やお金が欲しかっただけ。ダンジョンマスターを倒した来栖比呂《くるすひろ》なんて、今はニチダンの社長やってるんでしょ。出世のためじゃん」

英二《えいじ》はその言葉を黙って聞いた。彼女の言う通りである部分も確かにあるからだ。

しかし――。

どうもこの言葉のなかには、彼女自身の、何か特別な感情がこめられている気がする。

「でもさ、ひめのん」

未衣《みい》がためらいがちに口を挟んだ。

「なかにはそういう人もいるかもだけど、おじさんは違うよ。A級なのに刀も持たないで、普通の仕事をしてるんだから」

「……そうであって欲しいよ。私たちのためにもね」

その時である。

「おしゃべりはそこまでだ」

英二《えいじ》が言った。

二人がはっとした表情で身構える。

「準備しろ。モンスターのおでましだ」

前方十メートルほど先、大きな岩が行く手にある。

その岩の陰に、ちらちらと、ぽよぽよと、ピンクのゼリーのような物体が姿を覗かせている。

「スライムの待ち伏せだ。こいつらは弱いぶん、こうやって獲物の不意をついて襲いかかってくる」

「じゃあ、今のうちに先制しないと」

氷芽《ひめ》が杖を構えた。魔法発動のための精神集中に入ろうとする。その構えを見て——敵への恐怖と緊張から腰が引けているそのポーズを見て、英二《えいじ》は即座に言った。

「駄目だ」

「は？　何が？」

「逃げるぞ」

「逃げる？」

隣で刀を抜いていた未衣《みい》も驚いて振り返る。

「どうして？　先手必勝でしょ？　教習所でもそう習ったのに」

英二《えいじ》は首を振った。

「教習通りに行かないこともある。まずお前たちが覚えるべきは、戦い方じゃない。逃げ方だ」

「何を偉そうに。あんた、教習所の先生より偉いっていうの？」

英二《えいじ》は無言で氷芽《ひめ》を見つめた。睨むでもなく、咎《とが》めるでもなく、静かに見つめた。氷芽《ひめ》は気圧《けお》されたように押し黙った。こちらが折れないことを理解したのだろう。

「スライムから視線を逸《そ》らすなよ。杖と刀を構えたまま、腰を落として、ゆっくりと、すり足で後ずさる。三秒数えたら走る合図だ」

英二《えいじ》は後ずさった。未衣《みい》と氷芽《ひめ》も同じように後ずさる。

いち、に、さん……。

「逃げろ！」

英二《えいじ》が手を叩くと同時に、三人は向きを変えて逃げ出した。スライムは追ってこなかった。

二十秒ほど全力で走って、岩などがない見晴らしのいい平らな場所で足を止めた。

肩で息をしながら、氷芽《ひめ》が言った。

「説明してよ藍川《あいかわ》さん。どうして逃げたの？」

「二人とも肩に力が入りすぎてた」

「そ、それだけ？」

「それだけとは言うけどな――なあ、未衣《みい》」

英二《えいじ》はハンカチで汗を拭いてる未衣《みい》に訊いた。

「あの岩陰にいたスライム、何体だったと思う？」

「んー、二体かな？　影が二つ見えたような」

氷芽《ひめ》はえっ、と声をあげた。

「君は、一体だと思ってたんじゃないのか？」

「………っ」

「ちなみに正解は三体だ。反対側にも、もうひとつ影があった」

「そっかあ、ムズカシイね！」

未衣《みい》は明るく笑った。

氷芽《ひめ》はぐっと唇を噛んで視線を落とした。

英二《えいじ》は言った。

「さっきも言ったが、まず初心者が覚えるべきは戦い方じゃない。逃げ方だ。避けられる戦いは避けたほうがいいに決まってる。90パーセント勝てると判断できない限りは、エスケープする。それが正しいレンジャーの振る舞いだ。覚えておけ」

「はーいっ！」

未衣《みい》が元気よく返事する。遅れて氷芽《ひめ》の「……はい」という小さな返事が聞こえた。

そんな二人を見て、英二《えいじ》はふっと表情を緩めた。

「ま、配信映えはしないだろうがな」

画面に配信コメントがどっと流れ出した。

『まったくですわ〜！』

『逃げてちゃ面白くありませんの！』

『ふたりが　戦うところが　みたいですの！』

『視聴者のこと　なにも　かんがえて　ない！』

『なんとかしろください！　ですわ！』

『撮れ高！　撮れ高！』

怒濤《どとう》の勢いでつけられるお嬢様方のクレームに、英二《えいじ》は頭をかいた。

撮れ高までは、責任持てない。

◆

その後も、二度、モンスターに遭遇《エンカウント》した。

二度ともエスケープした。

一度は先にモンスターに発見されていたから。二度目はワーム系五匹で数が多いからという理由だ。その判断は英二《えいじ》ではなく、氷芽《ひめ》が行《おこな》った。最初の遭遇《エンカウント》で「どういうときに逃げるべきか」を学習したのだ。頭のいい子だった。そして、素直な子だ。見かけ通りの生意気な子であれば、ムキになって戦おうとしただろう。十三歳という年齢を考えればそのほうが普通とさえ言える。

(俺たちが中学生のときより、よほど大人だな)

ただ、ひとつ気がかりがある。

(今日は遭遇《エンカウント》が多過ぎやしないか?)

普通なら「天使の泉」までの道中、一度も遭遇《エンカウント》しないなんてこともあるくらいだ。ダンジョン開発が進むにつれモンスターたちは深層に追いやられ、浅層では住処《すみか》を失いつつある。それが、今日はこの三十分足らずで三度も遭遇《エンカウント》している。

そんな日もあるさ、と言ってしまえばそれまでのことだし、実害もない。未衣《みい》たちがエスケープしても、別のパーティーがすぐに現れて倒していく。さっきのワーム系五匹にしても、全員斧戦士《アックスファイター》という筋トレ同好会のパーティーが殺到してタコ殴りにしてしまった。その後ろにはカップルがいて「あーん先越されちゃったぁミッチー♥」「先に火球《ファイヤーボール》使っちゃえば良かったねヨシりん♥」とイチャついていた。第2層はまだまだピクニック気分の探索者が多い。ときに獲物の取り合いも発生する。「逃げる」を選択するのは、そういう無益な争いを避けるためもあった。

『逃げてばかりで!』

『ストレス!』

『マッハですわー！』

『おひげのくせに　びびってますの？』

『やっぱり　無刀ですわね！』

『そもそも　ダンジョン内でも　無刀って　どういう了見ですの？』

『ですわ！　素手で戦うおつもり？』


コメント欄は荒れているが、不思議と同接は減っていない。未衣《みい》と氷芽《ひめ》のことが心配なのだろう。

そのぶん、自分への当たりが強くなるのも当然だった。

叩きを甘んじて受け入れつつ、天使の泉には確実に近づいている。

そして――。


「あそこ、なんかいるっ」

未衣《みい》が小声で言って、左前方の壁面を指さした。

軽トラックほどの大きさもある巨大な血だまりのような物体がウネウネと壁を這《は》って横に移動している。なかなかにグロい光景だが、未衣《みい》と氷芽《ひめ》は怯《ひる》まずにじっと動向を観察している。

ルージュスライム。

危険度はE。スライム系のなかでは比較的獰猛《どうもう》な種だ。戦闘力も高めだが、元素系魔法ならどれでもよく効いて、使用者には狩りやすい。

かなりの大型だが、一匹である。

そして、こちらに気づいた様子はない。

「よし。やるぞ」

呼びかけると、未衣《みい》と氷芽《ひめ》は表情をいちだんと引き締めた。もう肩に力は入ってない。刀を抜いて、杖を構えて、獲物から視線を切らさないよう注意を払いながらじりじり間合いを詰めていく。

「大丈夫、教習を思い出せばできる。お前たちならやれる」

英二《えいじ》は静かな声でアドバイスした。

「物理攻撃は効果が薄い。氷芽《ひめ》の魔法を中心として戦闘プランを組み立てろ。狙うのは体内のどこかにある拳大の魔核《コア》だ」

未衣《みい》はごくりと唾を飲み込んで頷いた。

氷芽《ひめ》も頷き、頬に貼りつく髪を払いのけた。


『ででで　出ましたわ！』

『でっか！　スライムさん　でっかあ！』

『やーん　可愛くありませんわ！』

『でも綺麗な色！』

コメント欄もざわついているが、今の未衣《みい》と氷芽《ひめ》に見る余裕はなさそうだ。

「──来るぞ」

スライムがぶるぶるっと震動して、バッタのように高くジャンプした。気づかれたのだ。

「キャッ！」

「跳んだ!?」

悲鳴に近い声を二人はあげた。

ビギナーが特に驚くのが、このスライムの見せる敏捷性《びんしょうせい》、跳躍力だ。そのナメクジのような体からは想像もできない素早さを備えている。第1層にいるペット化されたスライムとは違い、低級とはいえ「モンスター」なのだ。

「やっ、やだっ、こっち来ないでっ！」

亜麻色のポニーテールを振り乱して、未衣《みい》は半蔵《ハンゾウ》を振り回した。手だけで振っているため有効打にならず、銀色の刃がむなしく空を切る。

人間をエサと見なして、体内に取り込み消化しようとするのがスライムだ。

ダンジョンマスターなき後、モンスターは大幅に弱体化している。かつては「服や皮膚を溶かす」特性を持っていたルージュスライムだが、今は肌がピリピリする程度。しかし、取り込まれたら窒息する危険はある。そもそも「粘液に体ごと浸《つ》かる」なんて体験、中一の女の子にしてみれば死んでも嫌だろう。

「あっ、ヤダっ」

べとっとした赤い粘液が飛び散って未衣《みい》の頬にかかり、彼女は目に見えて怯んだ。いつも元気な瞳に涙がじわっと浮かび、尻餅をついた。

すかさず、スライムの本体が覆いかぶさってくる。


『ぎゃあああああ！』

『未衣《みい》ちゃんの　かわいいお顔が!!』

『べっとべと！　べっとんべっとんになりましてよーーー』

『にげてーーーーー』


コメント欄に悲鳴が並ぶなか、未衣《みい》はぎりぎりのところでかわした。横に転がり、マントとスカートを砂だらけにしながら、体勢を立て直すことに成功した。

英二《えいじ》はじっとそれを見守った。よほどのことがない限り手は貸さないと決めている。再三のエスケープで二人の身体能力は把握できている。未衣《みい》なら十分かわせると判断した。そして、彼女は期待通りかわしてみせたのだ。

「未衣《みい》。落ち着いてもう一度だ」

泣きべそをかきながら、未衣《みい》はそれでも刀を構え直した。膝が震えている。そんな自分の膝を叱りつけるように、だんっ、と足を踏みしめた。それで震えは止まった。

スライムはウネウネと地面を這い、再び飛びかかる機会を窺《うかが》っている。

「ひめのん今だよ！」

「わかってる――」

氷芽《ひめ》は黄昏の杖を右手に持って水平に構えた。

その形の良い唇から、澄んだ高い声が紡ぎ出された。


『散り急ぐ花』

『木枯らしの君』

『玲瓏《れいろう》であれ』


これには英二《えいじ》も驚いた。

(氷芽《ひめ》は、詠唱するのか)

いま流行《はや》りの無詠唱だと思っていたのだ。しかも氷魔法で、初心者にはかなり難しい。だが、成功しそうだ。付与魔法が上振れている黄昏の杖の魔力増幅効果もあり、並の術者では安定しない「水滴の結晶化」が氷芽《ひめ》の周囲で起きている。


『でましたわ、氷芽《ひめ》さんのお歌！』

『さすが鳳雛《ほうすう》の歌姫！』

『歌ってみた20万再生越えはダテじゃありませんわよ！』

『お喰《く》らいなさい　スライムさん！』

確かに綺麗な声だ。きっと彼女は歌も上手いのだろう。「カラオケが上手な子は詠唱も上手なんですよ」。それは、かつて舞衣《まい》が言っていた言葉だった。

氷芽《ひめ》の黒髪がなびき、氷魔法が発動した。

たちまち周囲が青白い霧に包まれる。

氷魔法レベル1《氷霧《アイスミスト》》である。術者の指定した範囲に、低温の霧を発生させて敵の動きを鈍らせる。氷芽《ひめ》はまだ使い慣れてないため、熟練者の半分ほどの威力だが、それでもスライムの動きを鈍くするには十分な効果があった。

氷芽《ひめ》の隣で目をこらしていた未衣《みい》が叫ぶ。

「あった！　魔核《コア》だ!!」

魔核《コア》。それはすべてのモンスターに共通する力の源であり、弱点である。どんな大きなモンスターでも、魔核《コア》は人間の握り拳ほどの大きさしかなく、それを突けば倒せる。

『我が足よ』『車輪となり』『廻《まわ》れぇっ！』

未衣《みい》も詠唱した。《身体強化《ブースト》》だ。走りながら、息も切らさずはっきりと発音した。全身がオーラの輝きに包まれると同時に、一気に加速する。まっすぐに突き進んだ。スライムに肉薄するように踏み込んでいく。さっき怖い目に遭ったのに、その恐怖を振り払うことができている。いざという時の勇敢さは、まさに血筋だった。

「やぁぁぁぁぁぁぁっ!!」

振り下ろされた白刃が魔核《コア》を真っ二つに切り裂く。

ぱぁん、と風船が弾《はじ》け飛《と》んだような音とともに、ルージュスライムの紅い体は光の粒子となって消えてしまった。

「た、倒した……？」

「殺しちゃったの？」

呆然《ぼうぜん》とつぶやく未衣《みい》と氷芽《ひめ》に、英二《えいじ》は言った。

「殺しちゃいない。やつらが元いた世界に帰ったんだ。魔核《コア》を失ったモンスターは、この世界での体を維持できなくなる」

「元いた世界って？」

「……さあな」

その事実は一般には知られていない。ダンジョンマスターからその衝撃的な話を聞かされたのは、英二《えいじ》たちだ。英二《えいじ》はそれを政府の機関に伝えたが、時の内閣は隠匿することを選んだ。それは、今もなお続いている。

そんな古い話はともかく——。

「初勝利だな」

英二《えいじ》が言うと、未衣《みい》と氷芽《ひめ》は顔を見合わせた。

「あたしたち、やれたんだ」

「うん。やれた。魔法も、ちゃんと使えた」

呆然とした顔をつきあわせた二人は、次の瞬間に飛び上がって喜びを爆発させた。

「いやったああああああ!!　初勝利！　はつしょうりぃっ!!」

「魔法！　魔法が使えた！　私、本物の魔法使いになれたんだ！」

未衣《みい》はもちろん、氷芽《ひめ》まで大声で叫んでいる。


『おめでとう未衣《みい》ちゃん！　氷芽《ひめ》さん！』

『お二人ならやれるって信じてましたわ！』

『自慢の　おともだちですわ！』

『どんどんどんですわー』

『ぱふぱふぱふぱふーですわー』


コメント欄も祝福の嵐である。

こうして二人は、初戦闘を初勝利で飾ったのだった。

戦いの興奮さめやらぬ未衣《みい》と氷芽《ひめ》――。

このまま勝利の余韻に浸らせてやりたいところだが、英二《えいじ》としては若者に言わなければならないことがある。

◆

「二人とも、アイテム検分の時間だ」

「アイテム検分？」

「倒したモンスターの遺《のこ》したアイテムや残留物を確認して、貴重なものがあれば持ち帰る。これも探索者の大事な仕事――いや、むしろこっちが本業だろうな」


『アイテム検分　キマシタワー！』

『これが冒険の醍醐味《だいごみ》ですわよね！』

『レアアイテム！　レアなアイテムさんは落ちてませんの!?』

『スライムじゃ　そんな良いものは落とさないのではなくて？』

『でもでも　楽しみ！』


コメント欄は大盛り上がりである。戦闘より盛り上がってるかもしれない。

実際、ダンジョン配信で一番再生されるのはバトルではなくこの検分シーンだったりする。

未衣《みい》と氷芽《ひめ》は地面にしゃがんで落ちているものを探し始めた。にぎやかにおしゃべりしながら、二人は目を輝かせてアイテムを見定める。

「ねえひめのん、なんかキラキラした破片がたくさん落ちてない？」

「それは魔核《コア》の破片だよ。集めて持っていくと、買ってくれるところがあるんだって」

「マジ？　部費の足しになるかな？」

「スライムだと、一キロ集めて五百円くらいだったかな」

「そ、そんなたくさん持って行けないよ！　腕太くなっちゃう！」

しばらくして――。

「これ、何かな？」

未衣《みい》が拾い上げたのは、スライムの粘液でべとべとになっているひと振りのナイフだった。他の探索者からスライムが奪ったものらしい。ハンカチで粘液を拭き取ると、刀身から放たれる温かなオレンジ色の光が周囲を照らし出した。

「ほう。『木洩《こも》れ日《び》のナイフ』か。すごいな」

「えっ、これが？」

未衣《みい》は自分の手の中にあるナイフをまじまじと見つめた。

「名前くらいは聞いたことあるだろう。失われた魔法『太陽の灯火《ソル・リヴァイヴ》』の効果がかかった貴重なマジックアイテムだ。幻想金属《ファンタ・メタル》メーカーに持っていけば三百万以上で買い取ってくれる。いや、大学や企業の研究機関に持っていくほうが高値がつくかもな」

『三百万⁉　そんなにするんですのね！』

『たいしたことないですわ　うちのお父さまの月収くらいですわ～』

『でも高価な品には　違いありませんわよ？』

『こんな浅い層で　ゲットできるなんて』

『すっごく　ラッキーですわ！』

木洩れ日のナイフのような「マジックアイテム」は、10層より下に行かないと普通はドロップしない。２層のモンスターが落とすのは極めて稀《まれ》なことだ。

どうやらこの二人、ダンジョン運に恵まれているらしい。

それはどんな剣技や魔法より、この過酷なダンジョンを生き残るために大切なものだった。

「どうする。売却するなら、知り合いを紹介するが」

尋ねると、二人は顔を見合わせた。

「どうしよっか、ひめのん」

「売るのは反対。私たちダンジョン部初勝利の戦利品でしょ。手元に置いておくほうがいいと思う。先生に提出する『実績』にもなるし」

未衣《みい》は嬉しそうに頷いた。

「じゃあ、あたしが使わせてもらってもいいかなっ？」

「うん。未衣《みい》にはそのナイフの方が手頃かもしれないよ」

「やったあ！　おじさんも、いい？」

「お前たちがそう決めたのなら、異論はない」

実は英二《えいじ》もそうアドバイスするつもりだった。「木洩れ日のナイフ」は筋力強化・体力回復効果が付与されていて、装備していれば未衣《みい》は元気いっぱいフルパワーで動き回ることができる。

未衣《みい》はさっそくナイフを大事そうにハンカチで磨き始めた。

「えへへ。あたしのナイフ！　地上に戻ったら可愛くデコってあげるからね！」

「……デコるのか。マジックアイテムを」

「うん！　柄のところとか、めっちゃキラキラさせたい！」

売却しない場合、武器の個人所有は禁止なので、地上に戻ったらダンジョン管理局に預けなくてはならないのだが――。

（しょうがない。俺の家で預かるか）

A級レンジャーのみ、例外として武器の所持が許される。英二《えいじ》の家に保管しておけば、未衣《みい》が遊びに来てデコるのも磨くのも自由にできるというわけだ。

魔核《コア》の回収も終わり、また進み始めようとした、そのときである。

「ねえ、カノジョたち。かわいいねー。中学生？」

そう声をかけて現れたのは、三人の輩《やから》たちだった。

髪色が独特である。

青、黄、そして赤。

三人とも体がデカく、半そでシャツとハーフパンツの手足にはびっしりと気味の悪いタトゥーがいれてある。

青と黄色の顔には見覚えがあった。

先日、第1層で椎原彩那《しいはらあやな》をしつこくナンパしていた「迷惑系」の配信者だった。


『なんですの？　あの方たち』

『信号機みたいですの！』

『いやらしい目つきですわね』


お嬢様たちにも不評のようだが、連中はずうずうしく近づいてきた。

「いやーキミたち、すごい活躍だったねー。見たところ初心者かな？」

「初戦闘であんなバカでかいスライム倒すなんてさぁ、すごいねー」

口先では褒めているけど、本心は見え見えだ。男たちの視線は未衣《みい》が手に持つ「木洩れ日のナイフ」、そして二人のスカートから伸びる白い脚に注がれている。

「そのセーラー服、鳳雛《ほうすう》だよね？　かわいー」

「あそこダンジョン部あったんだ？」

「や、その、ないので、これから作るんです」

輩の問いかけにも答えてしまうのが未衣《みい》の人の良さ、育ちの良さだった。外見は今どきのギャルなのに、性格が素直すぎる。

そんな未衣《みい》をかばうように、氷芽《ひめ》が前に進み出た。

「私たち先を急ぐんで。絡まないでもらえますか」

毅然とした態度だが、やはり氷芽《ひめ》も子供だった。輩たちがニヤリと口角を上げると、びくっと肩を震わせた。

「可愛いねえ。張り切っちゃって。オレたちがガイドしてあげようか？」

「そうそう。オレらの兄貴、すっげー強いんだぜ？」

中央でふんぞり返っている赤髪が、どうやらリーダーらしい。相撲取りのようなその巨体に相応《ふさわ》しい大剣を背負い、顔にまでタトゥーを入れていた。凶悪な亜人モンスター「大鬼《オーガ》」のタトゥーだ。子分にしゃべらせて、自分はくちゃくちゃとガムを噛みながら二人を湿った目つきで眺めている。

青髪が言った。

「そのナイフ、マジックアイテムでしょ。高く買ってくれるところ知ってるからさ。一緒に売りに行こうよ」

「兄貴は顔が広いから、全部任せておけば安心だよ？」

黄髪が自慢げに言った。

「兄貴は『赤髪のオーガ』って呼ばれてるんだぜ」

その大男のタトゥーには様々な術式が込められているようだ。英二《えいじ》の見るところ《身体強化《ブースト》》《魔法耐性《アンチ・マジック》》《状態異常耐性《アンチ・バッドステータス》》など、すべてレベル3程度だ。それらの魔法を、無詠唱で素早く使用できる。

二人の手には余るので、止めることにした。

「その辺にしておいてもらえるかな」

静かに声をかけると、輩たちはぽかんとした表情を浮かべた。どうやら今の今までこちらの存在に気づいてなかったらしい。

「なんだおっさん、誰だよ」

「その子たちの引率者だ」

青髪と黄髪が表情を変えた。

「んん？　てめえどっかで見た顔だな。確かこの前……」

「そうだ！　巨竜湖《きょりゅうこ》でナンパ配信してたとき、邪魔したヤツだよ！」

青髪が腹のあたりを押さえた。あのときの痛みを思い出しているのかもしれない。

「ちょっとくらい腕が立つからって調子に乗るなよ」

「今日はオーガの兄貴がいるんだからな！」

その時、赤髪の輩が初めて口を開いた。

「大声出すなよお前ら。女の子が怯《おび》えてるだろ」

大物感を出しながら、ゆったりと英二《えいじ》のところに歩み寄ってくる。

「実はオレ、こういう者なんだ」

本革の名刺入れを取り出して、英二《えいじ》に名刺を押しつけた。「株式会社ダンジョンリゾート代表取締役《だいひょうとりしまりやく》」という肩書きが印刷されている。ダンジョンリゾートといえば、ダンジョン観光の最大手である。英二《えいじ》の勤める「八王子ダンジョンホリデー」の取引先でもある。

「へえ、一流企業のお偉いさんだったのか」

「ああ。親父《おやじ》がな」

「……ん？」

思わず聞き返すと、オーガは勝ち誇ったように言った。

「オレの親父、上場企業の社長なんだ。まあ、そういうわけだから」

「……」

いったいどういうわけなのか。

「つまり、あんた、親父さんの名刺を持ち歩いてるわけか？」

「そうだが？」

たるんだ頬に醜い笑みが浮かんだ。何か文句あるかと言いたげな顔である。人間はここまで恥知らずになれるという生きた見本だった。

『あらあら　まあまあ』

『恥ずかしすぎますわ　この方』

『親のセブンライトですの！』

『でも　たしかに大物ですわね』

『ぐぬぬ　お父様の会社の得意先ですわ！』

『それにしたって　下品です！』

『そうです！　上流の風上にも置けませんわ！』


「じゃあ、あんた本人は、何をやってるんだ？」

「ダンジョン配信者さ。この前、銀の盾をもらった」

「へえ。今も配信してるのかな」

「いや、今日はつけてない。撮らせてはいるがな」

三人の体にはアクションカメラが取り付けられていた。ひとまず撮って、後で編集して動画化するということか。

「言っておくが――」

オーガの声が低くなった。

「青木《あおき》を倒したくらいで、オレに勝てるなんて思うなよおっさん。ダンジョンでも無刀ってことはオーラ魔法を使う『格闘家《グラップラー》』だろうが、オレの体にゃ拳は効かねえぞ。入れてる墨《すみ》の量が違うからな」

「ふうん。墨、ね」

これだけのタトゥーを入れるには、億単位のカネがかかっているはずだ。今はカネさえ積めば、魔法の力を手にできる。カネの力が自分の力であるかのように振る舞える。そういう時代になったのだ。

青髪が得意そうに言った。

「言っとくが、兄貴はA級並みの実力があるんだぞ。タトゥーが規定にひっかかって試験が受けられねえだけでな」

「しかたねえさ。日本のレンジャー連盟はアタマが固いんだ」

そのときだ。


「――キモッ」


吐き捨てるようなつぶやきを漏《も》らしたのは、氷芽《ひめ》だった。

黄髪がすごんだ。

「なんだとガキ？　今、兄貴になんつった？」

「キモイって言ったんだよ。親が社長だかなんだか知らないけど、大人のくせに中学生相手に粋がってさ。恥ずかしくないの？」

「……何を生意気な」

「A級並みの実力なんて、絶対嘘でしょ。だったらなんでこんな浅い層で初心者いじめしてるのさ。

十層でも二十層でも潜って強いモンスターと戦ってくればいいじゃん。なんでやらないの？」

その言葉に、オーガの顔色が変わった。

図星を突かれたのだ。

自分の赤い髪よりも、さらに顔を赤くして、氷芽《ひめ》に怒鳴った。

「このガキ、優しくしてたら、つけあがりやがって！」

拳を振り上げたオーガの前に立ち塞がったのは、未衣《みい》だった。

「ひめのんに、ひどいことしないで！」

今まで怯えていたのに、友達のためなら体を張る。顔をあげて、まっすぐに相手を睨みつける。

やはり舞衣《まい》の姪っ子だけはある。学校ではおとなしかった舞衣《まい》がダンジョンでは誰よりも勇敢だったことを、英二《えいじ》はよく知っている。

だが、勇敢さだけで力の差は埋まらない。


『逃げて　みいちゃん！』

『無謀すぎますわ！』

『相手が悪すぎますの!!』

英二《えいじ》は――。
頭上のドローンのカメラに視線を向けて、告げた。

「お嬢様がた。悪いが二分、いや、一分ほどスマホを切っててくれないか」


『は？』

『なんでですの？』

『切ったらだめでしょう！』

『あいつらURLつきで　通報してやりますわ！』

『でも　相手の親があんな大物では　もみ消されるのでは？』

『イエイエ　まさか』

『じゃあ　どうすれば!?』


頼みは聞いてもらえそうにない。

どうしたものかと思案していると、動きがあった。

オーガが目つきで合図すると、青髪は腰の刀を抜いて未衣《みい》の頭上に浮いていたマジックドローンを叩《たた》き落《お》とした。

「な、なにするのっ!?」

「へへ……。これで助けは呼べないよなあ？」

青髪と黄髪が舌なめずりをして、怯える未衣《みい》と氷芽《ひめ》ににじり寄っていく。

そのベロベロと動く汚い舌——。

英二《えいじ》は地面にまだ残っていたスライムの残骸、べとべとの粘液を指ですくいあげた。その舌めがけて、放り投げた。粘液は輩の口内に入り、一部は喉をつたって落ちていった。輩は苦悶《くもん》の表情でうずくまり、口のなかに指をつっこんで嘔吐《えず》き始めた。

「うげげげげげ！」

「ぐげげげげげ！」

口に入ったのがスライムであることも、なぜそれが自分の口にあるのかも、この二人は気づいていない。本気を出せば、常人の目にとまらない速さで動けるのが「本物」のA級レンジャーだ。

「助かったよ」

地面をのたうつ二人を見下ろしながら、英二《えいじ》は言った。

「ドローンを壊してくれて助かった。これで配信に乗らない」

オーガが苛立った声をあげる。

「なに醜態さらしてんだお前ら！　後で動画化するんだぞ！」

「そいつは困るな」

英二《えいじ》はオーガの全身に視線を巡らせた。髑髏《どくろ》の飾りがついたズボンのベルトに、アクションカメラが取り付けられているのを見つけた。もう一度、粘液を投げつけた。カメラのレンズがネチョッと覆われて使い物にならなくなる。

これらも超スピードで行ったため、オーガはまったく気づいてない。

「て、てめえ、よくも……」

大剣を抜き放って構えたオーガに、英二《えいじ》は無造作に近づいていく。

「近づくんじゃねえ無刀が！　オレはA級だぞ！」

「そうだな。俺は無刀だ」

英二《えいじ》が近づくほど、オーガはどんどん後ずさっていく。

それは奇妙な光景だった。無刀の男が、でかい剣をぶら下げた入れ墨男を追い詰めている。無精ひげの目立つ中年のおっさんが、筋骨たくましい若い大男を後ずらせていく。地上ではありえないことが、このダンジョンでは起きるのだ。

「ひぃぃっっっ！」

悲鳴のような声をあげ、オーガは大剣を振り下ろした。

英二《えいじ》は、詠唱開始。


『一条《ひとすじ》の血』

『二度と流れぬ』

『三位一体《さんみいったい》の盾を象《かたど》る』


蠅《はえ》でも追い払うように右手を軽く振り、強化した手の甲で大剣を弾いた。

オーガの上半身が大きくのけぞる。

「て、てめえっ!!」

再び、オーガは剣を振り下ろした。

それも、軽く払った。

オーガはそのたびにのけぞり、また振り下ろし、払われるのを繰り返した。タトゥーの浮かぶ肌に滝のような汗が流れている。ぜえ、ぜえ、苦しげに肩で息をしている。

英二《えいじ》は、息ひとつ乱していない。

「さっきの戦闘で言っておくことがある。未衣《みい》。氷芽《ひめ》」

固唾《かたず》を飲んで見守る二人に告げた。

「詠唱を中心に戦闘プランを組み立てるなら、もっとコンビネーションを意識しろ。未衣《みい》の攻撃はあくまで防御のためと割り切れ。こんな風に『パリング』で受け流すんだ。わかるな？」

「はいっ！　おじさん!!」

元気で素直な返事が、未衣《みい》から届く。

そのあいだも、英二《えいじ》は大剣をパリングし続けている。

「それから氷芽《ひめ》。詠唱はもっと歯切れよく畳みかけるように。発声も足りてない。演劇教室に通って『外郎売り《ういろう》』を練習するのが一番いい。目標とする人に近づきたいのならな」

「…………」

氷芽《ひめ》はじっとうつむいたままだった。長い黒髪で表情は見えない。しかし、英二《えいじ》の耳には確かに届いた。「はい」。その掠《かす》れた鼻声に、思う。きっと彼女は「あの人」のように強くなるだろう。

「さて」

少しだけ力を強め、剣を大きく弾《はじ》き飛《と》ばした。オーガは悲鳴をあげ、大きくのけぞった。三歩後ずさって、転倒だけはこらえた。大鬼《オーガ》が刻まれているその顔が青ざめていた。

「付き合ってくれて礼を言う。若造」

「なっなんだとっ!?」

「これが最後の〆《しめ》だ。手加減するから——死ぬなよ」

英二《えいじ》は再び、両手をポケットにしまった。

切り換える。

防御技から、攻撃技へ。

『**四荒八極《しこうはっきょく》——疾風《はやて》の如《ごと》く**』

詠唱とともに、腰を、ひねるように動かした。

それはあたかも、拳を置き去りにして腰が動いたように見えた。

腰の動きだけで、抜剣、いや「抜拳」したのである。

二十年前、腕に覚えのある探索者たちのあいだで、こんな話が言われていた。

『二流は、剣で切る』

『一流は、間合いで切る』

『そして、英雄は「風」で切る』

すさまじい速度で「抜剣」された拳――その拳が生み出した風の渦《うず》が、筋肉と贅肉をまとうオーガの腹にめりこんだ。風は止まらず、オーガの巨体を数センチ浮かせた。そのまま、吹き飛ばした。タトゥーだらけの男は宙を舞い、背中から岩に叩きつけられた。

「ぐぅ」

短い悲鳴を発して、オーガは膝をついた。腹を押さえて顔面から地面に落ちた。時折ぴくぴくと尻が痙攣する。死んではいないことが、かろうじてそれでわかる。

ふっ、と英二《えいじ》はため息をついた。ひさしぶりで加減できるか心配だったが、殺さずに済んだようだ。タトゥーに込められた《防護《ガード》》のおかげだろう。カネの力で命拾いしたわけだ。

「…………えっ？」

きょとんとした氷芽《ひめ》の声がダンジョンの空洞に響き渡った。

「た、倒しちゃったの？　ていうか、今なにしたの？」

氷芽《ひめ》には今の拳が見えていなかったようだ。

彼女が未熟なせい――ではない。

これが見えるのは、A級でもほんの上澄みだろう。

「さあ。急に腹でも痛くなったんじゃないのか」

「う、嘘言わないでよ！　何か技を使ってたよね？　ねえ、未衣《みい》！」

しかし未衣《みい》は、さっき落とされたドローンのところに駆け寄っていた。

スイッチを押したり、覗《のぞ》き込んだりしていたが、やがて――。

「はぁ、良かった〜！　良かったよおじさん！」

「？　何が良かったんだ？」

「壊れてなかったよ、ドローン！　ちょっとヒビが入っただけみたい！」

英二《えいじ》は二度、瞬きをした。

「今のも、ばっちり撮れてたよ！　はぁ、良かったあ。これでおじさんのすごさが、みんなにも伝わったよ！」

「…………」

己が失策を犯したことを、英二《えいじ》は悟った。

もはや止める術《すべ》もなく、怒濤の勢いでコメントが流れ始める。


『しゅ　しゅ　しゅごいぃぃ……』

『あのおじさま　めちゃめちゃ強い！』

『なにも　見えませんでしたわ！』

『気づいたら　ヤカラが　倒れてて』

『ていうか　かっこよすぎ！』

『よく見たら　おひげもステキ』

『うわ　すっごい手のひら返し！』

『アナタたち　無節操ですわよ！』

『わっワタクシは、最初からわかっておりましたけどっ？』

「……あー……」

頭をかきながら、英二《えいじ》は言った。

「今のは、見なかったことにしてくれないか。お嬢様がた」

女子中学生の大合唱が、ダンジョンに響き渡った。

『『『無理ですわーーーーーーーーーーーーーーーーーーー♥』』』

◆

輩の乱入というアクシデントを乗り越えて――。

その後はモンスターに出くわすこともなく、「天使の泉」に無事到着することができた。周りでは多くのパーティーが休んでいた。第2層にしては珍しく周りには青々とした草も生い茂っていて、砂漠のオアシスのような景観だった。

ここで汲《く》むことができる水は、ほのかに甘みがついていて、飲むと疲労回復効果があると言われている。

「ま、今どきコンビニでも売ってるけどね」

「そんなことないよひめのん。現地で飲んだほうがおいしいに決まってるじゃん！」

ここの水はニチダンの系列企業が権利を取得して「ダンジョンのおいしい水」などというミもフタもない商品名にて三百円（税抜き）で売ってる。仕事帰りの女性が「お仕事がんばった自分へのご褒美」みたいな感覚でハーゲンダッツとともに買っていくらしい。耳をすませば、岩壁のなかに組み込まれたポンプ施設が地上まで水を汲《く》み上《あ》げる音がしっかりと聞こえてくる。

「さすがに開発のしすぎだと思うんだがな」

ぼやいた英二《えいじ》に、氷芽《ひめ》と未衣《みい》が言った。

「確かに。ありがたみはなくなるよね」

「そうそう！　現地でしか味わえないことをやらないと。——っと、言うわけでっ！」

二人はマントを脱いで、シューズとソックスも脱いで裸足《はだし》になり、スカートの裾をたくしあげて腰のところで結んだ。「スパッツ穿《は》いてるもん！」と未衣《みい》は言うが、「年頃の娘が……」と思ってしまうのは、自分がおじさんだからだろうか。

澄んだ泉に足をつけて、両手で水をすくう。

「んーっ！　冷たくておいしーっ！」

「本当、生き返るね」

美味しそうにごくごくと飲み干す。白い喉が気持ち良いくらい動くのは若さの証明だ。英二《えいじ》の歳ではもう、冷えた水のがぶ飲みなんてしたら腹を壊すことは確実である。

「クラスのみんなにも持って帰ってあげようっと！」

「だからコンビニで買えるじゃん」

「ちがうもん。ちゃんとダンジョンで汲んできたっていうのが大切なのっ！」

空のペットボトルに水を汲んでいる未衣《みい》をよそに、氷芽《ひめ》がこちらに歩み寄ってきた。

「ねえ、藍川《あいかわ》さん」

「なんだ？」

氷芽《ひめ》は声を潜めて言った。

「さっき藍川《あいかわ》さんが使った技、もしかして《晴嵐剣《セイランブレード》》だったの？」

「……」

英二《えいじ》は否定も肯定もせず氷芽《ひめ》を見つめ返した。

「あれって『剣聖技《けんせいわざ》』でしょ。使えるのはこの世にたったひとり。ニチダンの社長でラストダンジョンクリアの英雄、『剣聖』来栖比呂《くるすひろ》だけのはずじゃないの？」

「詳しいんだな」

「詳しいもなにも、社長本人が自分のチャンネルで自慢してたよ」

「……ふぅん」

かつての親友はあいかわらずのお調子者らしい。

日本でもっとも成功している三十代と言われてるくせに、そういうところはまったく変わらない。

「藍川《あいかわ》さん、本当は何者なの？」

「見ての通り、ただのサラリーマンさ」

事実を述べる英二《えいじ》を、氷芽《ひめ》はじっと見つめている。

「君のほうこそ、何か事情がありそうだな。レンジャーが嫌いなのか？」

「嫌いだよ」

ふん、と顔を背けて氷芽《ひめ》は言った。そんな冷たい仕草をしても、美少女だから様になってしまう。

「レンジャーなんてみんな、自分のことしか考えてない。さっきの輩みたいに、ダンジョンで名誉と金を得ることしか考えてない。大っ嫌いだよ。だから私は、そうじゃないレンジャーになるんだ」

「……そうか」

やはり深い事情がありそうだが、今は聞かないほうが良さそうだ。

◆

そこで、今日の探索は終了とした。

未衣《みい》はもう少し探索したがったのだが、当初の予定を守るほうが大事だと説得した。マジックドローンのバッテリーも切れて配信もできなくなり、未衣《みい》は渋々納得したのだった。

泉近くにある「第2層小山内裏公園北口《おやまだいりこうえんきたぐち》」から地上に出た。

係員にレンタルしたアイテムを返却する。木洩れ日のナイフを持ち帰る手続きは英二《えいじ》が行った。A級ライセンスを見せれば一発である。

「うわーっ、地上の空気ってこんなおいしかったんだ！」

「私は目がチカチカするよ」

まだ元気いっぱいの未衣《みい》だが、氷芽《ひめ》にはちょっと疲れが見える。

「燐光石《りんこうせき》で覆われた第2層から帰還すると、人によってはそうなる。次からはサングラスを用意するのも手だな」

「これくらい、慣れれば平気だよ」

氷芽《ひめ》は英二《えいじ》に向き直った。

直立不動である。

顔が赤くなっている。

何をするのかと思っていると、すう、と深呼吸して、

「拙者《せっしゃ》親方と申すはお立合《たちあい》の内に御存知《ごぞんじ》のお方もござりましょうが、お、お江戸を発《た》って二十里上《かみ》方《がた》相州《そうしゅう》小田原《おだわら》一色町《いっしきまち》をお過ぎなされて青物町《あおものちょう》を登りへお出《い》でなさるれば欄干橋《らんかんばし》虎屋《とらや》藤右衛門《とうえもん》只今《ただいま》は剃髪《ていはつ》致《いた》して、え、円斎《えんさい》と名乗りまするっ！」

少しつっかえながらも、言い切った。

周りの冒険者や出口の係員がいっせいに振り向くほど、朗々とした声だった。

発声、滑舌の基礎と言われる「外郎《ういろう》売り」の冒頭だった。

「なんだ。もう練習してたのか」

「……別に」

氷芽《ひめ》の顔はもう、耳まで赤く染まっていた。

「ひめのん、演劇部の練習にまぜてもらってるんだよね。剣道部の道場まで声が聞こえてくるもん！」

「まだ先週始めたばかりだから、上手くないけど。もっともっと練習するから。詠唱も、魔法も」

氷芽《ひめ》は長いまつげを伏せている。つっかえたのが悔しいのだろう。この負けん気の強さは、レンジャー向きだった。

もう、十分だろう。

二人の力も、心も、十分見せてもらった。

「合格だ」

英二《えいじ》が言うと、未衣《みい》と氷芽《ひめ》はきょとんとした顔になった。

「今日の探索、合格だといったんだ。俺でよければ、今後も付き合う」

未衣《みい》と氷芽《ひめ》は顔を見合わせて、それから英二《えいじ》をもう一度を見た。

「ほんと？　またおじさんに、ダンジョン連れてってもらえるの？」

「ああ」

「――――やったあっっ!!」

未衣《みい》はぴょんぴょん飛び跳ねた。

一方の氷芽《ひめ》は、静かに英二《えいじ》を見上げた。

「あの、藍川《あいかわ》さん」

「ん？」

氷芽《ひめ》はもじもじしている。艶やかな黒髪がサラサラと揺れていた。

「今朝は、その、ごめんなさい」

「？　何が？」

「疑うようなことを言って。本当にすごいのかって聞いて」

「ああ……」

英二《えいじ》は苦笑した。

「本当に律儀だな、君は」

「私のことも『お前』でいいから。未衣《みい》と同じにして。変な遠慮されたくない」

「わかった」

頷くと、氷芽《ひめ》は頭を下げた。髪が肩から流れ落ちるほど、深々と。「これからも、いろいろ教えてください」。その礼の所作も美しく様になっていた。

この氷の棘《とげ》のような少女に、どうやら自分は認めてもらえたらしい。

「じゃあ、私は先に帰るよ。バスの時間があるから」

「ひめのんの家、遠いもんね」

自宅は渋谷にあるらしい。わざわざ八王子の鳳雛《ほうすう》まで通うのは大変だと思うが、名門校なだけに遠方から通う子も多いという。

氷芽《ひめ》と別れた後、未衣《みい》は自撮り棒で撮影をはじめた。

「はろろ〜ん！　みぃちゃんで〜す！　今しがた、ダンジョンから無事に戻ってきましたぁ〜！　おじさんの試験はごーかく！　合格ですっ！　あとすっごいレアなアイテムも手に入れちゃった！　近いうちに感想動画もあげるから、みんな楽しみにしててねぇ！　みぃちゃん編集がんばるよっ‼」

スライムと戦ったり輩に絡まれたり、相当怖い思いをしただろうに、もう満面の笑みだ。この明るさと可憐《かれん》さはやっぱり飛び抜けていて、共学だったら男子が放っておかないだろう。

二人でバス停まで歩いた。

「うううう、なんか、荷物が重いっ……？」

お土産のペットボトルが仇《あだ》となったか、未衣《みい》は手に持ったスポーツバッグの重さに負けて前屈《まえかが》みになっている。

「『木洩れ日のナイフ』の恩恵がなくなったからだ」

「ほんとにダンジョン限定なんだね。……う〜、おじさん、おんぶして？」

「馬鹿。甘えるな」

「昔はしてくれたのにっ」

「お前が幼稚園のときの話だろう」

と言いつつ、英二《えいじ》はスポーツバッグを持ってやった。

「えへへ。おじさん、やさしいな〜」

「今日だけだぞ」

帰りのバスのなか、仕事の資料チェックをスマホでする英二《えいじ》と、英単語帳をめくる未衣《みい》。「もうじき、期末テストなんだよー」「俺も朝イチで会議だ」。女子中学生もサラリーマンも、月曜日からまたいつもの日常が待っている。

「ところで未衣《みい》。さっきの配信の内容、他に流れるようなことはないんだな？」

「うん。あのチャンネル、うちのクラスの子くらいしか知らないから」

「そうなのか？」

「今日の最大同接は四十一人。たぶんクラス全員見てたんじゃないかな」

「全員見てても、そんなものか」

「そ。念のためアーカイブは消しとくねっ」

ならば問題なさそうだ。そもそも、オーガを倒した映像にしても、普通のカメラの画質では何が起きたかわからないはずだ。「おっさんが近づいたら、輩が勝手にコケた」。そんな風に解釈してくれるだろう。

ただ――。

A級レンジャーがじっくり見れば、わかってしまう。

エリートとして多忙を極めるA級が女子中学生の配信なんて見てないとは思うが、アーカイブを消してくれるならそれに越したことはない。

「あたしとしては、おじさんのすごさをもっとたくさんの人に知ってほしいんだけどなー」

「それは困るな。有名になって人が押し寄せたら、お前に構ってる暇がなくなる」

「あっ、じゃあ今のナシ！　ずっとあたしだけのおじさんで！」

ぎゅっ、と英二《えいじ》の腕にしがみついてくる。

「えへへ。おじさん、だーいすきっ」

「おいおい……」

すべすべの頬と、亜麻色のポニーテールが、何度も押しつけられる。

反対側の席に座っているおばさんが、「んまっ」と口を動かすのが見えた。めちゃめちゃ怪訝な目つきで見られている。その隣の、英二《えいじ》より若い二十代のサラリーマンは、うらやましそうな顔で未衣《みい》と英二《えいじ》を見比べている。

(通報だけは、勘弁な)

未衣《みい》の頭を撫《な》でながら、心の中で英二《えいじ》はつぶやくのだった。

◆

この後すぐ、英二《えいじ》は自分の認識の甘さを思い知ることになる。

ダンジョンでは限りなく冷徹な判断をくだせるし、職場では上司に毅然と、部下に優しく、客には丁寧に対応できる英二《えいじ》ではあるが——。

ネット情報の広がりの速さまでは、把握しきれていなかったのである。

鳳雛女学院・学校裏サイト
【雑談】なんでもお話しして良いスレ
ごきげんよう 50回目【おけですわ】

1：名も無き淑女
みなさん見まして？
未衣ちゃんと月島さんの配信

2：名も無き淑女
もちろんですわ！

3：名も無き淑女
しかとこの目で！

4：名も無き淑女
おじさまの活躍すごかった❤
ラブっ❤

5：名も無き淑女
ハートマークなんてはしたないですわよ！

6：名も無き淑女
ネチケット違反です！
ひらがなで書きなさい！　おじさまらぶっ！！

7：名も無き淑女
お二人とも凛々しかったですわね～
同学年とは思えないスゴさでしたわ

8：名も無き淑女
氷魔法って使うのむずかしいんでしょう？
プロでも素質がなければ無理とか

9：名も無き淑女
お父様かお母様が立派な元素魔法使いだったのかも

10：名も無き淑女
生まれ持った才能ですのね！
ずるいですわ！

11：名も無き淑女
イヤお嬢様のアナタがそれおっしゃる？

12：名も無き淑女
あの二人　努力もモノスゴイですわよ

13：名も無き淑女
未衣ちゃんは剣道部でも一番練習してるし
月島さんも毎日教室一番のりで魔法の本読んでますものねー

14：名も無き淑女
二人とも本当にがんばってて尊敬
おじさまも温かく見守っていらして…

15：名も無き淑女
おじさまが強すぎて…
実は今でも何がどうなったのかわかってませんの

16：名も無き淑女
それ！　強すぎますわよね！？

17：名も無き淑女
A級ってみんなあのくらい強いんですの？

18：名も無き淑女
最初はうーんって感じだったおひげ
だんだんかっこよく見えてきました…

19：名も無き淑女
いったいあのおじさま、何者なんでしょう？

20：名も無き淑女
いちどお会いしてみたいですわ…
ダンジョン部入ろうかしら？

書き込む

全部読む　最新50　1-100　板のトップ　リロード

ゴゴゴちゃんねる・ダンジョン総合板
【雑談】ダンジョン配信について語るスレpart1595

1：名無しのリスナー
専用スレのない雑多なチャンネルや配信を語るスレです
ﾏﾀｰﾘ進行でよろ

2：名無しのリスナー
スレ立て乙
ﾏﾀｰﾘって1億年ぶりに聞いたわ

3：とおりすがり
新スレ祝いにネタ投下
みんな大好き「赤髪のオーガ」が第2層で盛大に吹っ飛ぶ動画（切り抜き）
https://i.ingur.com/VbGpddka22CCF.mp4

4：名無しのリスナー
なにこれ草

5：名無しのリスナー
剣振り上げたまま吹っ飛ぶオーガ wwwwww

6：名無しのリスナー
ざまぁねえな
親ガチャ成功しただけのゴミが

7：名無しのリスナー
てかこれ、なんで吹っ飛んだん？

8：名無しのリスナー
近くのＪＣに見とれて魔法失敗→自爆とかじゃね？

9：名無しのリスナー
このおっさんがなんかしたんか？

10：名無しのリスナー
オーガが勝手に自爆したんでしょ
相手のおっさん無刀じゃん

11：名無しのリスナー
オーガが自称Ａ級なのはそうだけど
素手のおっさんに負けるはないわな

12：名無しのリスナー
てか、このＪＣ二人とも超カワイクね？

13：名無しのリスナー
それな

14：名無しのリスナー
ＪＣの特定はよ

15：名無しのリスナー
このセーラーの襟の形はまちがいなく鳳雛女学院
画質粗いけど襟のラインの数でもわかる

16：名無しのリスナー
ホントだ
ビンゴじゃん

17：名無しのリスナー
制服マニアか

18：名無しのリスナー
鳳雛ってダンジョン部あったんだ
意外

19：名無しのリスナー
このおっさんが顧問してんのかな
ならレンジャーだよな

20：名無しのリスナー
素手ならグラップラーなんだろうけど
ダンジョンに背広で来るとかマジなんなん
ずっとポケットに手つっこんだままだし

21：名無しのリスナー
オーラ魔法は自然体が大事とかいうけどねえ

22：名無しのリスナー
動画くりかえし見てみたけど、やっぱおっさんがなんかやってるな
２３秒のところで腰が動いてるのが見える
その後すぐオーガが腹押さえてるから、なんか攻撃したのは確実

23：名無しのリスナー
腰が動いたからなんなんだよｗ

24：名無しのリスナー
居合いの極意って腰なんよ俺は10年くらい習ってるけど
師範にいつも「刀は腰で抜け」って叱られる
型ならできるけど実戦じゃマジで無理
達人クラス

25：名無しのリスナー
いやだからこのおっさん無刀じゃん

26：名無しのリスナー
居合い以前の問題で草

27：名無しのリスナー
このおっさんが切崎塊や月島雪也レベルの使い手ならって話だな

28：名無しのリスナー
だったら顔も売れてるはずだしありえねーな
知らんしこんなヤツ

29：名無しのリスナー
月島、、、惜しいヤツを亡くした

30：名無しのリスナー
動画２５秒のところで画面がガタガタ揺れてるんだけど
なにこれ？
音速剣？

31：名無しのリスナー
風でカメラが揺れたんでしょ

32：名無しのリスナー
第２層のあの辺は無風だよ
んなこともしらねーやつが書き込んでるのか

33：名無しのリスナー
地震じゃね？　最近多いらしいし

34：名無しのリスナー
ポケットに手つっこんだおっさんが音速剣とか。。。

35：名無しのリスナー
そこまでいったらもう剣聖の域だぞ
比呂しゃちょーチーッス！

36：名無しのリスナー
俺はこのおっさん結構強いと思うけど
それはさすがにないわ

37：名無しのリスナー
なんで強いと思うの？

38：名無しのリスナー
雰囲気、かな…？
ちな俺Ａ級
８年かけてようやく受かった底辺だけど

39：名無しのリスナー
出たー
脳内Ａ級レンジャー

40：名無しのリスナー
ライセンスうｐしてから言えや

41：名無しのリスナー
そんなことよりJCズの情報ﾏﾀﾞｰ

42：名無しのリスナー
見つけたわ
鳳雛の子の配信チャンネル
https://www.Dtube.com/watch?v=Fffsjfuwak
ギャルっぽいポニテの子は「みぃちゃん」っていうらしい
マジかわ

43：名無しのリスナー
うおおおお超GJ!!!

44：名無しのリスナー
登録者数すくねーな
身内だけなんだろうな

45：名無しのリスナー
俺らのせいでいきなり登録者数1200人に増えてるw

46：名無しのリスナー
JCだけのチャンネルにお前ら押しかけてて草

47：名無しのリスナー
コメントは承認制だなこのチャンネル
俺らは発言できん

48：名無しのリスナー
コメントしてる子らみんな鳳雛生？
JCお嬢様にモテまくりなんてうらやましすぎるんだが

49：名無しのリスナー
てことはマジなんけ？
マジで無刀のおっさんがオーガ倒したんけ？

50：名無しのリスナー
元の配信は消されてて見れないな
これじゃわからん

51：名無しのリスナー
すごいことに気づいた
オーガが倒れる寸前、画面に一瞬変なノイズ出てる
これってエーテルノイズで超強力な魔法が使われた時
ダンジョン内のWi-Fiに干渉して入るノイズなんよ
前にN.Y.ダンジョンで向こうのA級が
ダースドラゴン倒した動画あったろ
そん時使われたレベル7の魔法と同じノイズなんよ
俺じゃなきゃ見逃しちゃうね

52：名無しのリスナー
長文乙

53：名無しのリスナー
嘘乙

54：名無しのリスナー
「俺じゃなきゃ見逃しちゃうね」
↑
これ言ってみたかっただけだろ

55：名無しのリスナー
スレの話題がおっさんとJCに分断されてて草

56：名無しのリスナー
さあ盛り上がってまいりました

57：名無しのリスナー
おっさんを特定しろ！

58：名無しのリスナー
超美少女な JC 二人はともかく
おっさんのほうはどこにでもいる顔だし難しいかも

49：名無しのリスナー
すげー今さらなんだけどさ
>>3 はこの動画どこからもってきたんだ？
元配信は消されてるしどれだけ検索しても出てこないんだが。。。

書き込む

全部読む 最新50 1-100 板のトップ リロード

■05　剣聖、代表取締役

翌日の朝である。

月曜朝イチの定例ミーティングを終えた英二《えいじ》は、食べ損ねた朝食代わりのカロリーメイトをかじりながら事務所のＰＣを操作した。ダンジョン観光業者のみが閲覧できるサイトを開き、ここ半年で起きたモンスター関連の記録を検索する。

「やはり、か」

この半年、モンスターの異常な活動が頻繁に報告されている。

その数は去年に比べると一・八倍、一昨年に比べると二・三倍にも増えている。

どれもこれも「ペットスライムにへばりつかれた」とか「変な色のワームが見つかった」とか、その程度のことだ。死傷者が出ているわけでもないから、企業や管理局も本腰を入れて調査はしていないのだろう。

だが、何かが違う。

何かがおかしい。

かつての冒険者としての勘、そしてサラリーマンとしての勘が訴えかけてくる。

続いてダンジョン管理局のサイトにアクセスし、巨竜湖《きょりゅうこ》のデータについて調べてみた。水位や水質などが定期的に調査され、ｗｅｂ上で見られるようになっているはずだ。

ところが――。

（三ヶ月前から、更新なしか）

誰も注目しないデータだから、特に騒がれていない。英二《えいじ》も今の今まで未更新に気づかなかった。

しかし、モンスターの異常の件と組み合わせて考えると、薄気味悪いものを感じる。

異変は確実に起きているのではないか？

今はまだ、小さな異変ではあるが……。

「主任、おはようございます！」

「おはよう」

ガイドの制服に身を包んだ椎原彩那《しいはらあやな》が事務所に入ってきた。今日彼女は遅番で、この後二人で現場に出ることになっている。

「なあ、椎原《しいはら》は大学では幻想生物学を専攻していたんだよな？」

「はい。フィールドワークなども現地で行っていました」

「だったら、モンスターの棲息《せいそく》分布なんかにも詳しいよな。第2層のスライムがマジックアイテムをドロップするのって、ありえると思うか？」

彩那《あやな》は少し考えてから言った。

「絶対ないとまでは言えませんが、宝くじで一等を当てるくらい幸運なことですよね」

「だな」

昨日は自分も浮かれてしまっていた。娘のような歳の二人が幸運に恵まれて、そのことを祝福する気持ちのほうが大きかったのだ。

だが、冷静になってみると、やはりおかしい。

幸運すぎる。

「マジックアイテムを落とすのは、第11層以下のモンスターだと言われています。だから考えられるのは11層以下に棲息していたスライムが、2層まであがってきたという可能性ですが……」

「ああ。俺もそう思う」

「しかし、そんなことがありえるでしょうか？　ダンジョンは階層ごとにモンスターの棲《す》み分《わ》けがされていて、秩序ある生態系が築かれています。もし11層以下に住む亜人族が浅い階にやってきたら、大変なことになりますよ」

虫や獣がほとんどである第10層までと違って、11層以下に棲むものは知性を持つものも多い。彼らは人間を狩りの対象、自分たちのテリトリーを侵す外敵と見なして積極的に攻撃してくる。

ゴブリンやオーク、獣人、幻獣、そしてドラゴン。

彼らとの戦いはスライムとはまったく別物、明確な悪意を持った知的生物との戦いになるのだ。

もし未衣《みい》や氷芽《ひめ》が、そんな戦いに巻き込まれたら――。

「…………」

とはいえ、今はまだほんのわずかな予兆程度。

今のうちに原因を突き止めて対策を打てれば、未然に防げる可能性は高い。

「とりあえず報告書まとめて、課長にあげておくか」

「先日もおっしゃってましたね。ダンジョン管理局やレンジャー連盟に任せておけって言われて終わりの気もしますが」

「だろうな」

それでも英二《えいじ》はテキストエディタを起《た》ち上《あ》げ、文面を考え始めた。

「ダンジョンで異変といえば、昨日面白いネットニュースがあがってたんですよ」

「ニュース？」

「ええ。主任は『赤髪のオーガ』ってご存じですか？」

キーボードを叩いていた英二《えいじ》の手が止まる。

「……いや、知らないが」

「いわゆる迷惑系とか厄介系とか呼ばれている有名なダンジョン配信者ですよ。暴力に長《た》けている輩で、管理局も手を焼いているらしいのですが」

「ふうん」

「その迷惑系を成敗する男が現れたって、ネットでちょっとした騒ぎになってるんです。正体不明の中年男性だって」

「……」

英二《えいじ》は再び手を止めた。

なぜ？　という疑問がまず頭に浮かんだ。未衣《みい》が動画を拡散するはずはないし、アーカイブも消すと言っていた。輩のカメラはすべて塞いだ。他のパーティーの気配はあのとき、しなかったはずだ。

だとすれば、どこかに隠しカメラでもあったのか。

いくら英二《えいじ》でもカメラの気配にまでは気づけない。殺気でもこめられていれば別だが、普通に視聴されているぶんには気づく術はない。

「動画を見てもどうやって倒したかがわからなくて、本当に強いのか議論になってるんですって。主任がご覧になったら何かわかるかも」

「さあ、どうかな」

興味がない風を装った。

「その動画、お前は見たのか？」

「いいえ。私はニュースサイトの記事を見ただけで、動画までは」

ひとまず彩那《あやな》にはバレてないようだが、どうも厄介なことになっているらしい。

スマホで未衣《みい》のチャンネルを見てみると——登録者が一万人を越えている。昨日見た時は五十一人しかいなかったはずなのに、たった一夜で何が起きたというのか。

（これは、まずいな）

ダンジョンの異変も気になるが、自分の身の回りでも大きな異変が起きようとしている。

どうしたものか思案していると、デスクの電話が鳴った。内線だ。ディスプレイに表示されていたのは、課長室の番号である。受話器をとると、不機嫌そのものな声が聞こえてきた。

『藍川《あいかわ》主任。ちょっと課長室まで』

◆

鎌田巌《かまたいわお》。

それが課長の名前である。

いかめしい名前からしてオークのような大男を連想してしまうが、本人はノームのような小男。

メガネをかけた大きなギョロ目が特徴で、カマキリのようだと英二《えいじ》は思っている。

カマキリ課長はデスクに座ったまま、呼び出した英二《えいじ》を睨みつけた。

「藍川《あいかわ》くん。君、大変なことをしでかしてくれたな」

「何が、でしょうか」

「とぼけるんじゃないよ」

カマキリは指でとんとんデスクを叩いた。

「取引先の御曹司に、とんでもない粗相をしてくれたそうじゃないか。え?」

「はあ。覚えがありませんが――」

そこで英二《えいじ》は昨日の一件を思い出した。

例の「赤髪のオーガ」。

彼が取り出した名刺には「株式会社ダンジョンリゾート代表取締役」の肩書きが印字されていた。

父親の名刺という話である。英二《えいじ》に叩きのめされたオーガは、事実をねじ曲げて父親に告げ口したのだろう。こちらの身分は青髪黄髪の子分たちに知られている。

「……なるほど。理解できました」

「ダンジョンリゾートの我間《がま》代表から、うちの社長のところに今朝直々に電話があったそうだ。大事なご子息が、君にダンジョンで危害を加えられたと」

「お言葉ですが、先に手を出してきたのは向こうです。私が引率する子たちに危害を加えようとしたので、やむを得ず反撃しました。正当防衛であると考えます」

「理屈を言うな！　いいか、ダンジョンリゾートといえば、うちにツアー客をたくさん回してくれている大事な取引先だ。もしこれで取引がなくなったら、うちなんか潰れてしまう！　どうしてくれるんだ!?」

「……」

英二《えいじ》は考えを巡らせた。

賢く立ち回るのであれば、ここはひたすら謝っておくべきだろう。取引先の偉いさんが白と言うなら、カラスも白。サラリーマンとはそういうものだ。

しかし――。

「課長。我々の職場は、ダンジョンですよね？」

「それがどうした」

「その御曹司とやらは、我々の職場を荒らし、探索者に危害を加えるようなことをしているのです。

彼が迷惑系配信者と呼ばれているのを、課長もご存じでしょう？」

「……さあね。配信者としか聞いとらんよ」

メガネ越しの目がすっと逸らされたのを、英二《えいじ》は見逃さなかった。

「御曹司が私を逆恨みしているというのであれば、私はいくらでも頭を下げます。会社のためにね。しかし、彼はダンジョンを荒らす迷惑行為を働いている。それに目をつぶることはできない。それを見過ごすなら、我々は自分たちの仕事を否定することになる。それだけはできません」

それは譲れない一線だった。

たとえ相手が上級国民だろうと有名配信者であろうと、ダンジョンを楽しもうとする観光客に嫌がらせしたり、新たに挑まんとする探索者に危害を加えたりする行為だけは、許さない。ダンジョンの観光ガイドという職業を選び、かつての戦場、大切な仲間を失った場所を生涯かけて守ろうとする英二《えいじ》にとって、それは譲れない一線なのだった。

「綺麗事《きれいごと》を言うな！　そんな理屈が一流企業の社長に通用すると思うか？　うちみたいな零細、しかも君ごときなど」

「役職や会社の規模は関係ありません」

英二《えいじ》はつっぱねた。

「そもそも、たったひとつの得意先と縁が切れたから潰れる会社ってなんですか？　そんな会社はどのみち長続きしない。いいじゃないですか潰れれば。ハローワーク、ご一緒しますよ」

「き、貴様、言いたいことを……」

カマキリ課長の口の端には泡が溜《た》まっていた。しかし反論の言葉はいつまで経っても出てこない。

その時、ふいにデスクの電話が鳴った。

課長はホッとしたようなため息をついて、英二《えいじ》を無視して電話に出た。

「はい。――ああ、これはこれは！　い、いえ、はい。構いません。はあ、はあ」

電話口でペコペコ頭を下げ始めた。どうやら相手はずいぶんなお偉いさんらしい。

（退散するチャンスだな）

一礼して英二《えいじ》はそのまま退室した。課長が「まだ話は終わっとらん！」みたいな目つきで睨んできたが、無視した。向こうも呼び止めるどころではないだろう。

（のらりくらりとかわして、それでも駄目なら職探しかな）

あんな風にタンカを切ったものの、本当に会社に迷惑がかかるとなれば、辞表を出す覚悟はできている。課長はともかく、せっかく仕事に慣れてきた彩那《あやな》や、日々頑張っている現場の職員たちに迷惑はかけたくない。ひっそりと辞めよう。幸い、時は大ダンジョン時代。日本の経済はダンジョンを中心に回っている。どこか拾ってくれる観光企業はある――と思いたいところだ。

◆

午後のツアーでは、ちょっとしたトラブルが起きた。

三班に分けて観光客を案内することになっていたのだが、A班の若い男性ガイドが貧血で倒れてしまい、稼働できなくなった。代わりに英二《えいじ》がガイドをすることになったのだった。

「ホントにすみません、主任」

「いいからしっかり休め。明日も無理しなくていいからな」

同僚に肩を借りて医務室に向かう部下を送りだして、ひさしぶりにガイド旗を持った。彩那《あやな》が「私が二班受け持ちましょうか？」と言ってくれたが、感謝しつつ断った。上司はこういうときのためにいる。役職手当は雀《すずめ》の涙でも、それが仕事だ。

今日のツアーは第1層南部にあるニチダンの研究施設を見学するというものだった。学生の社会科見学でよく選ばれるコースだ。客は六十代の女性五人組。手芸サークルの仲間とのこと。

女性五人は、現れた英二《えいじ》を見て怪訝な顔つきになった。

「あらぁ、もっと若いガイドさんだって聞いていたのにねえ」

パーマの女性が言った。押し出しが強く、お局《つぼね》様のような風格がある。

「申し訳ありません。担当の者が急病になりまして。私が代役を」

「そうなの？　どうせなら若い人が良かったわあ」

ねー、と声を揃《そろ》える女性たち。これには頭をかくしかない。客商売をやっていればこんなことはしょっちゅうだ。

「年の功を活《い》かして、詳しくガイドさせていただきますので」

「そうねえ、しっかり頼むわよ」

手芸サークルを連れて「形而上錬金学研究所《けいじじょうれんきんがくけんきゅうしょ》」（通称・形錬研《けいれんけん》）に入った。ダンジョン関連の研究施設が一般見学できるのは珍しい。他国であれば政府が厳重に管理しているのが普通だが、日本では民間企業ニチダンがダンジョン開発を主導してることもあってオープンにしていた。

（本当に見られたくない技術は、厳重に隠してあるだろうがな）

こうやって一般公開してるのは、そのためのカムフラージュという見方もできる。

あいつなら、そういう手を使うだろう――と、英二《えいじ》は思っている。

マジックアイテムの実証試験や、幻想金属《ファンタ・メタル》の耐久実験などを見学していった。どの部屋も厳重なセキュリティがかけられていて、分厚いガラス越しに実験の様子を見ることができる。

「なんでこういう施設を地上に作らないの？　その方が安あがりでしょ？」

「これらの実験には魔法が用いられています。ダンジョン内部でないと魔法が使えないのはご存じでしょう？」

「それは知ってるけど、なんでなの？」

「魔法はエーテルと呼ばれる幻想物質に働きかけることによって起きる現象です。そしてエーテルは、ダンジョン内の空気やモンスターの魔核《コア》にのみ含まれています。地上には存在しません」

「ダンジョンの空気を地上に運んだりとかできないの？」

「今のところは無理ですね。エーテルは地上に出ると分解されてしまうので」

「ふうん。不便なのねえ」

魔法を地上でも使用できるようにする試みは、日本を含めた世界各国が血眼をあげて行っているが、未だ実現した例がない。

「じゃあ、ここで行われている研究は私たち庶民には関係ないのね。だって地上で魔法が使えないんだったら、意味ないじゃない」

英二《えいじ》は首を振った。

「最近スマホやドローンなどの電子機器が安くなっているでしょう？　あれはこういう研究の成果なんですよ」

女性たちは目を丸くした。

「魔法でスマホが安くなったのお？　嘘でしょう？」

「水系魔法と化学の組み合わせで、半導体洗浄に使える新たな技術が見つかったんです。それは原理さえわかってしまえば、地上でも再現可能な技術でした。ニチダンが特許をとって、去年大きなニュースにもなっていましたね」

そういえば見たかも、と女性の一人が言った。

「ニチダンの社長さん、儲《もう》けたでしょうねえ」

「ええ。ウハウハでしょう」

一同から笑いが起きた。

スマホが着信を鳴らした。失礼、と客から離れて電話を受ける。またもや課長からだった。

『あー、藍川《あいかわ》くん。今朝の件だがね』

声のトーンが打って変わって穏やかだ。

『ダンジョンリゾートから『この件はもういい』とお話があったから』

「はあ……？」

『もういいと言ってるんだよ。すべて忘れる、なかったことにするとのことだ。いいな。君もこの件は早く忘れたまえ』

一方的に電話が切れた。

忘れるのは大歓迎だし、言われずともそうするつもりだったのだが……。

◆

屋内をひと通り見て回った後、屋外にある魔法実験場へと移動した。

背の高いフェンスに囲まれた小学校のグラウンドくらいの空間だった。一見して何もない空き地にしか見えないが、よく目をこらせば地面にもフェンスにも、至る所に計測機器やカメラが取り付けられている。

右手に剣を持ち、左手のホルダーにスマホを装着した男がグラウンドに立った。迷彩服を着ているから、自衛隊の出向者なのだろう。ランドセルのような計測器も背負っている。

実験開始を告げるブザーが鳴った。

男はスマホを素早くタップして、剣を構えて精神集中する。アプリで呪文詠唱を省略する現代スタイル。すぐに効果が現れた。周囲の気温が急激に下がり、白い靄《もや》に包まれていく。靄が一ヶ所に集まって凝固し、十センチほどの氷の弾丸が生み出された。

レベル2の氷魔法《氷弾《アイスブリット》》だ。

二十メートルほど先、的《まと》として出現した鉄板を氷の塊がぶち抜いた。

「これ、これを見に来たのよお！」

お局様が興奮気味に身を乗り出す。他の女性も同じように目を輝かせ、フェンスに食い込まんばかりに身を乗り出している。

「危ないので、あまり近づかないで。前髪やまつげが凍りますよ」

英二《えいじ》が注意しても興奮は収まらなかった。

「氷魔法なんて初めて見たわあ！」

「ここまでヒンヤリした空気が届くのねえ！　動画じゃわからない感動よお！」

ダンジョンを探索するのは怖いけれど、魔法は実際にこの目で見てみたい——そういう人がこのツアーに申し込む。特に「雷」系や「氷」系など複数元素を組み合わせなくてはならない魔法は使い手が少なく、浅い層で見ることは珍しい。

（きのう氷芽《ひめ》が使った氷魔法を、このお客さんたちが見たら驚くだろうな）

実験はさらに続いた。

小型トレーラーで運び込まれたのは、全長三メートルほどもある巨大な板金鎧《よろい》だった。腰部にバッテリー、関節部分にアクチュエーターがあることからパワードスーツであることがわかる。赤銅色の表面には銀色で複雑な紋様が描かれている。高等魔法の術式だ。右手には刃を潰した大剣を装備していた。

どうやら、あの鎧のテストが今回の本命らしい。

「ねえねえガイドさん、あのヨロイは何なの？」

「魔導装甲《まどうそうこう》のようですね。ただの鎧ではなく、装着者の身体能力や魔法効果を大幅にアップさせるマジックパワードスーツです。私も実物は初めて見ました」

経済新聞に掲載された開発中の画像は見たことがある。もう稼働試験の段階に入ってるとは知らなかった。こんな観光ツアーで見せていいのだろうか？　普通はマスコミを呼んで大々的なデモンストレーションを行うと思うのだが、今日のニチダンはずいぶん太っ腹だ。

「あんなロボットみたいなもの、なにに使うの？」

別の女性からも質問がとんだ。もうすっかり頼られている。

「深層の危険な探索や、大型魔獣や上級亜人種など強力なモンスター討伐に使用されます。すでにモスクワやニューヨークで実戦投入されて、パーティーの生還率が7パーセントもあがったそうです」

「たったのななぱー？」

「ええ。大きな成果です」

トレーラーの荷台がデッキアップされて、魔導装甲《まどうそうこう》は地面に踏み出していった。膝のアクチュエーターが駆動する鋭い音と、魔力伝達の際の低い音が重なり合い、砂地に足跡を刻んでいく。

「ノロノロねえ。あんなので戦えるの？」

男が再び《氷弾《アイスブリット》》を使用した。魔導装甲《まどうそうこう》めがけて放たれる。魔導装甲《まどうそうこう》は地面を蹴って左に回り込んだ。自重を感じさせない素早い動きだった。氷の弾をかわして、懐に入り込む。男は剣を振りつつスマホをかざし《風盾《エアーシールド》》を使用した。空気の防壁を作り出す風系レベル2の魔法だ。風がゴオッと吹いて大剣を押し返した。魔導装甲《まどうそうこう》はそのまま体勢を崩すと思われたが、二歩後ずさって踏みとどまった。

「見かけによらず、すごいわねえあのロボット！」

「いいもの見ちゃった！」

「ええ、息子に自慢できるわ！」

客は興奮気味に話しているが、英二《えいじ》が見るところは違う。微妙な結果だった。あの魔導装甲《まどうそうこう》のクオリティは、アメリカやロシアのそれに遠く及ばない。転倒を免れたオートバランサーの働きだけは秀逸だが、そこがいかにも日本的で、安全性に重きを置きすぎている。

そもそも一番まずいのは、魔導装甲《まどうそうこう》の装着者だ。防御力にまかせて、ただでたらめに突っ込んでいるだけ。いくらダンジョンテクノロジーの粋を集めた鎧でも、使う者が弱ければ真価は発揮できない。

そのとき、実験場のスピーカーから、男の声が流れ出した。

『駄目だな！　ぜんぜんっぜんだめだ！　レベル2程度の防御に阻まれてどうする！』

『なんのために大金使ってると思ってるんだ』

『お前に言ってるんだぞ、装着者！』

『テクノロジーにだけ頼ってるから、そんなことになるんだ！』

聞き覚えのある声だった。

金にがめついのも、あいかわらずのようだ。

薄々感づいてはいたが、課長のメッセージといい、やはり『奴』が関わっていたのか。


『なあ、そこのガイドさんもそう思うだろう？』


英二《えいじ》に向かって呼びかけてきた。

お局様が怪訝な顔で尋ねた。

「ねえ、お知り合い？」

「いいえ、人違いでしょう」

こっちは仕事中だというのに、向こうもそうだろうに、昔からそういうことをまったく気にしないやつだ。あるいはこれがサラリーマンと経営者の差というものか。

スピーカーの声がさらに響く。

『おいおい無視するなよ親友。冷たいじゃないか！』

英二《えいじ》は客たちに呼びかけた。「そろそろ出ましょう」。面倒ごとを吹っ掛けられないうちに退散したほうがいい。

そのときだった。

「友達がいのないやつめ」

背後から急に声がした。

スピーカーと同じ男の声だった。

背後に接近されていた。

男の手刀が横薙《よこな》ぎに振るわれた。こちらの首筋を狙ってきた。とっさに膝を曲げてかわし、英二《えいじ》は、左足を軸にして低空の回転蹴りを放つ。「水面蹴り」と呼ばれる技だ。

男は素早く反応して後方に跳んだ。助走もなしで、五メートルほどの幅を軽々と跳んだ。

「しばらく会わないうちによそよそしくなりやがって。生死を共にした仲間だってのに」

白いスーツのよく似合う男だった。

腰には赤塗りの鞘に収まる長刀を帯びている。

男は柄に手をかけた。しゃっ、とあるかなしかの音がして刀が抜き放たれた。静かな抜刀だ。英《えい》二《じ》が知る限り、世界で一番静かに、そして速く日本刀を抜ける男だ。

「どっちがだ？」

英二《えいじ》は笑みを浮かべた。

「形代《かたしろ》とはいえ、神話級の宝刀を友達に向けるやつがいるか？」

男も笑っていた。

「いいじゃないか。散々戦《や》りあった仲だろ？」

「こっちは仕事中だ」

「サラリーマンみたいなこと言うなよ」

「サラリーマンだよ」

そのとき、男が右に動いた。

英二《えいじ》は左に動いていた。

最優先は、客を守ることだった。男と客の対角線上に位置するように動く。すでにポケットから抜拳している。タトゥーの輩とはわけが違う。日本最強の剣士《ソードファイター》が相手なのだ。

男は小刻みに回転斬りを仕掛けてくる。竜巻がいくつもいくつも英二《えいじ》めがけて押し寄せてくる。そうやって攻撃をしながら、詠唱をしている。スマホなんか使わない。クラシカルな直接完全詠唱だ。

『**武装言語起動**』

『**我が体は剣なり　我が剣は武威《ぶい》なり**』

『**霊剣《れいけん》・布都御魂《ふつのみたま》の名に置いて命ずる**』

『**我が敵を打ち倒すため　その神力《しんりょく》を顕現せよ**』

英二《えいじ》も合わせて詠唱する。

『**武装言語起動**』

『東《ひがし》の青鉛《そうえん》』

『西《にし》の赤錫《せきしゃく》』

『南《みなみ》の金甌《きおう》』

『北《きた》の銀嶺《ぎんれい》』


二人の詠唱が同時に終わった。

男が振るう長刀がオーラによってさらに巨大化した。高層ビルでも叩き切れそうな大きさだった。真っ赤に光る刃《やいば》がギロチンのように英二《えいじ》の頭上に落ちてきた。それを受け止めたのは、四本のオーラの剣だった。英二《えいじ》の体を守るように展開する四色の刃が巨大な刃を受け止め、さらに押し返していた。

「きゃああっ！！」

オーラの激突が突風を呼んで、客たちを吹き飛ばしそうになる。だが、それは一瞬のことだった。ぶつかりあった刃と刃は互いに打ち消しあい、光の粒子となって砕け散った。そうなるように力を加減したのだ。相手も同じく加減していた。認めたくはないが、阿吽《あうん》の呼吸だった。

戦いで舞った砂埃の向こうから、男がゆっくりと歩み寄ってくる。

すでに納刀している。

白いスーツには埃《ほこり》ひとつついてない。

かつてクラスの女子を騒がせた端正な顔には、軽薄な笑みが浮かんでいる。

「さすがだな。腕は鈍ってないみたいだ」

悪びれた様子もない親友に、英二《えいじ》はむっつり唇を引き結んだ。

「どういうつもりだ『剣聖』。こんなところで《神露《あらがみ》》とは。うちの客に被害が出たらどうしてくれる？」

「問題ないさ『無刀』。お前が守ってるのなら、そこは世界一安全な場所のはずだ。そうだろう？」

ぽかんとしたお局様が、声をあげた。

「も、もももしかして比呂《ひろ》しゃちょーですか？　あの、剣聖の？」

男は白い歯をきらりと輝かせた。

「はい！　いかにも日本ダンジョン株式会社代表取締役社長《だいひょうとりしまりやくしゃちょう》・来栖比呂《くるすひろ》ですよお客様！」

「いっ、いつも動画見てます！　握手してください!!」

たちまち握手攻め、サイン攻めが始まった。日本有数の企業の代表であるというだけではなく、今の比呂《ひろ》は配信者としても大人気だ。

「やれやれ……」

英二《えいじ》は理解した。

カマキリ課長が、前言を翻した理由。

ダンジョンリゾートの社長が手を引いた理由。

すべてが理解できた。

こいつが出張《でば》ってきたからだ。

いま、この日本で一番成功していると言われる男、カリスマだの英雄だのと呼ばれている男に、逆らえる人間などごく少数なのである。

◆

来栖比呂《くるすひろ》。

東京都八王子《はちおうじ》市出身。

三十七歳男性。

A級レンジャー。

かつてラストダンジョンをクリアした大英雄のひとり。

クリア後はダンジョンビジネスに携わり、資源採掘やインフラ整備などに多大な貢献をする。

その功績を称《たた》えられ「剣聖大綬章《だいじゅしょう》」という新たに制定された国家勲章を受ける。同時に石上神宮《いそのかみじんぐう》より神話級宝具である「布都御魂《ふつのみたま》」の形代《かたしろ》を借り受け、腰に佩《は》く。かの剣は剣聖の代名詞となっている。

彼だけが使える特殊な剣技は「剣聖技《けんせいわざ》」と呼ばれ、探索者たちの憧れの的である。

三十五歳の時、ニチダンこと「日本ダンジョン株式会社」代表取締役社長に就任。

米フォーブス誌が選ぶ「いま、世界に影響力がある百人」の中に、日本人で唯一選ばれる。

タレントとしても活躍し、甘いマスクで女性ファンも多い。

ベストジーニスト賞受賞二回。

昨年、配信チャンネル「ひろしゃちょーの剣聖ＴＶ」を起ち上げた。現在登録者数二百十五万人。

数多《あまた》の女優やアイドルと浮名を流しては写真週刊誌をにぎわせているが、今もなお、独身。

その理由は常にファンとアンチの議論の的になっているが、本人は「いっぱい遊びたいから」と笑って答えている。

◆

比呂《ひろ》について、ネットに載っているような情報を羅列すればこんな感じになるだろう。

「英雄」「剣聖」「社長」「配信者」「タレント」「成功者」。

彼を彩る輝かしい肩書きは枚挙に暇《いとま》がない。

だが、英二《えいじ》にとってはいつまでも「幼なじみ」であり、「友人」であり、ダンジョンで生死を共にした「仲間」である。

◇

今から二十年前の冬。

ダンジョンマスターを倒して地上に帰還した、その明くる日のことだった。

時の総理大臣から特命を受けて派遣された「内閣官房副長官秘書官」の肩書きを持つ男が、英二《えいじ》と比呂《ひろ》に接触してきた。ある頼み事をするためだった。

「君たちのことを、英雄として大々的にマスコミに発表させて欲しい」

学生服のまま、一流ホテルの会議室に連れてこられた二人は、大の大人が頭を下げるのを見て顔を見合わせあった。

「ダンジョンマスター亡き今、ダンジョンは宝の山となった。これまで危険すぎて採掘できなかった資源が手に入る。専門家の分析では、ダンジョンに眠る既存資源、幻想資源の総額は少なくとも五京ドルにのぼるとのことだ」

京っすか、と比呂《ひろ》がつぶやくのを聞きながら、英二《えいじ》は早く帰りたくてしかたがなかった。葬儀を、途中で抜け出してきているのだ。

「君たちには『ラストダンジョンクリアの大英雄』として、ダンジョン開発のシンボルになってもらいたい。その探索で得た知識と経験を提供して、この国が再び高度成長するためのリーダーになって欲しいんだ」

「ずいぶん虫の良い話ですね」

「お、おい英二《えいじ》。もうちょっと口の利き方に……」

比呂《ひろ》が止めるのも聞かず、はっきりと秘書官に告げた。

「今まで僕らはたいした援助を国から受けられなかった。エリート高校の冒険者ばかりを優遇して、僕ら下位の高校には探索補助金なんて下りてこなかった。僕らがマスターを倒せたのは、担任の先生やクラスメイトのバックアップがあったからです。国には何も助けてもらってない。それを、成功した時だけしゃしゃりでてきて美味い汁を吸おうなんて、おかしいでしょう」

もし、国からもう少しでも、援助を受けられていたら――。

その思いが自分にはある。

もっと装備を整えられていたかもしれない。

万全の準備で最終決戦に臨めたかもしれない。

別れずに、すんだかもしれない……。

「君の言うことは、もっともだと思う」

沈痛な表情を、まだ若い秘書官は作った。

「だが、日本には君たちの存在が必要なんだ。これから国内外で大きなうねりが起きるだろう。ラストダンジョンがもたらす革命的な技術や資源を確保しようと、醜い争いが各分野で起きる。すでにアメリカではそうなっている。無秩序な人海戦術でマスターを倒したはいいが、軍と民で手柄の奪い合いになった。そのせいで、NYダンジョンの開発は頓挫したまま。ウェールズやベルリンも似たようなものだ。ダンジョンの主導権を巡ってEUに亀裂が入る事態になっている」

それはのちに「Lost Decade of Dungeon」（ダンジョンの失われた十年）として教科書にも載り、世界のパワーバランスが大きく変わるきっかけとなる事態だった。これからの世界はダンジョンを上手く活用できた国が生き残る。それはもう、常識となりつつある。

だが――それがどうした？

なんになる？

この国が栄えたとして、この大地の奥深くで散っていったみんなが生き返るわけじゃない。

「我が国は、諸外国と同じ轍《てつ》を踏むわけにはいかない。そのためには国内をひとつにまとめる『英雄』、シンボルの存在が必要不可欠なんだ！　頼む！　この通りだ！」

熱弁し、頭を下げる男のつむじを見つめながら、英二《えいじ》の心はどこか冷めていた。

（これが、大人か）

口の中だけでつぶやいた。

これが、俺たちが命をかけて守った国の正体か……。


「僕は、ＯＫっすよ」


がらんとした会議室に、比呂《ひろ》の軽い声が響いた。

「英雄とか、マジ憧れてたんで。他の連中は知らないですが、僕はそのために戦ってたようなものなんで。金持ちになって、綺麗な女優やアイドルと付き合って、みんなからちやほやされて。そのために僕は命をかけてたんでね」

「来栖《くるす》くん。やってくれるか！」

「もちろん。てか、そのダンジョン利権っていうの、僕らも噛ませてもらえるんですよね？」

秘書官はすごい勢いで頷いた。

「半官半民で起ち上げるダンジョン企業、君たちにはそこに入ってもらう。いずれは役員、社長にさえなってもらいたいと、総理もおっしゃっているんだ」

「わあ。いいっすね、社長かあ」

明るく、そしてどこか空疎な声だった。

「俺、この話乗るわ。英二《えいじ》はどうする？」

英二《えいじ》は首を振って、男に言った。

「ダンジョンで得た知識や技術はあなたがたに提供します。しかし、僕のことは公表しないでください。写真も名前も出さないでください」

男は額の汗をハンカチで拭った。

「いや、しかし、世界を救ったのは『三人の高校生』であると、すでに各マスコミが報じてしまっていて……」

「いいじゃないですか。三人目は『名無し』で。幻の三人目ってことで、いいでしょう」

秘書官はしぶしぶ了承した。

このとき、二人の幼なじみの道は分かれたのだ。


ひとりは英雄へ。

ひとりは、名もなき男へ。

◇

帰り道。

秘書官が手配したハイヤーの車内で、比呂《ひろ》がぽつりと言った。

「俺のこと、ずるいやつだって思うか」

「思わないよ」

車窓の風景を眺めながら言った。今日の八王子は寒い。午後から雪が降るという予報だった。空は灰色に埋め尽くされ、今にも降り出しそうな気配だった。

「誰かが『英雄』をやらなきゃならない。そんなことくらい、俺にもわかるさ」

あの男の言うことは正しい。大衆はいつでもカリスマを求めている。誰かが「英雄」の役を背負わなくてはならない。シンボルとしての英雄。それもひとつの生き方だろう。

しかし――。

それは、自分の生き方ではない。

「英雄として生きるほうが、よほどつらいかもしれないぞ」

「ああ」

答える比呂《ひろ》の声には、確かな決意がこもってる。

軽い男に見えるようで、そう見せているようで――その実、誰よりも責任感の強い男であることは、よく知っている。

「じゃあ俺は比呂《ひろ》に苦労を押しつけて、のんびりサラリーマンでもやるかな」

比呂《ひろ》の口元にほろ苦い笑みが浮かんだ。

「別々の道を行っても、俺のこと忘れるなよ。英二《えいじ》」

「忘れないさ。そんなキャラしてないだろ、比呂《ひろ》は」

車内で固い握手をかわしあった。

ダンジョンで傷だらけになったその手の感触を、今でも忘れてはいない。

◇

その日の夕方。

ダンジョンマスターを倒した英雄として、来栖比呂《くるすひろ》、桧山舞衣《ひやまま い》の名前が政府によって公表された。

大衆は沸き返った。美少年と美少女、すさまじい力を持つ二人の探索者のことを、「日本の大英雄」「日本男児の鑑《かがみ》、大和撫子《やまとなでしこ》の鑑」と称えまくった。連日マスコミが報道し、特集が組まれ、比呂《ひろ》は時の人となっていった。

しかし、三人いるとされた英雄のうち、もう一人の名前は非公表となった。

いったい誰なのか、なぜ隠すのかと騒ぎになったが、結局、何もわからずじまいだった。

やがて、その騒ぎも収まり――。

幻の三人目の存在は、歴史のなかに消えていった。

◆

ツアーが終了した後、比呂《ひろ》に連れ出されてニチダンの社旗がはためくリムジンに乗せられた。

連れていかれたのは、英二《えいじ》の住むアパートからほど近い児童公園である。

ブランコと滑り台、そして小高い丘がある。どこにでもある公園だが掃除が行き届いている。自分たちはすっかり中年になってしまったが、この公園は子供の頃と変わらない。

「懐かしいなあ、このブランコ」

鎖を揺らして、比呂《ひろ》は言った。

「よく靴飛ばししたよな。三人で」

「ああ」

「英二《えいじ》が飛ばしすぎて、あそこの家のガラス割ってさ。あんときの爺《じい》さん、めちゃめちゃキレてたよなー」

「竹ぼうき振り上げて追いかけてきたっけな」

応じながら、比呂《ひろ》の横顔を観察している。

こうして直接会うのは、いったいどのくらいぶりだろうか。年単位で前なのは間違いない。自分も忙しいが、大企業の社長の多忙さはその比ではないだろう。日本で一番忙しい男と言っても過言ではないはずだ。

そんな男が、わざわざこんなところで話をする理由は何か？

少なくともこんな思い出話をするためでないのは確かだ。

「なあ英二《えいじ》。今日見てもらった弊社の魔導装甲《まどうそうこう》、どう思った？」

世間話をするような口調だった。

正直に答えた。

「基礎理論を作ったあいつの理想からは、ほど遠い代物だ。当時に比べてロボット工学は飛躍的に進歩しているのに、あんな鎧の出来損ないしか作れないのか」

「あいた。手厳しいなー」

ぱちんとおでこを叩いておどけつつ、比呂《ひろ》はどこか嬉しそうだ。つまり、比呂《ひろ》自身もそう思っているのだ。

「まあ、あの『桜舞《おうぶ》』はあくまでバランサーの運用試験のための試作型さ。魔導機械《まどうきかい》の魔核《コア》搭載出力試験は別のところでやらせている。まだまだカネがかかりそうだけどな」

「そんな愚痴を言うために、ここに連れて来たわけじゃないだろう？」

「……」

なかなか本題を切り出さない旧友に言った。

「ダンジョンリゾートの社長に話をつけたのは、お前なんだな？」

「まあね」

ブランコの鎖を引っ張ったりしながら、比呂《ひろ》は答える。

「下請けいじめなんて、今どき流行らないからな。悪質な連中が増えてダンジョンの治安が悪化してることもあるし、ここはビシッと言っておかなきゃと思ってさ」

「ふうん。……で、本当は？」

比呂《ひろ》はぷっと噴き出した。

「その聞き方、昔と変わらないな」

「お互い様だ」

笑いを収めると、比呂《ひろ》は話し始めた。

「例の『赤髪のオーガ』とかいう輩《やから》をお前がブッ飛ばした動画。流出させたのは俺なんだ」

「……」

今朝からの疑問が、意外なところで解かれた。

「ダンジョン入窟者の顔は全員撮らせている。リアルタイムでＡＩ解析が行われて、ある特定の人物が入窟した時、俺にホットラインで連絡が来ることになってな」

「特定の人物というのは、俺のことか」

「そうだ。藍川英二《あいかわえいじ》が再びダンジョンに入ることがあれば、必ず俺の耳に入るようシステムが組んであったのさ。当然、内部の定点カメラで動画も撮らせてる。まあ、オーガとやらが絡んできたのは予想外だったが――おかげで、お前のウデが錆《さ》びついてないことを確認できて、収穫だった」

「実験場で仕掛けてきた理由は？」

「あれは俺の都合。社長ともなると、実戦の機会がまるでなくてな。お前と手合わせして、自分のコンディションを確かめたかった。まあ、七割ってところかな」

「おまけしても六割だな。現役時代のお前なら、もっと巨大な刃を練れたはずだ。こっちは手加減するのに骨が折れた」

「ちぇっ。本当のことを言うなよ。傷つくなあ」

重ねて質問した。

「動画を撮らせた理由はわかった。しかし、わざと流出させた理由は？」

「ひとつはお前をやる気にさせるため。もうひとつは――俺の個人的な腹いせだな」

「腹いせ？」

「だって――ひどいじゃないか親友！」

比呂《ひろ》は大げさな手振りをして言った。

「この二十年間、俺にばっかり面倒な英雄役をやらせてさ。政治家の選挙だの、大企業の縄張り争いだの、諸外国の対立だの、調整調整また調整。ほんと、何度あいつら《螺旋音速剣《スパイラル・ソニック・ブレード》》でブッ飛ばしてやろうと思ったことか！　ったく俺は便利屋じゃねーっつの！　しゃちょーサマだっつぅのっ!!」

子供みたいに、地団駄を踏んでいる。

剣聖のこんな姿は、テレビでも配信でもお目にかかれない。

「お前が自分で買って出た役目じゃないか」

「……まぁ、そうなんだけどさぁ……」

拗《す》ねたように、足元の地面をげしげしと蹴る社長。

旧友だけに見せる本当の顔だった。

「せっかくバズったんだ。たまには英二《えいじ》もやってみろよ。『英雄』ってのを」

「ガラじゃないな」

「どうしても？」

「どうしても」

「そこをなんとか！」

「なんともならない」

拝み倒してくる旧友をあしらい、尋ねた。

「それで、『俺をやる気にさせるため』ってのはどういうことだ。俺がまたダンジョンに戻らなきゃいけない理由があるっていうのか？」

「ああ――」

比呂《ひろ》は真剣な顔つきになっていた。

「お前も気づいてるんじゃないのか。ここ最近、ダンジョンで起きている異変を」

英二《えいじ》は答えず、じっと比呂《ひろ》の話に耳を傾けた。

「モンスターの活動が明らかに活性化してきている。低級モンスターの大型化や縄張りの移動も見られる。モンスターが階を移動するなんて、今まではなかったことだ。何かが『下』で起きている。10層より下で、何かが」

それは今朝、課長に報告しようとしていた内容と同じだった。

英二《えいじ》はハッとした。

「まさか、Rが目覚めようとしてるんじゃないだろうな？」

「ああ。Rの仕業というのは、俺も考えたさ」

R、という呼称を二人は使った。

それは、その名前が禁忌だからだ。ダンジョンに関わる者にとって、その名前をはっきり口に出すのも憚られる。口にしてはならないという不文律ができていた。

レッド・ドラゴン。

それは「古の竜《いにしえ》」の一柱である。

ダンジョンに棲みながらダンジョンマスターの支配を受け付けない存在であり、最強のモンスターの一種だ。英二《えいじ》たちは、中一のときに戦っている。総勢二百人もの少年少女たちで、第1層まで上がってきたRを阻止するために戦った。結果は散々なものだった。Rが呼吸しただけで、何十人という同級生が一瞬で吹き飛び、黒焦げの死体になった光景は、今でも脳裏に焼き付いている。

英二《えいじ》は言った。

「Rは死んでない。あのとき追い返しはしたが、命は絶てなかった。やつが眠る11層の地下火山を調査すべきなんじゃないのか？」

「それは……現状、極めて難しい」

「難しいって、お前は社長じゃないか。社長権限で調査団を組織すればいい」

「先日の取締役《とりしまりやく》会議でも、そう提案したさ。だが——否決された」

「否決？　なぜ」

比呂《ひろ》は苦々しい表情を作った。子供のときには見たことがない顔だ。

「ダンジョンによる好景気が天井知らずの今、それに水を差すべきではないってさ。大規模な調査をするとしたら、今やってる開発なんかは一度ストップかけなきゃいけない。もし大きな異常が見つかれば、計画が頓挫する可能性もある」

「そんなこと言ってる場合じゃないだろう」

英二《えいじ》は語気を強めた。

「Rの動向が確認できるまで、開発は止めるべきだ。そもそも最近の開発は少し行き過ぎている。ダンジョンに手を入れすぎているんだ。そのこと自体が、モンスターの生態系を狂わせている可能性だってあるんだぞ」

「だからこそ、お前に調査を頼みたいんだ」

比呂《ひろ》の声も大きくなった。

「去年、月島《つきしま》先輩が第18層で亡くなったのは知ってるだろう？」

「……ああ」

お互いの声に、苦いものが混じっていた。

「ラストダンジョンを生き残り、氷系魔法では国内最強と言われた『蒼氷の賢者《セージ・オブ・ブルーアイズ》』が命を落とした。そのことでレンジャー連盟が保守的になっていてな。有力なレンジャーへの依頼にストップをかけてきてる」

「じゃあ個人に依頼すればいい。ニチダンの財力とパイプがあれば動くレンジャーはいるはずだ」

比呂《ひろ》は首を振った。

「弊社を買いかぶってくれているのは嬉しいが、最近は事情が変わってきている。官とベッタリのニチダンと組んでいたらうまい汁が吸えないと、独自にダンジョン開発を進める新興企業が増えてきた。連中は連中で、A級レンジャーとのパイプをつないでいる。どこが誰とつながっているのか、うちの調査室でも把握できてない」

英二《えいじ》はため息をついた。

「誰が敵で、誰が味方かわからないと。そういうことか？」

「そうだ。今、俺が確実に信頼できるレンジャーは、お前くらいなんだ。英二《えいじ》」

かつて共に遊んだブランコを挟んで、旧友と睨みあう。

「お前の力を、この国は再び必要としているんだ。『無刀の英雄』の力を」

「それは順番が違うな。比呂《ひろ》」

かつての親友の目を見つめて、静かに言った。

「お前がやるべきことは、政治家だの大企業だのを説得していったん開発を止めて、大規模調査を行うことだ。そのうえでなら俺は力を貸す。だが、開発を続けたいからこっそり俺に頼むなんてことは、筋が通らない」

公園に沈黙が下りた。

しばらく時間が経った。

比呂《ひろ》は首を振った。

「本当にあいかわらずだな。あいかわらずの頑固者だ」

「それはお互い様だ」

「今日のところは引き上げよう。だが、ダンジョンに異変が起きているのは確かなんだ。そのことは、覚えておいてくれ」

その時である。


「おじさん？」


公園の入口に、亜麻色のポニーテールを夕風になびかせた朝霧未衣《あさぎりみい》が立っていた。

半袖のセーラー服姿で、スクールバッグを背負い、手にはスーパーの袋を持っている。

「あっ、その、おじさんの家に行こうと思って。そしたら公園から声が聞こえたから。お話の邪魔しちゃってごめんなさい」

「…………」

未衣《みい》の姿を見た比呂《ひろ》の顔に、驚きが広がった。

目を大きく見開き、掠れた声で、その名前を呼んだ。


「……ま、舞衣《まい》……」


そう口にした瞬間、比呂《ひろ》はハッとした表情になった。

「いや、ごめん。未衣《みい》ちゃんか」

「う、うん。比呂《ひろ》おじさん、おひさしぶりです」

「いやあ、大きくなったな。それにめちゃくちゃ可愛くなった！　学校でもモテまくりだろ？」

「その、女子校なので」

「あーそうだったそうだった！　いや、年取ると物忘れ激しくなって、やばいな。なぁ英二《えいじ》！」

大笑いして誤魔化す比呂《ひろ》の目尻に、光るものがあった。

それを見ないふりをして、英二《えいじ》は言った。

「今、俺は未衣《みい》たちに付き合ってダンジョンに潜っている。学校から正式な部として認めてもらえるまで、しばらく潜ることになりそうだ。あくまで浅い階、危険の少ない階にしか潜らない。それでよければ——俺が気づいたことを報告しよう」

比呂《ひろ》は大きく目を見開いた。

「ありがとう。恩に着る！」

深々と頭を下げるニチダン社長をスルーして、未衣《みい》の肩を叩いた。

「腹が減ったな。何か作ってくれないか」

「……うんっ！　まかせてっ！」

未衣《みい》は嬉しそうに頷き、肩を寄せて歩き出した。

■間章　～手芸サークルの歓談～

東京駅発、帰りの新幹線の車内。

平日ということで乗客の姿はさほどでもない。車両の一角を「ふくやまパッチワーククラブ」の女性五人が占めている。座席を回転させて対面し、お土産に購入した「東京ばな奈」を早々に開けて、ペットボトルの紅茶でティータイムを楽しんでいた。

話題はもちろん、さっきリアルで目にした有名人のことだ。

「比呂《ひろ》しゃちょーさん、実物のほうがかっこよかったわね！」

「そうそう！　背も高くって！」

「スーツも高そうで！」

「宝具も迫力あって！」

「あっ、でもちょっと軽薄そうだったかも」

「それは動画でも同じでしょ」

どっ、と笑いが起きる。

ニチダン社長にして超人気配信者の来栖《くるす》比呂《ひろ》も、おばさん五人にかかってしまえば形無しだ。

「写真撮れなかったの、ホントに残念だったわね」

「研究所内、撮影禁止だったもの」

「こっそり撮ろうとしたら、警備員さんにすごい目で睨まれちゃった！」

「息子に自慢できたのに、もったいないわぁ」

「画像なしじゃ信じてもらえないわよねぇ」

ひと通り比呂《ひろ》の話題が出尽くしたところで、女性のひとりが言った。


「ところでさぁ、あの無精ひげのガイドさん、何者だったの？」

「「「それよお!!」」」


全員が身を乗り出した。

「あの戦い、間近で見ていてもよくわからなかったのよねぇ。なんだか、わちゃわちゃしてて！」

「そう、わちゃわちゃ！」

「瞬きしてる間に終わっちゃったわよ」

英二《えいじ》と比呂《ひろ》が繰り広げた超A級同士の戦いを、常人が見て理解できるはずもない。二人が使ったのがオーラ魔法の究極形「武装言語」であることも、剣聖技《けんせいわざ》と無刀技《むとうわざ》が数年ぶりに激突したことも、彼女たちは知る由もない。

「ていうか、なんだかあのふたり妙に親しげだったわよね」

「ただならぬカンケイ、みたいな？」

「昔の友達っぽかったわよね」

「比呂《ひろ》しゃちょーって、確かラストダンジョンをクリアした大英雄の一人なのよね？」

「そうそう！　二人のうちの一人よ。……あら？　三人だったかしら？」

「まさか、あのガイドさんがその一人とか？」

一瞬彼女たちは沈黙し、顔を見合わせあった。

全員が苦笑を浮かべていた。

「まっさかあ。ナイナイナイ」

「だってあの人、無刀だったじゃない」

「英雄が観光ガイドなんてやってるはずないものねえ」

彼女たちが誤解するのも無理はなかった。真のA級は自分の力を簡単に曝《さら》け出《だ》したりはしない。むしろ隠そうとする。比呂《ひろ》にしたところで、動画配信などで見せている強さはほんの何十分の一かにすぎない。

それまで口数が少なかった女性が、おずおずと言った。

「実はね、ずっと気になってたことがあったんだけど」

「あら、なあに？」

「あの二人が戦ってるとき、私が一番前で比呂《ひろ》社長を見ようとしてたんだけど、何故かあのガイドさんの背中ばっかり見えるのよ」

「ええ？　邪魔されてたの？」

彼女は首を振った。

「最初は私もそう思ったのね。でも、社長さんが繰り出したものすごい一撃が地面をゾリゾリッて抉《えぐ》っていったとき、ゾッとしたの。これが当たってたらどうなるんだろうって。だけど、あのガイドさんは私の前から一歩も動かないで」

「つまり、何が言いたいのよお？」

「だから——あの人、私たちを守ってくれてたんじゃないかって」

またも沈黙が下りた。

「まさか。偶然でしょ？」

「そうよねえ？」

「まさかの、まさかよねえ？」

彼女たちは笑いあった。違和感を笑いでかき消そうとするかのようだった。

そのとき、全員のスマホがほぼ同時に着信音を鳴らした。メッセージの着信だった。全員どきりとしてスマホを取り出して、またもや顔を見合わせあった。

「あのガイドさんからだわ」

「私も」

「あたしもよお」

そのメッセージには写真が添付されていた。比呂《ひろ》の画像だった。ピースサインしたり、手を振っていたり、キメ顔をしていたりする写真が三枚続き、最後にメッセージが添えられていた。

本日は、弊社八王子《はちおうじ》ダンジョンホリデーをご利用いただきありがとうございました。
お客様にはトラブルによりご迷惑をおかけしてしまい、大変申し訳ありませんでした。
お詫《わ》びといってはなんですが、ご所望されていた写真を送信いたします。
私が来栖《くるす》比呂《ひろ》氏と直接交渉して、個人的に許可を得たものです。

旅は、家に帰り着くまでが、旅です。
どうか皆様、帰路お気を付けて。

ダンジョンの思い出が皆様のなかで温かいものになりますように。

八王子ダンジョンホリデー　観光一課主任・藍川英二《あいかわえいじ》

女性たちはそのメッセージを繰り返し読み返した。
すでに笑いは収まっていた。

その代わり、温かいものがじわりと胸に広がっている。

「いいツアーだったわね」

一人がぽつりと呟いた。

「また、ダンジョン行きましょうね」

晴れやかな笑みが、五人の顔に浮かんでいた。

■06　真夏のサラマンダー

日曜の朝八時。

休みの日はのんびり午前十時まで寝ると決めているが、真夏となるとそうはいかない。

「……暑」

汗びっしょりで寝床から起き上がった。陽当《ひあ》たり良好なのはいいが、この季節はサウナ室だ。頼みのエアコンは昨夜から熱風しか吐き出さない。先日、フィルター掃除をしたばかりだというのに。

「こいつとも長い付き合いだからな」

大学時代から使ってるから、もうじき二十年になる。こまめに手入れはしてきたが、本体の経年劣化はどうしようもない。

シャワーを浴びて、冷えたサイダーで潤いながらECサイトでエアコンを物色する。「フェンリル」という新製品が出ていた。氷の神話級モンスターの名前から取っているのだろう。戦ったことがある。第80層のフロアマスター。奴の息吹《ブレス》はまさに氷嵐《ブリザード》だった。右腕をやられて一ヶ月は感覚が戻らなかった。比呂《ひろ》は舌まで凍って、二ヶ月女の子を口説けなくなった。その強敵の名を冠するエアコン。よく冷えそうだ。値段の高さには目をつむり、購入ボタンを押した。

設置の希望日を入力していると、微かにアパートが揺れるのを感じた。ダンジョン深層を震源とする微震だった。その原理は未だに解明されていないが、大地震が起きたことはない。八王子《はちおうじ》市民にはお馴染《なじ》みのものだ。今さら驚きはしない。しかし、今日は違和感を覚えた。

「縦に揺れたか？」

ダンジョン発の微震は、ほとんどが横揺れのはずだった。

ほんの一瞬だったから、確証は持てないが——。

「どうも、比呂《ひろ》の言う通りらしいな」

サイダーを飲み干した。

今日は昼からあの二人をダンジョンに連れて行くことになっている。さっき未衣《みい》からメッセージが来ていた。「期末テスト終わったからね！　今日よろしく！」。そして今、氷芽《ひめ》からも。『少し揺れたけど』『まさか中止だなんて言わないよね？』。彼女は一人でも行ってしまいそうだ。だったら自分がみっちり鍛えたほうが結局は安全だろう。

『予定通りに行く』

メッセージを送信して、英二《えいじ》も出発の準備を始めた。

◆

午後一時に、駅前で二人と合流した。

「期末テストの結果はどうだったんだ？　未衣《みい》」

「ふふふ。かんぺきっ～！　なんと学年三十一位っ！　おじさん、なでて～♪」

頭を差し出す未衣《みい》の隣で、氷芽《ひめ》がぼやいた。

「よく言うよ、テスト直前になって私に泣きついてきたくせに」

「す、数学だけだもん！　他のはちゃんと自力で勉強したもんっ」

「理科もかなり教えたよね」

「も、もーっ、おじさんの前で、ひどいよひめのん！」

えいっ、と頭突きしてきた未衣《みい》を逆に捕獲して、氷芽《ひめ》は亜麻色の頭をなでりなでり。すると未衣《みい》は「くぅ～ん♪」と鳴いておとなしくなった。子犬みたいだ。

「氷芽《ひめ》は理数科目、得意なのか？」

「まぁ、得意っていうか……。好きかな」

「ふうん。元素系向きだな」

理系の素養は、元素系魔法を極めるために必須の要素だ。高位の使い手には「脳内でルービックキューブを高速で回しながら複雑な多次元方程式を解く」みたいな才能が必要とされる。歌が上手いこととといい、やはり氷芽《ひめ》には素質があるようだ。

「ひめのんは数学だけじゃなくて、なんでも得意だよ。中間も期末も学年一位だったし」

「へえ。大したもんだ」

氷芽《ひめ》は照れたようにそっぽを向いた。

「別に……。テストの点数が良いからって、モンスターが手加減してくれるわけじゃないでしょ。

未衣《みい》みたいに体育で一番とかのほうがいいよ」

「そうなのか？」

「うんっ！　こないだの体力測定、百メートル十二秒切っちゃった！　いろんな部から超誘われて、困っちゃったよー」

未衣《みい》のほうはもう、単純に運動能力と反射神経がすさまじい。先日のスライムとの戦闘でもそれはわかった。普通のスポーツ競技をやっていたらいずれ金メダルも取るだろう。

そんな二人を連れて、今日もダンジョン探索である。

今回向かったのはダンジョン南口ではなく「みなみ野口《の》」である。みなみ野は町名であり、そこにあるから「みなみ野口」なのだが「南口」と間違える観光客・探索者が跡を絶たない。変えようと議論にはなっているが、地元民の反対もありなかなか実現しない。

ここは南口ではありません、と大きく書いてある入口の下で、英二《えいじ》はレクチャーを始める。

「今日は第3層を飛ばして、一気に第4層まで行く」

二人の顔つきが引き締まり、真剣な表情になる。

「第3層は防衛施設が半分、残り半分は工事現場の層だ。立ち入り禁止の区域ばかりで、行っても経験にならないだろう」

「防衛施設って？」

「『アンドロメダの鎖』。モンスターが地上に来られないようにするための結界だ。スカラ型スパコンで結界生成のためのリアルタイム演算を行い、魔導機械《まどうきかい》と粒子加速器で鎖状の力場を張り巡らせている」

「な、なんか難しそうだね……」

未衣《みい》が難しい顔で首をひねった。

「ともかく、重要な施設があるから立ち入らないのが吉ってことだ」

アンドロメダの鎖に万が一のことがあれば、また二十五年前のようなR侵攻が起きかねない。学者のなかには「エーテルが存在しない地上にモンスターが来る理由がない」と主張する者もいるが、備えは絶対に必要だった。

氷芽《ひめ》が聞いた。

「3層って、モンスターは出ないの?」

「弱いのしか出ない。たいていは警備員や工事現場のあんちゃんにブッ飛ばされてる。そこで素質に目覚めて探索者になってしまう連中もいるくらいだ」

腕っぷしに覚えがあれば、3層までのモンスターはどうにかなる。そのせいでダンジョンをなめる輩が増えてしまって、4、5層にも迂闊《うかつ》に足を踏み入れて遭難する——という事件は、毎年数十件起きている。

「4層からモンスターは一気に強くなる。この前のルージュスライムの比じゃないから、そのつもりでな」

「「はい!」」

返事をする二人からは、なめた雰囲気は感じられない。前回の経験を経て胆力が備わりつつあるようだ。ダンジョンを甘く見るのは論外だが、むやみに怖がるのもまた、探索者に相応しくない。

「ところで、おじさん。例の動画の件はどうするの？　もしまたバズっちゃったら、今度こそおじさんの正体がバレちゃうかも」

「なんだ。心配してくれてるのか？」

「だ、だって……」

頬を赤らめ、未衣《みい》は人差し指同士を絡め合わせた。

「おじさんが有名になって、あたしだけのおじさんじゃなくなったら、やだもん」

隣で氷芽《ひめ》が言った。

「この前は『おじさんのすごいところをみんなに知ってほしい！』とか言ってなかったっけ？」

「そ、それは適度に！　適度にって話だよ〜。もぉひめのん、今日いじわるだしー！」

二人のじゃれ合いを眺めつつ、英二《えいじ》は言った。

「心配はいらない。今日からは《認識阻害《ジャミング》》を使う」

「じゃみんぐ？」

「オーラ系の妨害魔法だな。簡単に言えば、俺の姿にモザイクがかかって他人から見えなくなる」

本来はモンスターに発見されにくくするための魔法だが、まさかこういう使い方をするとは思わなかった。

「おじさんすごぉい！　そんな魔法まで使えるの？　もしかして全系統の魔法が使えるとか？」

「そんな人間いるはずないだろう。俺が使えるのは《身体強化《ブースト》》をメインとしたオーラ系。それから召喚系。あとは――まぁ、いくつか奥の手がある程度だな」

「奥の手っていうのが気になるけど……じゃあ、どうやってモザイクかけるの？」

「これを使う」

懐から長方形の幻想金属製《ファンタ・メタル》カードを取り出した。西洋風の絵柄でかかしが描かれている。白い布で作られた顔には何も描かれてない「のっぺらぼう」だ。

「この呪符《カード》を身につけていれば《認識阻害《ジャミング》》がかかった状態になる。持続時間は三時間。探索のあいだはもつだろう」

物珍しそうに未衣《みい》がカードを見つめた。

「教習所で見本を見たことあるよ。確かすっごく高いんでしょ？」

「モノによるな。こいつはマイナーで簡素な魔法だから市場価格で一万円ってところだが、高レベルの魔法だと数十万から数百万。工事用のレベル7爆裂魔法なんかだと、数億もする場合もある」

「億っ!?」

「ダンジョンの岩盤すらぶち抜くやばい代物だ。相応の値段はするさ」

ひゃー、と未衣《みい》が声をあげた。「あたしのおこづかい何ヶ月分だろ？」。可愛らしい喩《たと》えだが、おそらく未衣《みい》が百年間中学生をやり続けても足りない。

氷芽《ひめ》が言った。

「そのジャミングっていうのを使うと、私たちにも藍川《あいかわ》さんの姿が見えなくなるってこと？」

「いいや。このカードをあらかじめ二人に見せておけば、《認識阻害《ジャミング》》はかからない」

「じゃあこの子たちにも見せておいた方がいいかもね」

「この子たち？」

氷芽《ひめ》が差し出したスマホを見ると、そこにはお嬢様たちのコメントがざざざっと流れていた。


『嫌ですのイヤですの！』

『そんなのヤですの〜！』

『おじさまのおひげが　見えないなんて！』

『ぷんすか！　ぷんすか！』

『まったく　なんのためにワタクシたちが　この配信見てると思ってるんですの！』

『あら　ダンジョン見学のためではなくて？』

『それは　そうですけれども』

『おじさまの勇姿も　拝見しまくりたいのですわ〜！』


英二《えいじ》はぽかんと、スマホの画面をしばらく見つめた。

ものすごいスピードでコメントが流れていく。

視聴者数は百三人となっている。

前回の倍だ。

「…………もう、配信してたのか？」

「まあね」

すました顔で氷芽《ひめ》は言った。

「でも安心してよ。今日から配信はメンバーシップ限定公開で、前もって認証した鳳雛生《ほうすう》以外は見られないから」

「……」

何を安心すればいいのかわからない。

氷芽《ひめ》は未衣《みい》の腕を肘でつついた。

「ねえ未衣《みい》。すでに藍川《あいかわ》さん、未衣《みい》だけのおじさんじゃなくなってない？」

「む、むむっ、むむむ～～～!!」

ポニーテールをぷるぷるさせて、未衣《みい》が抱きついてきた。

「みんなだめーーーっ！　おじさんは、あたしのおじさんなのっ！　取ったらダメーーーっ！」

やっぱりモンスターより、女子中学生のほうが手強い。

そう思わざるをえない英二《えいじ》である。

◆

雑事をすませて、いよいよ今日の探索である。

入窟は前回と比べて待たされずスムーズにいった。ハイキング感覚で入れる第２層と違って、第

4層からは冒険者の数がぐっと減るのだ。

とはいえ、ゼロではない。

ダンジョン慣れしている感じの軽装パーティーや、逆に大げさな重装備を身につけた初心者もいる。大学や実業団のダンジョン部らしき姿もちらほら見える。ガチ勢六割、エンジョイ勢四割というところ。深く潜れば潜るほど、ガチ勢の割合は当然多くなる。

英二《えいじ》は、彼らの列を見やりつつ——。

(この中に、ダンジョンの異変に気づいてるやつはいるのかな)

勘の良いレンジャーであれば気づいていいはずだが、まだ大事にはなっていない。はっきりと「おかしい」と言えるほどの根拠《データ》はまだないのだ。比呂《ひろ》が取締役会でお偉がたを説得できなかったというのも、無理のないことだと思う。

しかし——。

英二《えいじ》と比呂《ひろ》は、ともにラストダンジョンを生き抜いた人間である。

その両者が「何かやばい」と感じているのだ。

(俺たちの勘が鈍ってるというだけなら、いいんだが)

現役を離れてかなり経つ。比呂《ひろ》だって社長業が忙しく、レンジャーとしてダンジョンに潜ったことはもう何年もないはずだ。本件が取り越し苦労に終わって「お互い歳を取ったな」と苦笑して終われれば、それが一番良い。

そんなことを考えつつ、英二《えいじ》は若い二人に告げた。

「第4層には、行きと帰りは『シュート』を使う。二人とも、教習所で習ってきてるよな？」

「もちろん！」

「魔法のエレベーターみたいなやつでしょ」

その認識で概《おおむ》ね正しいのだが、決定的に違う点がひとつ。

「エレベーターと違って『籠』がない。魔法で構成された透明な力場に乗って『降りる』というよりスーッと『落ちる』って感じだな。高所恐怖症や乗り物に酔いやすい者は注意が必要だ」

「大丈夫だよおじさん！　あたしもひめのんも絶叫マシン得意だから！」

長い年月と莫大な工費をかけて建設されたシュートも、未衣《みい》にかかると遊園地のアトラクションになってしまう。

英二《えいじ》たちの番になった。

係員に安全な姿勢についてのレクチャーを受け、入口で発行されたチケットをもぎってもらう。

確かにこの仕組みは遊園地そっくりだ。

「スカート、ちゃんと押さえておけよ。前に盗撮カメラが仕掛けられてたとかでニュースになってたからな」

「！」

未衣《みい》と氷芽《ひめ》はあわててスカートを押さえた。今日もセーラー服だ。早く冒険専用のユニフォームを作ったほうがいいのだが、正式な部になって部費が下りないと無理らしい。英二《えいじ》が立て替えてもいいが、きっと二人は断るだろう。そういう子たちだ。

「舌噛むなよ。気分悪くなったらすぐに言え。じゃあ——行くぞ」

英二《えいじ》が先陣を切ってシュートに飛び込んだ。

「わーっ、気持ちいいっ！」

「本当に体が軽くなってる」

魔法によって重力が極端に軽減された、青白く輝く大きな管《くだ》の中をスルスルと落ちていく。「エレベーターっていうより、ウォータースライダーだね」と氷芽《ひめ》が言えば、「お水流してくれたら涼しくていいのにねー」と未衣《みい》。まったく怖がる様子はない。


『キャーw　はや〜い』

『涼しげで　いいですわね』

『ワタクシも　すべりたーい！』

『流しそうめんに　なった気分ですのー！』


落ちながら、英二《えいじ》は思う。

(また、シュートが拡張されたようだな)

以前は三人が通れるくらいの広さだったはずだが、今は五人同時に通れるように拡張されている。

そのほうが便利なのは間違いないが、そのしわ寄せはダンジョンの構造にきてしまう。そのせいでモンスターの生態系が狂っている可能性は十分にあるのだ。

五分ほど落ちると、次第に減速していった。

最後はふわふわと羽根が舞い落ちるように、三人は地面に着地した。

「なんだ、楽勝だったね」

そう氷芽《ひめ》が言えば、

「最初は酔って吐く人もいるとか聞いてたけど、どうってことないね！」

未衣《みい》も同意した。ダンジョン二回目で慣れてきたのか、前回より余裕が感じられる。

「ここが、第4層かあ」

「真っ赤だね。動画で見た感じよりずっと赤い」

第2層は青白い光を放つ燐光石《りんこうせき》に覆われていたが、ここは赤黒い岩——火燐石《かりんせき》と呼ばれる鉱物を多く含んだ岩壁に覆われている。

「なんか暑くない？　ひめのん」

「暑いね。サウナみたい」

パチッ、パチッと焚き火《たび》をしている時のような音があちこちで響いている。

火の粉のような微かな粒子も、空気中に漂っている。

「この音や火の粉は、火の精霊の仕業だと言われている」

「それでこんな暑いんだ。精霊ってすごいんだね」

未衣《みい》はピンク色のハンディファンで顔に風をあてている。

「精霊はダンジョンの神秘のひとつだからな」

ダンジョンにあまねく存在する火風水土の「四元素精霊《エレメント》」の生態は未だ謎に包まれていて、モンスター以上に不明点が多い。「意思」はあるようだが、果たして「知性」はあるのか？　ダンジョン生物学者のあいだでも意見が割れている。これだけ開発が進んでも、人類はダンジョンの全貌を把握できていないのだ。

英二《えいじ》は左手にはめているレンジャー仕様のスマートウォッチで気温を確認した。三十九度。地上は三十五度だった。英二《えいじ》は《遮熱《ヒートシールド》》のオーラ系魔法を常時使用できるから地上より楽だが、二人にはこたえるはずだ。

「今日はかなり気温が高いようだ。体力を消耗しやすい。無駄のない動きを心がけるんだ」

いつもより慎重に歩き始めた。五分も歩かないうちに二人は汗だくになった。制服の生地が張りつくのが気持ち悪いのか、何度も手をやって直している。足取りも重い。

英二《えいじ》は小声で召喚魔法を詠唱した。

『**英二《えいじ》の名において命ずる。出でよ、北風神《ボレアース》**』

ギリシャ神話の風神をこっそりと召喚して、冷気を二人に届けた。

「あ、ちょっと涼しい風きた！」

「ほんと、生き返る」

二人の足取りに元気が戻った。今日のサービスはこれだけだ。後は二人の実力に任せる。

一行は細い道に入っていった。他の探索者たちが行く広い道ではない。足場も悪い。歩行速度を落として慎重に歩く。

「ねえ未衣《みい》。なんか、変な臭いしない？」

「うん。なんか……温泉の臭いがする」

それは硫化水素の臭いだった。いわゆる「硫黄臭《いおう》」だ。温泉、それも火山性温泉に多い臭い。この4層に火山はない。だが、かすかに臭う。

そのとき、コメント欄に反応があった。


『何か　いますの！』


岩の隙間にチロチロと這《は》い回《まわ》る真っ赤な鱗《うろこ》が見えた。体長三十センチから五十センチくらいの、鱗に覆われた生物が、無数に岩肌を這い回っている。

「きゃあっっ！」

氷芽《ひめ》が声をひきつらせて叫んだ。

「と、とと、トカゲっ！　むむむ無理っ！」

それは、無数の赤いトカゲだった。

炎のような赤の鱗に覆われたトカゲの群れが、目をらんらんと輝かせて、赤い舌をチロチロと覗かせながら行く手を阻んでいた。

「こいつらは火の精霊サラマンダーだ。まさか実体化して現れるとはな」

サラマンダーが実体化して現れるのは10層以下と言われている。先日のルージュスライムに引き続き、またしてもレアケースだ。

「わ、私、トカゲとかヘビとか、ホント無理だから！」

氷芽《ひめ》の震えは止まらない。未衣《みい》の背中に隠れてしまった。


『いつもクールな月島《つきしま》さんにも　怖い物がありましたのね』

『ブルブルしてる氷芽《ひめ》さん　超レアですの』

『あんなに可愛らしいトカゲさんですのにね』

『イヤ　可愛くはないでしょう？』

『ワタクシも　トカゲは無理ですわ！』


「落ち着け氷芽《ひめ》。精霊は人間の敵じゃない。モンスターとは違うんだ。こっちから刺激しない限り、攻撃してくることはない」

「だけど、おじさん」

サラマンダーの群れに対してナイフを構えたまま、未衣《みい》が言った。

「この子たち、何か怒ってるみたい」

「怒る？」

その時である。

一匹のサラマンダーが、シャッ、と短い鳴き声とともに氷芽《ひめ》に飛びかかってきた。

「いやあああっっ！」

年相応の可愛らしい悲鳴をあげてしゃがみこんだ氷芽《ひめ》をかばって、未衣《みい》がナイフを振るった。

「ひめのん危ないっ！」

ナイフの斬撃をかわして、サラマンダーは跳んで距離を取る。入れ替わりに別の個体が氷芽《ひめ》に飛びかかり、それをまた未衣《みい》がナイフで払う。

「なっ、なんで私ばっかり狙ってくるのさ!?」

それは氷芽《ひめ》のまとう元素のせいだろう。

氷芽《ひめ》は水の元素魔法を得意とするだけあって、常にその体から水の元素を微弱に放っている。水と相反する「火」の性質を持つサラマンダーはそれを嫌って攻撃しているのだ。

だが、それにしても、これはおかしい。

好戦的すぎる。

サラマンダーは本来、警戒心の強い精霊だ。人間が来るとさっと岩の隙間に身を隠してしまう。

それが、集団で襲いかかってくるなんて――。

「未衣《みい》。氷芽《ひめ》。いったん退《ひ》くぞ」

「待っておじさん！」

「お前の木洩れ日のナイフは火属性だ。火の精霊に火は効かない。退くんだ」

「違うの！　この子たち、何か伝えようとしてるみたい！　もう少し話させて！」

いつも素直な未衣《みい》が退こうとしなかった。彼女なりに何か感じ取るものがあるらしい。英二《えいじ》にはわからない感覚だ。

「ねえ、なにをそんなに怒ってるの？　ちょっと落ち着いて話そうよ？　話聞くからさ！」

まるで友達に呼びかけるような言葉である。

クラスの人気者らしい、悪く言えばのんきな行動であったが——意外に効果があるようだ。数匹のサラマンダーの動きが止まり、未衣《みい》を遠巻きに見つめるようになった。

(未衣《みい》は、精霊に好かれるタチか)

とはいえ、やはり襲いかかるサラマンダーのほうがずっと多い。

未衣《みい》は氷芽《ひめ》を背中にかばって奮戦しているが、さすがにこの数は捌《さば》ききれなかった。サラマンダーの放つ火の粉が《防護《ガード》》を突き破り、未衣《みい》のスカートの裾を焦がし始めた。

「未衣《みい》！　私のことはいいから！」

「まだまだ、このくらいっ！」

木洩れ日のナイフのおかげで、未衣《みい》の体力はまだ残っている。もし普通の装備で挑んだなら、もうとっくにへばっていたところだ。

だが、熱に対する耐性は別である。

「熱っ……」

苦しげな声をあげて、未衣《みい》が転倒した。

火をまとう尻尾に太ももを叩かれて、火傷を負ったのだ。

仰向《あおむ》けに倒れた未衣《みい》に火精霊たちが飛びかかっていく。確かに未衣《みい》は精霊に好かれている。好かれすぎている。奴らは未衣《みい》の肉体を焼き尽くし、その精神を精霊世界へと連れ去ろうとしていた。

『きゃあっ　未衣《みい》ちゃん！』

『お逃げになって！』

『はやく　はやく！』

『ダメ!!』

『ままにあいませんわ!!』

「────」

その光景に、ある記憶がよみがえった。

瞼に焼き付いて離れない記憶だ。

亜麻色の髪がぱっ、とダンジョンの薄暗い闇に散って、炎を照り返して輝く。

燃え上がる。

髪が炎に包まれる。

全身が炎に包まれて、消えていく。

そんな炎のなかでも、彼女は笑っていた。

こちらに微笑みかけていた。

助けを求めることなく。

優しい微笑みだけをつれて、彼女は、青い炎に巻かれていった。

「────────────────────────────────、衣」


何度、思い返しただろう。

何度、夢に見ただろう。

何度、あの微笑みの意味を思い、胸をかきむしっただろう。

英二《えいじ》はポケットから手を引き抜き、右手を天にかざした。

反射的な行動だ。

体に染みついた動きだった。


「藍川英二《あいかわえいじ》の名を賭して命ずる──来い、カグツチ」


喚《よ》んだのは、契約《エンゲージ》している火神《ほむらがみ》の名前だ。その名を口にするのは二十年ぶりだった。炎がまるで雷のように掌《てのひら》に落ちてきた。拳をぐっと握ると、巨大な刀のかたちを成した。記紀に謳《うた》われる「火《ひ》之迦具土神《のかぐつちのかみ》」が、主《あるじ》の求めに応じて紅蓮《ぐれん》の刀となったのだ。

手加減は考えなかった。

未衣《みい》にあてないこと。ただそれだけに精神を集中して炎を振るった。

燃えさかる刀身が火炎放射器のようにサラマンダーたちめがけて吹き付けた。炎の濁流だ。渦を巻いて狭い通路に広がり、サラマンダーたちを巻き込んでいく。それはかの「R」が吐くという炎の息吹《ブレス》のようだった。ジュッ、ジュッ、という音があちこちでした。火トカゲが消し炭になる音だった。断末魔は聞こえなかった。

そんな暇もなく、魔核《コア》すら残さず、焼き尽くしてしまったのだ。

それでも炎は収まらなかった。カグツチの炎はますます勢いを増して、ダンジョンそのものも餌食にし始めた。岩壁までもが一瞬にして融解し、どろどろの溶岩となって流れ出した。

『ウソでしょ⁉』

『すさまG‼』

『さっき火精霊に火は効かないって』

『おじさま自身が　おっしゃいましたのに』

『岩が溶けてますわ⁉』

『よよよよよ溶岩⁉』

『そんな魔法が　この世にあるなんて』

やりすぎた。

とっさに本気を出してしまった。

英二《えいじ》はカグツチを異界へと帰し、再び無刀となる。

呆然と座り込んだままの氷芽《ひめ》に、言った。

「氷魔法で溶岩を冷やせ」

「…………」

「しっかりしろ。今度はお前が未衣《みい》を助けるんだ」

「……っ」

氷芽《ひめ》は震える脚で立ち上がった。詠唱を始めた。その声も膝も震えていたが、唱えきった。氷の霧が風に乗ってザアッと吹き渡り、どろどろの溶岩を冷やして固めていった。さらに重ねて唱える。何度も何度も、罪滅ぼしのように唱えて、未衣《みい》のところに流れていく溶岩を固めきった。

英二《えいじ》は未衣《みい》のそばにしゃがみこんで、火傷の具合を見た。

「おじ、さん。ごめんなさい。言うこときかなかったせいで……」

「いいから。痛むか？」

「……うん。少し」

額に脂汗が浮いている。無理してるのは明白だった。太ももの火傷が一番ひどい。広範囲に水ぶくれができている。真皮に達するⅡ度熱傷。他にも首筋、左鎖骨、上腕部両方も火傷している。跡が残るかもしれない。一刻も早い治療が必要だ。

英二《えいじ》は治癒魔法のカードを取り出した。

「《治癒発動《ナル・ヒール》》」

キーワードを唱えて、患部に貼り付けた。ポワッとほのかな光が灯《とも》った。未衣《みい》が呻《うめ》き声をあげる。可哀想《かわいそう》だが、どんどん貼り付けた。皮膚という皮膚に、一見無事に見える部分にも惜しみなく貼り付けていった。


『あれ　なんですの？』

『さっき言ってた魔法の力がこめられたカードですわ』

『すっごーくお高いって』

『ヒールはとくに高価で　たしか十万を超えるとか』

『そんなにしますの!?』

『おじさま　めっちゃ貼ってますわよね!?』

『でもそれで　未衣《みい》ちゃんが　治るなら！』


未衣《みい》の表情が次第に穏やかになっていった。

「ありがとうおじさん。すごく楽になった」

「そうか」

魔力を出し尽くして抜け殻になったカードを剥がすと、太ももの水ぶくれは赤い痣《あざ》へと変わっていた。このぶんなら跡も残らない。素早い治癒行動が奏功したようだ。

氷芽《ひめ》がやってきて、未衣《みい》のそばにしゃがみこんだ。

「大丈夫、未衣《みい》!? 痛む？」

「だいじょうぶ！ ひめのんが魔法で守ってくれたおかげだよ！ ありがとう！」

「ありがとう、はこっちだよ」

氷芽《ひめ》はすん、と鼻をすすった。いつも強気なまなざしを宿す瞳にうっすら涙が浮かんでいる。ごしごし、腕でそれを拭った。

「早く正式な部にしてさ。治癒魔法使える部員、探そう？」

「うん、きっと見つかるよ！」

未衣《みい》はにっこりと笑った。いくら治癒魔法が効いたからといって、まだ多少の痛みはあるはずだ。なのに、友達を安心させるために笑うことができる。

そのとき、未衣《みい》の足元で岩がぴくりと動いて、何かが這《は》い出《だ》してきた。一匹のサラマンダーだった。未衣《みい》の近くにいたから、カグツチの炎に巻き込まれずにすんだらしい。

「未衣《みい》、離れて！」

「ううん。もう攻撃するつもりはないみたいだよ」

サラマンダーはじっと未衣《みい》のことを窺っている。

未衣《みい》はしゃがみこみ、火の精霊と視線を合わせた。

「何か話したかったんだよね？ あたしでよければ聞かせてくれない？」

ニコッ、と未衣《みい》は微笑んだ。これには英二《えいじ》も驚いた。さっき自分に大火傷《おおやけど》を負わせた相手に、こんな風に微笑みかけることができる人間が、果たして他にいるだろうか？

（……いや、ひとりいたな）

英二《えいじ》が知るその人物は、かつて風の精霊シルフと一人で戦った。英二《えいじ》や比呂《ひろ》が助太刀するといっても聞かず、たった一人でシルフたちが生み出す風の攻撃を耐えきった。その甲斐あって、その人物はシルフとの契約《エンゲージ》を果たした。当時、世界初だった。ニュースにもなり、英二《えいじ》たちのパーティーが注目されるきっかけにもなった事件だった。

あれから二十年以上経った今、未衣《みい》がそれに続こうとしている。

「今なら契約《エンゲージ》できるぞ、未衣《みい》」

「契約《エンゲージ》？」

「精霊は、自分が認めた人間に力を貸してくれるんだ。お前にその気があるなら、小指の先を切って血をサラマンダーに飲ませてみろ」

未衣《みい》は言う通りにした。

サラマンダーの細長い舌が、未衣《みい》の血がついた指を舐《な》める。

「ひゃううっ」と未衣《みい》がくすぐったそうな悲鳴をあげる。

すると、不思議なことが起きた。

サラマンダーの体が赤い光に包まれて、野球ボールくらいの球体となり、未衣《みい》の胸に吸い込まれていったのだ。

「これで火の精霊がお前の体に宿った」

「宿ると、どうなるの？」

「精霊の加護で、お前の放つ攻撃にすべて火属性を付与できる。火の防御耐性もついた。この第4層の気温、今はどう感じる？」

「そういえば……なんか涼しい？」

「気温は変わってない。お前が熱に強くなったんだ」

さっきまでハンディファンを使っていたのに、未衣《みい》はもう汗をかいていなかった。

「えっと、つまり、今年の夏はエアコンいらないってこと？」

「いや。精霊の加護は魔法と同じくダンジョン限定だ。地上では普通に暑いと思うぞ」

なあんだ、と未衣《みい》は言ったが、精霊と契約《エンゲージ》できる人間はごくわずかしかいない。

興奮したように氷芽《ひめ》が言った。

「これって、未衣《みい》が『精霊剣士《エレメンタル・ブレーダー》』になったってことなの？」

「その一歩を踏み出したというところかな」

精霊剣士《エレメンタル・ブレーダー》とは、世界でも数人しか授かってないレアな称号である。契約《エンゲージ》した精霊の力を自在に操り、それを剣技に応用する。もっとも有名なのはウェールズダンジョンを根城《ホーム》とする英国のA級レンジャー、アイリス〝プリンセス〟ヒル。英国貴族の血を引き、正式な魔法使いの修行を積んだ由緒正しき「魔女《ウィッチ》」だ。彼女はフロストジャイアント討伐や幻想物質「エリクサー」の発見など、華々しい成果をあげている。

そのアイリスでも、精霊と初めて契約《エンゲージ》したのは十四歳の時だったはずだ。

朝霧《あさぎり》未衣《みい》は、世界的に有名なA級レンジャーよりも、一年先んじたことになる。

『理解が追いつかないのですけれど』

『これってマジですごいのでは？』

『マジのガチですわよ！』

『未衣《みい》ちゃんおめでとう！』

『我がクラスから　エレレナントカが　出るなんて！』

『ダンジョン部創設に　また一歩　近づきましたわね！』


しかし、英二《えいじ》としては喜んでばかりはいられない。

サラマンダーの実体化といい、凶暴化といい、下で何か起きてるのはもはや決定的だった。

まさかとは思うが。

本当に、11層の地下火山に何か異変が起きているのだとしたら……。

◆

地上に戻ると、分厚い西陽《にしび》が英二《えいじ》たちを出迎えた。思わず顔をしかめるほどの強烈な陽射《ひざ》しだ。

気温もまだまだ高い。上昇するシュートで多少涼めたと思ったが、また汗が噴き出した。

「サラちゃんがいるぶん、まだ第4層のほうが涼しかったなー」

未衣《みい》は恨めしげに夕陽《ゆうひ》を睨んだ。またハンディファンを取り出して顔に風をあてる。

「ところで、藍川《あいかわ》さん」

氷芽《ひめ》が言った。

「さっきの治癒のカード、すごく高いんじゃないの？　大丈夫なの？　あんなに使って」

そうだ、と未衣《みい》も言った。

「あたし、出すよお金！　お母さんにお年玉前借りするから」

「私も貯金あるから。出すよ」

「いや、ひめのんはいいよ！　あたしの火傷なんだから」

「駄目。未衣《みい》は私をかばって火傷したんだから」

「あたしが出すってば！」

「嫌。これぱっかりは譲らないから」

真剣な顔で言い合う二人の肩に、英二《えいじ》は手をぼふっと置いた。

「あれは昔、知り合いに安く譲り受けたものだ。元手なんてかかってない。だから心配するな」

「……そうなの？　おじさん」

「ああ。俺にだって、多少のコネはあるのさ」

「それでも、無料《ただ》ってわけじゃなかったんでしょう？」

「大人を舐めるなよ。夏のボーナスだって出たんだからな」

まだ何か言いたそうな二人に、「帰るぞ」と促した。

「こんなところにいたら熱中症になる。火の精霊と契約《エンゲージ》して帰ってきて、地上で熱中症になりました、じゃ、格好つかないだろう？」

「それは、確かに……」

「めちゃめちゃかっこ悪いね！」

二人はぶるっと震えて、英二《えいじ》の後に続いた。

◆

二人と別れた帰り道、スマホで通販サイトにアクセスした。A級レンジャーのみが利用できる会員制サイトで、様々なマジックアイテムが売買されている。

「……また、高くなったな」

治癒系のカードがまた値上がりしてた。麻痺《まひ》、毒を治療するカードは以前の三割増し、傷の回復は五割増しだった。なにしろ治癒魔法は使い手そのものが少ない。必然的にカードの希少度もあがる。

とはいえ、背に腹は代えられない。

これからも治癒カードは必要になるだろう。英二《えいじ》は治癒魔法を使えないから、常にストックしておく必要がある。十枚ほど追加注文した。惜しくはない。必要でないものに払う金は一円でも惜しいが、必要なものに払う金を惜しいと思ったことはない。そのために金を稼いでるのだ。

続いて、普通の通販サイトにアクセスした。今朝、エアコンを注文したばかりのサイトだ。すでにステータスが出荷準備中になっていた。少し考えてから、サイトに記載されていた電話番号にかけた。キャンセルを伝えると難色を示されたが、粘り強く交渉して、承諾してもらった。

確か、物置に古い扇風機があるはず。

残りの夏はそれで乗り切ろう。

まずは帰り道、百均でうちわでも買って帰るか――。

そう考えながら、帰路についた。

ゴゴゴちゃんねる・ダンジョン総合板
【雑談】無刀のおっさんについて考察するスレpart100

1：名無しのリスナー
ダンジョンに突如あらわれた通称「無刀のおっさん」
その素性と強さについて考察するスレです
発端となった動画
https://i.ingur.com/VbGpddka22CCF.mp4

2：名無しのリスナー
スレ立て乙
２週間でもう100スレとか

3：とおりすがり
すかさず>>2ゲットおおおおおおおお

4：名無しのリスナー
２ゲットって、、、5億年ぶりに聞いたわ

5：名無しのリスナー
しかも失敗してて草

6：名無しのリスナー
スレの流れ速すぎィ！このスレ加齢臭しすぎィ！

7：名無しのリスナー
みぃちゃん&ひめのんを語るスレと分割しといて良かったな
向こうも盛り上がってるみたいだし

8：名無しのリスナー
おまいら新しいネタですよ。。

無刀のおっさん、地下４層でサラマンダー相手に無双
https://i.ingur.com/VbGpddka44CzF.mp4

9：名無しのリスナー
でた一謎の動画投下兄貴

10：名無しのリスナー
ほんとだ　無刀のおっさん映ってる
顔モザイクかかってるけど多分同じやつだろ

11：名無しのリスナー
またあの JC ズ連れてら
うらやまけしからん

12：名無しのリスナー
今回は第４層か

13：名無しのリスナー
なんこれ
サラマンダーめっちゃいる

14：名無しのリスナー
サラマン軍団燃えてる?

15：名無しのリスナー
ありえないだろ
火を燃やすって言ってるのと同じだぞ

16：名無しのリスナー
火の精霊に火魔法はきかんのだ
大小に関係なくな

17：名無しのリスナー
いや思いっきり効いとるがな

18：名無しのリスナー
天さん。。。

19：名無しのリスナー
これおっさんが火魔法使ってるのか?
炎の剣みたいにしてるけど

20：名無しのリスナー
こんな魔法シラね
おっさんのオリジナルスペル?

21：名無しのリスナー
てかサラマン多すぎじゃね?
４層に出ること自体珍しいのに、こんな大量に出てくるもんかね?

22：名無しのリスナー
11 層の地下火山帯ならよくあるけど
4層ではありえないな

23：名無しのリスナー
ありえない＋ありえない
＝超ありえない

24：名無しのリスナー
さあ一気にウソくさくなってまいりました w

25：名無しのリスナー
なんだフェイク動画かよ　つまんな

26：名無しのリスナー
火精霊も燃やしちゃうおっさんすげーだろ！ってやりたかったのか？
作ったやつ小学生かよw

27：名無しのリスナー
こうなると元々の動画も怪しくなってくるな

28：名無しのリスナー
前から思ってたんだけどさ
このおっさんが自分で動画あげてんじゃねーの？

29：名無しのリスナー
なんのために？

30：名無しのリスナー
そりゃ売名だろ
ネットで名前売って、どっかの企業に売り込むんでしょ
C 級 D 級あたりがよくやる手

31：名無しのリスナー
じゃあＪＣズはなんなん？

32：名無しのリスナー
どっかのアイドルの卵とかなんじゃね？
美少女一緒に映しておけばバズるだろ的な

33：名無しのリスナー
不自然だもんな
おっさんがこんな可愛い中学生二人も連れてるとか

34：名無しのリスナー
あーあ化けの皮はがれちゃったねえw

35：名無しのリスナー
```
                    ゴガギーン
                               ドッカン
                  m          ドッカン
   =====)  ))                         ☆
         ^_^|_|                     ／                   ／￣
＿ ＿ ＿￣＿＿ ＿ ＿ ＿ ＿ ￣

         (     )|  |_______       ^_^     <    おらっ！出て
こいおっさん
         「 ⌒￣ |     |       ||     (´Д｀  )      ＼____
______________
         |     /￣     |       |/     「      ＼
         |     |  |      |       ||      ||    /\＼
         |      ||      |       |    へ//|    |    ||
         |      ||     ﾛ|ﾛ     |／,へ＼|    |   ||
         |  ∧  ||      |       |／   ＼    /  (  )
         |  |  |  |〈      |       |        |  |
       //  //|    /  |     〈|         |  |
     //  //  |      |      ||          |  |
    //  //  =-----=--------        |  |
```

36：名無しのリスナー
AA ズレまくりで草ァ！

37：名無しのリスナー
貼るならちゃんと貼れw

38：名無しのリスナー
ほんとこのスレの加齢臭やばいな…

39：名無しのリスナー
ちょっと待って欲しい本当にフェイクだろうか？
確かにサラマンダーがこんな大量にしかも４層に出るのはおかしい
だが最近ダンジョンではいろいろ異変が起きてるって話だしありえないことじゃないはず
それから火精霊に火魔法は効かないって話だけど常識で考えれば確かにそうなんだが
魔法っていうのはこの次元の物理現象だけで成立してるわけじゃなくその前段階でエーテルが干渉できる星幽界の法則に従ってるっていうのが

最新の形而上錬金学の見解
つまり星幽界において火精霊の上位存在である火の神々であれば火精霊の魔核そのものに干渉できる(in 星幽界)からこっちの世界で燃焼させることは不可能じゃないはず
日本の火の神様といえば、そう、やっぱり火之迦具土神ことカグツチだよな
来栖比呂っていう超イケメンの社長が言ってたんだが、二十年前にこのカグツチと契約した英雄がいて、そいつはかの炎神を剣のように使役したらしい
つまりこのおっさんがその英雄なんだよ絶対!!
無刀のおっさん半端ないって絶対。
あと比呂社長はマジかっこいいって絶対。

40:名無しのリスナー
出たー長文兄貴出たー

41:名無しのリスナー
唐突な長文に草を禁じ得ない

42:名無しのリスナー
必死すぎだろ。。。

43:名無しのリスナー
カグツチ召喚はさすがに盛りすぎ　ありえなさすぎwww

44:名無しのリスナー
カグツチってラスダン91層のボスだったとかいう奴か
比呂社長の武勇伝に出てくる

45:名無しのリスナー
しゃちょースレでは
あの話は「盛ってる」で結論出てる

46:名無しのリスナー
あのしゃちょー話盛るからなー

47:名無しのリスナー
そんなことはない
あの社長いい人だし
かっこいいし
話も盛ってない

48:名無しのリスナー
なあ思ったけど >>39
こいつ無刀おっさん本人じゃね?

49：名無しのリスナー
ありうるなー

50：名無しのリスナー
なんだがっかり

51：名無しのリスナー
ひさびさに日本にも強いレンジャーが出てきたと思ったのに
フェイクかよ

52：名無しのリスナー
月島も逝ったし
もう期待できるのは切崎くらいしかいねーな
日本人レンジャーは

書き込む

全部読む 最新50 1-100 板のトップ リロード

■07　会議は踊る、されど断絶

七月も終わりに近づいた。

学生は夏休みに入ったところだが、ダンジョン観光業は今が繁忙期である。英二《えいじ》は連日の早出と残業、さらに休日出勤をこなさなくてはならず、未衣《みい》たちに付き合う時間がなかなか取れないでいた。

「夏休みなんだし、ちょっと『デゲイゴ』に行ってくる！」

「せっかく慣れてきたんだから、勘を鈍らせたくないもんね」

そう言って二人が出かけていったのは、桜桃《おうとう》女子大学のダンジョン部である。

夏休みを利用して、女子大生たちに交じって練習と実践を積もうというらしい。

大学ダンジョン競技では名門とされる桜桃《おうとう》女子大の練習に中学生がついていくのは無理だと、一度は断られてしまったらしいのだが——。

「サラちゃんと契約《エンゲージ》したって言ったら驚かれてさ。だったらいいよーって、お姉さまがたが」

「私たちの動画を見せたら、足手まといにはならないって認めてもらえたよ」

と、いうことで参加できたらしい。

なんでも未衣《みい》と氷芽《ひめ》は、今、ネットで人気急上昇中のダンジョン配信者になっているらしい。サラマンダーと契約《エンゲージ》したり氷魔法を使ったりする中学生なんて海外でもなかなかいないのだから当然、しかも二人のルックスときたら超Sクラス。人気が出ないはずがなかった。

「毎日毎日、動画にものすごい数のコメントが来るの！　登録者も三十万人超えちゃった」

「メンシの申請もすごいよね。鳳雛《ほうすう》生以外は入れないって言ってるのに、しつこく何度も来るんだよ」

未衣《みい》と氷芽《ひめ》が運営する「鳳雛《ほうすう》だんじょん♥ちゃんねる」は、動画は誰でも見られるが、生配信はメンバーでないと見られない。アーカイブもなし。そしてメンバーは、二人と直接面識のある鳳雛《ほうすう》生に限っているらしい。

「だから、おじさんの正体はまだ世間にはバレてないと思うよ！」

と、未衣《みい》は言ってくれたが、正直、今はネットの評判を気にする余裕はない。

なにしろ忙しい。

通常業務が繁忙期なのに加えて、もうひとつ、旧友に頼まれた仕事がある。

それは——。

◆

事務所に朝陽《あさひ》が差し込む時刻。

「あの、主任。おはようございます」

その控えめな声で目を覚ました。

重い瞼を開けると、椎原彩那《しいはらあやな》が心配そうに顔を覗き込んでいる。

「ああ。おはよう、椎原《しいはら》」

「起こしてすみません。また、泊まり込みですか？」

事務所のソファをベッド代わりにして眠っていた。机の上には夜食に食べたカップ麺やおにぎりの殻が散乱している。まだ少し残っていた生ぬるい缶コーヒーを喉に流し込み、軽く伸びをした。

「昨夜も泊まり込みだったんですか？　このところ毎日ですね」

「ああ、おかげでどうにか終わった」

会社のＰＣでないと調べられないデータの分析を連日行っていた。第４層から帰ってきてからずっとかかりきりだったのだが、つい数時間前、ようやくひとつのメドがついた。

結果は、やはり思っていた通りのものだった。

データは正直だ。

見たくないものまで、はっきりと可視化してしまう。

「……」

「主任？　そんな苦い顔をされて、どうかなさったんですか？」

「いや。なんでもない」

このデータは、ダンジョン業界にとっては不都合な真実だ。

だが、それでも言わなくてはならない。

「椎原《しいはら》こそ早いな。今日の予約は何組だ？」

「午前に三組、午後に五組です」

「多いな。かき入れ時ってやつか」

煙草《たばこ》が吸いたいな、と思う。普段は吸わないが、徹夜明けの朝は吸いたくなる。コンビニに行こうと立ち上がった。

「そういえば、前に話した男性の件なのですが」

「男性？」

「ほら、ネットで噂《うわさ》になってるっていう、強いのか弱いのかわからない正体不明の」

踏み出しかけた足を止めた。

「あれから、彼の動画は編集したフェイクだったことが判明したそうです。自作自演でバズらせようとしていたって」

「自作自演？」

「やっぱり、そんなすごく強い人なんて、そうそういるわけないですよね」

「まったくだ」

サラマンダーとの戦闘を撮られていたのだろうと、英二《えいじ》はあたりをつけた。自演とはなんのことやらわからないが、カグツチの映像を「編集」「フェイク」と解釈してくれたのなら幸いだ。《認識阻害《ジャミング》》のおかげで顔バレはしてないようだし、このまま忘れてもらえれば生活を乱されずにすむ。

今度こそコンビニに行こうとした時、デスクの電話が鳴った。どうやら運命は自分に煙草を吸わせたくないらしい。そのほうが健康にいいと開き直り、受話器を取った。

『藍川《あいかわ》くん。君、今日は新宿に行ってくれ』

鎌田《かまた》課長だった。いつものごとく唐突な無茶ぶりだ。

「新宿？　どういうことでしょうか」

『ダンジョン関連のお役所や大企業が一堂に会して、西新宿のニチダン本社で会議が開かれる。今後のダンジョン開発について話し合う重要な会議だ』

「うちみたいな零細が、そんな大会議に席があるんですか？」

下請けのそのまた下請けが出ていいような会議には思えない。

『知らんよ。うちにも出席せよと、幻想資源開発庁のお役人から早朝に連絡があったんだ。それも君をご指名でね』

「私を？　幻資庁に知り合いなどいませんが」

『だから、知らんよ。こっちが聞きたいくらいだ』

課長は声を潜めた。

『いいか藍川《あいかわ》。くれぐれも役所や親会社の心証を悪くするようなことは言うなよ。何を聞かれようと言われようと返事は『はい』と『承知しました』だ。わかったな？』

「はあ……」

『そうだ、椎原《しいはら》くんも連れて行け。綺麗どころがいれば少しはうちの見栄えも良くなるだろう』

キャバクラじゃあるまいし、と思う。しかし課長はそういう次元の思考しかできない人だ。自分より上の世代はたいていそうだ。

「そんな見栄えばっかり気にしても、しかたないでしょう」

『じゃあ、君が刀を持っていけ。A級レンジャーを正社員雇用しているとわかれば、うちにも多少の箔《はく》がつく』

「お断りします。私が刀を手にすることはありません。そういう条件で入社していると何度も申し上げているはずです」

課長の舌打ちが聞こえてきた。

「ともかく二人で行ってこい。くれぐれもうちの評判を落とすようなことはするなよ」

「彼女も私も、今日は別件がありますが」

『そんなものはこっちでなんとかする。詳しい時間と場所はこれからメールするから、いいな？』

ため息をついて受話器を置いた。

「俺たち、今日はダンジョンじゃなくて新宿に行くことになったぞ」

「ほ、本当ですか？　主任と一緒に？」

なぜか嬉しそうにメイクを直し始めた彩那《あやな》を尻目に、英二《えいじ》は今度こそ席を立った。

◆

午後一時すぎ。

京王線に小一時間揺られて、西新宿オフィス街にそびえたつニチダン本社ビルにやってきた。

『今後のダンジョン開発における戦略策定会議』

それが今回の会議の名称である。

「ようするに、どういう会議なんでしょうか？」

「今後のダンジョン開発における戦略を策定する会議なんだろう」

スーツ姿も麗しい部下の問いに適当すぎる回答をして、首をコキコキと鳴らした。眠い。やはりこの歳で徹夜はこたえる。会議中は睡魔と戦うハメになりそうだ。

最上階の四十階まで上り、会場となっている大ホールに足を踏み入れた。すでにかなりの人数が着席している。いずれも意識の高さを全身からみなぎらせているエリートばかり。それにひきかえ、自分は徹夜続きで無精ひげはいつも以上に伸び放題、ジャケットの上着を手に持ち、ネクタイもよれている。

こちらを見て、エリートたちが顔をしかめる。

「なんだ、あの男は」

「どこかの社のお抱えレンジャーでしょうか」

「そのわりに、無刀じゃないか」

「A級を雇えないような企業が、この重要な会議に参加するのか？」

さざ波のように悪意の囁《ささや》きが押し寄せてきて、彩那《あやな》は唇をへの字に曲げた。

「私、あの方々に言ってきましょうか。主任はA級ですって」

「必要ない」

「やっぱり、主任もこういう時くらいは刀を」

「だから、必要ないんだ」

英二《えいじ》は指定された席に座ってあごを撫でた。

「ここに集ってるのは超がつく一流企業ばかり。雇ってるレンジャーはA級が当たり前だ。俺が刀を持ってきたところで『零細企業のくせに』と言われ、無用な警戒を呼ぶだけ。人間も企業も、身の丈にあったことをするのが一番なのさ。……ほら、あそこを見てみろ」

役員たちが集まっている一角に、あきらかに一般人とは異なる空気感を漂わせている男たちがいる。一様に黒いスーツ姿で、サングラスをかけている者もいる。全員腰に刀を帯びていたり、背中に剣を背負ったりしている。剣呑《けんのん》な目つきで、周囲を威圧するように睨みつけている。

「彼らは権力者《エグゼクティブ》の用心棒も兼ねている。A級レンジャーがなぜ法的に帯刀を許されてるか、わかるだろう」

「自分たちに憎しみを抱く者のテロから身を守るために、というわけですね」

「理由のひとつではあるだろうな」

ダンジョン利権で巨額の富を得た上級国民に、一般国民の怨嗟《えんさ》の声が集まってるのは事実だった。特に過酷な工事や探索に駆り出されて子供を亡くした親、親を亡くした子供たちの憎しみは誰にも止められない。そういった憎しみが引き起こすテロから我が身を守るため、権力者たちは法律を整えたのである。

その時、扉が開いてひとりの男が入ってきた。

黒縁の眼鏡をかけた痩せた男で、歳は五十代後半。この暑さだというのに灰色のスーツをかっちり着込んでいる。面長の顔は青白く、目つきは険しい。

周囲に緊張が走る中、男は会場の真ん中をさっさと歩いていく。

幻想資源開発庁長官、黒岩賢《くろいわけん》。

ダンジョン出現当時から内閣府の一員としてダンジョン行政に携わり、その功績を買われて三年前の新内閣発足時に幻資庁のトップに就任した。ニチダン社長の来栖比呂《くるすひろ》と並んで、この国のダンジョン開発の最重要人物のひとりである。

名だたる大企業のトップも、彼の前では愛想笑いを浮かべるしかない。彼がNOと言えば、もうこの国のダンジョンでビジネスはできなくなるのだから。

その黒岩《くろいわ》の険しい視線が、ふいに英二《えいじ》を捉えた。

「なんでしょう、長官がこちらを睨んでいますよ」

不安な声で彩那《あやな》が言ったが、こっちは眠気に襲われてそれどころではなかった。眠い。このまま居眠りを決め込みたいが、それはレンジャー以前に社会人としてどうなのか。今は中学生二人を指導する身であることだし——などと考えていると、黒岩《くろいわ》がつかつかと歩み寄ってきた。

「英二《えいじ》くん！　ひさしぶりだね！」

英二《えいじ》の肩を叩いて、生真面目で知られる長官は満面の笑みを浮かべた。

彩那《あやな》が「えっ」と小さく声をあげる。周りにいた社長連中の驚きはそれ以上だった。大きく口を開けて、冴《さ》えないサラリーマンに親しく話しかける長官の姿をぽかんと見つめている。

「ええ、はい。黒岩《くろいわ》さんもご立派になられて」

「何を言うんだ。今日の私があるのは、君たちのおかげじゃないか」

あくびをかみ殺しながら、英二《えいじ》は応じる。そうだ、忘れていた。幻資庁に知り合いがいた。最後に会ったのはもう十年以上前だからすっかり忘れていたが、きょう英二《えいじ》を呼んだのはこの黒岩《くろいわ》長官に違いない。

そう——。

英二《えいじ》と黒岩《くろいわ》は面識がある。

初めて会ったのは、ラストダンジョンクリアの翌日、とある一流ホテルの会議室である。

あの時の黒岩《くろいわ》の肩書きは「内閣官房副長官秘書官」で、英二《えいじ》は高校三年生だった。あれから黒岩《くろいわ》は出世して——そこには様々な苦労や競争があったに違いないが——二十年かけて、ひとつの庁のトップにまで登り詰めたのだ。

「私が長官になれたのは、表では比呂《ひろ》くんが、裏では英二《えいじ》くんがダンジョン開発を支えてくれたおかげだよ」

「私は何もしてませんよ。ただ知ってることを教えただけです」

自分の存在を秘密にしてもらう代わりに、英二《えいじ》は自分が持てる知識の大半を当時の内閣府に提供した過去がある。そのことを今でも感謝してくれているのはありがたいが、今は居眠りさせて欲しい。

彩那《あやな》はきらきらと憧れのまなざしを送っている。「主任がそんなすごいお仕事をされていたなんて！」。眠いのに、やめてほしい。いっぽう、社長連中からの視線は驚き半分、嫉妬半分といったところで、長官と美女に挟まれている英二《えいじ》を睨みつけている。

その時、再び扉がバァンと開かれた。

キザな白いスーツに全身を包んだその優男は、ぴんと小指を立てて秘書が差し出したマイクを持ち、スピーカーを通して場内に美声を響き渡らせた。

『やあやあ皆の衆！　レディース・アン・ジェントルメンッ！　ようこそ我が城へ！』

剣聖・来栖比呂《くるすひろ》社長のご登場だった。彼の場合はこれが平常運転、配信動画でもいつもこの調子なので、会場の反応はごくごく普通だ。

比呂《ひろ》はそのまま一曲歌い出しそうな勢いだったが、英二《えいじ》と長官の姿を認めると、マイクを秘書に放り投げてササッと駆け寄ってきた。

「おお英二《えいじ》！　心の友よ！　長官と旧交を温めていたのか？　ずるいですよ長官！　英二《えいじ》は俺の親友ですよ!?」

「いいや来栖《くるす》くん。私にとっても彼は恩人だ。君といえど譲れないな」

英二《えいじ》を挟んで、ダンジョン業界のトップ二人が言い合いを始めた。

周囲はもう、ただただ唖然《あぜん》として成り行きを見守るばかりだ。

「いったい、あの男は何者なのだ？」

そんな囁きに、心の中で答える。

（ただの徹夜明けのおっさんだよ。まったく）

そうぼやきながら——。


ふと、背後に視線を感じた。

危険な視線だった。

鋭利な刃物をギラッと突きつけられたような、そんな冷たい殺気だった。

目をやると、そこには背の高いひょろりとした若い男が立っていた。

ヘビのようだ、というのが第一印象だった。

紫色の派手なスーツ。

腰には、長短二本の刀を帯びている。

ミカンの皮にナイフで切れ目を入れたような、細い目。

その両眼から放たれる殺気は並のものではない。

眼は険しいのに、薄い唇には笑みが張りついている。

そうして笑いながら、いや、嗤《わら》いながら——壁を背にして英二《えいじ》をじっと観察している。

誰かが囁きあう声が聞こえた。

「あいつ、切崎塊《きりさきかい》だ」

「第20層まで単独でクリアしたとかいう、あの？」

「どこかの企業が雇ったのか」

「今まで、無頼だったのに」

「いったい、何億積んだのやら――」

切崎塊《きりさきかい》。

その名前だけは英二《えいじ》も聞いたことがある。

二刀流《ダブル・ブレーダー》の称号持ち。

日本で五本の指に入ると言われる現役A級レンジャーだった。

◆

午後二時すぎ、定刻からやや遅れて会議は始まった。

すでに全員が着席している。来栖比呂《くるすひろ》社長をはじめとするニチダンの役員、黒岩《くろいわ》長官ら政治家や官僚は一段高くなった壇上に座し、他の参加者は彼らに向かい合って座っている。「英二《えいじ》も壇上に来いよ、居眠り防止になるぞ」とバカ社長に言われたがもちろん拒否った。

会場の大ホールにはマスコミ関係者もちらほら見える。カメラも入っている。どうやら大規模な発表が行われるらしい。

それはそれとして——。

壇上の顔ぶれに、見慣れない顔が交じっている。

こういうダンジョン関係のシンポジウムはいつもメンバーが固定されているのだが、今日は二人の新顔がいる。

ひとりは、先ほど目があった切崎塊《きりさきかい》。

まだ二十代そこそこの切崎《きりさき》は、自分の父親のような年齢の社長たちをふてぶてしい笑みを浮かべながら見下ろしている。「若造が」と反感を示す者もいたが、彼が腰に帯びた二本の刀を目にすると、怯えたように目をそらす。

二刀流《ダブル・ブレーダー》。

それは未衣《みい》の精霊剣士《エレメンタル・ブレーダー》と同じく特殊称号のひとつであり、切崎《きりさき》の代名詞でもある。長短二本の刀を操ってすさまじい剣技の数々を繰り出す。魔法にも長けていて、火魔法をレベル6まで使いこなす。攻撃力だけなら国内最強との呼び声もあるほどだ。

若くして名声を得ている彼には、ある黒い噂がある。

戦闘執着者《バトルマニア》。

あるいは殺人嗜好者《シリアルキラー》。

戦いにしか興味を示さないと言われ、強い相手と見れば時と場所をわきまえずに私闘を仕掛ける。一度、比呂《ひろ》にも決闘を申し込んだことがあり、週刊誌やネットニュースを騒然とさせた。比呂《ひろ》が「あ、今からデートの予定あるんでっ」と断ってしまったため、夢のカードは幻と消えたのだが、SNSでは「切崎《きりさき》信者」と「しゃちょー信者」が醜いレスバトルを繰り広げる一幕もあった。

切崎《きりさき》の戦闘執着者《バトルマニア》はダンジョンでも発揮されており、彼に斬られて死んだレンジャーはかなりの数に及ぶという話だった。

事実だとすれば、当然、殺人罪である。

切崎《きりさき》本人は否定している。相手はモンスターに殺された、死体も喰われたと供述している。ダンジョン内を警察が捜査することはかなり難しい。10層より下となればもはや不可能に近く、切崎《きりさき》の言い分を信じるほかないのが実情であった。

そんな切崎《きりさき》が、取り巻きに語ったとされる発言がある。

『ダンジョンは、いい』

『合法的に人を斬れる』

噂に尾ひれがついただけだと、切崎《きりさき》本人は笑って否定しているのだが……。

「あの派手なスーツの男性、まだ主任を見ていますよ」

彩那《あやな》が怯えた声でささやいた。

「今日の俺は、そんな見とれるほどいい男なのかな」

「え？　い、いえ、主任はいつも、そのっ……な、なんでもないです」

赤くなる彩那《あやな》をよそに、英二《えいじ》は平然として、切崎《きりさき》の蛇のような視線を受け流している。

(あれは、実際に殺《や》ってるな)

ラストダンジョンの時代にもこの手の輩はいた。剣と魔法という異能の力に酔いしれて、それを人間でも試そうとする輩が。そういう時代だった。あの頃のダンジョンはまったく未知の原野で、モンスターは凶悪かつ強大、それに挑む若者たちは明日をも知れぬ恐怖と戦っていた。ストレスからそういう行動に走る者がいても――許されはしないが、不思議ではなかったのだ。

だが、この平和になった日本で、そんなことをする理由も必要もない。

切崎塊《きりさきかい》が「異常」なのだ。

さて――。

その切崎《きりさき》の隣に座っているのは、醜く肥え太った初老の男である。

仕立てのいい高級スーツがまるで似合っていない。

下品な笑みを口元に張りつけている。

ガマガエルが笑っているような顔だ。

どこかで見たような気もするのだが、思い出せない。

「あの方は、ダンジョンリゾートの我間《がま》代表ですね」

彩那《あやな》の説明で思い出した。「赤髪のオーガ」の父親だ。言われてみれば確かに似ている。

（すると、ダンジョン観光最大手が、いわくつきのA級レンジャーを雇い入れたということか）

その意味するところを考えていると、ガマガエルがマイクを持った。

三百人以上が詰めかけた会議室が一瞬にして静まりかえる。

「皆様、本日はお集まりいただきありがとうございます。今後のダンジョン開発について、弊社が主導する『ドラゴンバスタープロジェクト』の概要をご説明したいと思います」

得意げに披露された仰々しいプロジェクト名に嫌な予感を覚えた。レンジャーとしての勘というより、サラリーマンとしての勘だった。偉そうなやつが偉そうなことをやろうとする時、それはたいてい、ロクでもないことなのだ。

前面の壁に展開されているスクリーンに概要が映し出された。

DBP《ドラゴンバスタープロジェクト》。

そう銘打たれたこの計画は、つまるところ「第1層から第11層までつながる大規模エレベーターを設置して、現在10層で止まっている開発を一気に進める」というものだった。建設のための工費、工程、必要資材などの試算も掲載された本格的なものである。

最終的な目標は、第11層に温泉リゾート施設を建設することとある。

第1層を除き、ダンジョン内部にここまで大きな施設が作られた例はない。世界的に見ても初の建設事業だった。

「いや、しかしですよ、我間《がま》代表」

黒岩《くろいわ》長官が口を挟む。

「11層までエレベーターを作るといっても、あそこには大きな障害がある。知らないわけじゃないでしょう？」

「もちろん。いわゆるR。すなわち『レッド・ドラゴン』のことですな」

その名前に、多くの出席者たちが顔をしかめた。かつて少年少女たちを大勢殺し、今も地下火山に居座って開発を邪魔する竜の存在は、ダンジョン関係者にとって悪夢そのものなのだ。

ただ、Rは二十五年前の侵攻以来、一度も姿を見せていない。何度も観測隊が送られているが一度も確認できていない。地下火山の奥深くで休眠状態に入っているのではないかというのが、もっとも有力視されている説だ。

「我が社は独自に組織したレンジャーチームにて、あの憎きRを駆逐することを決定しました。エレベーター建設に先立って大型シュートを11層まで掘り進めて総勢百人の大部隊を投入、Rの殲滅《せんめつ》をはかります」

大型シュートを掘り進めると簡単に言ったが、それだけでも大規模な工事が必要となる。今日プロジェクトを大々的に発表しているからには、すでにその基礎工事は始まっているはずだ。

(じゃあ、このところの異変は、それが原因なのか？)

ガマガエルの演説は続く。

「その大部隊の指揮は、ここにいるA級レンジャー切崎塊氏《きりさきかい》に執っていただきます」

切崎《きりさき》が立ち上がり恭しく一礼すると、会場から大きなどよめきが起きた。

そのどよめきに気を良くしたか、ガマガエルはさらに弁舌を振るう。

「今や日本最強のレンジャーの一人と言われる氏が指揮を執るのですから、この作戦の成功は疑いありません。あのRさえいなければ、滞っていた11層以下の開発も一気に進み、我々はいよいよダンジョン先進国としての地位を盤石のものとできるのです！　今こそ、過去のトラウマを振り切って立ち上がる勇気を持つべきです！　その勇気さえあれば、昭和の高度成長期や平成バブル時代の熱狂が、再び日本を覆うことでしょう！」

演説の熱が、名だたる企業のお偉方のあいだに伝播《でんぱ》していく。彼らは息を呑み、ハンカチを握りしめ、興奮に顔を紅潮させて——ガマガエルの語る「かつての夢よ、もう一度」と言わんばかりのビジョンに酔いしれているかのように見える。

高度成長。

バブル。

それらはすべて、英二《えいじ》より上の世代にとってはまさに「黄金の時代」である。

東京二十三区すべての地価で、アメリカ全土が買えたという時代。

あの時代が再び来るのであれば、再び日本があの栄華を極めるのであれば、どんな犠牲を払ってでもやるべきだ——そう考えてもおかしくはない。

だが——。

(これは、駄目だ)

すでに眠気は覚めていた。

この計画はあまりに危険すぎる。

失敗する可能性が大きいばかりではない。今後のダンジョンの存続そのものが危うくなる危険性を秘めている。

「しゅ、主任、どうされたんですか？」

隣の彩那《あやな》が驚くほど、自分は険しい顔つきをしているらしい。

こんなことを言うのは気が進まない、ガラじゃない――。

だが、言わなくてはならない。

挙手をして、重い腰をあげる。

「すみません。ひとつよろしいでしょうか」

壇上のガマガエルがギロリと睨みつけてきた。英二《えいじ》の腰元に視線を泳がせ、無刀であることを確認すると、露骨に見下す態度に変わる。

「なんだね君は。どこの社の者だ？」

「八王子ダンジョンホリデーの藍川《あいかわ》と申します」

「ダンジョンホリデー？……ああ、例の」

ガマガエルはむっとした顔になった。息子オーガの件で揉《も》めたのを思い出したのだろう。私怨を忘れない人物のようだ。

出席者たちはいったい何事かと、怪訝な顔をしてる者がほとんどだ。例外は三人だけ。興味深げに成り行きを見守る比呂《ひろ》と黒岩《くろいわ》長官、そして不気味な笑みを浮かべている切崎《きりさき》だ。

批判的な空気のなか、英二《えいじ》は堂々と声を張り上げた。

「私見ながら申し上げます。今お話のあった『ドラゴンバスタープロジェクト』、失礼ですが失敗に終わる可能性が高いと思われます」

「ほう、それはそれは」

ガマガエルの唇がひくり、とひきつるのがわかった。

「君のところは確か、社員二十名程度の小さな会社だったな？　そんなところの社員に根拠もなしに批判されたら、さすがに傷ついてしまうねえ」

嘲笑が巻き起こった。

意に介さず英二《えいじ》は続けた。

「根拠はあります」

「……ああ？」

「まず、Rを倒すのに人海戦術は意味がありません。二十五年前のR侵攻では、二百名からの少年少女たちが挑み、うち百四十七名が死亡するという大惨事となったのです。お忘れですか？」

「そんな大昔の話を！　当時と比べてダンジョンテクノロジーは格段に進歩した。のろのろ詠唱しないと使えなかった魔法が、今はスマホをタップするだけで使える。タトゥーを入れていればタップの必要すらない。百名もいれば絶対に倒せる！」

そうだ、という声がいくつも会場から飛んだ。

冷静に反論する。

「そもそもダンジョン探索は少数精鋭で行うのが原則です。大人数で潜ればそれだけ物資も消費するし行動も鈍くなる。モンスターとエンカウントする確率もあがり、疲労も危険も大きい。最悪、目標にたどり着く前に全滅という可能性もあります」

「その程度のこと、このワシが想定してないと思うのかねえ」

ガマガエルは鼻で笑った。

「だからこそ大型シュートを掘らせているんだ。第11層の対象Rが潜む火山付近まで、直通のな。迅速に大量の人員を送り込めば、君が言ったような問題はクリアされる」

「机上の空論ですね」

英二《えいじ》は語気を強めた。

「大型シュートのような大がかりな設備を使えば、Rには必ず気取られます。『彼』が黙って見ているはずはありません。シュートで到着したところを待ち伏せされ、息吹《ブレス》で一網打尽にされる危険は大いに考えられます」

ガマガエルはぽかんと口を開けて、それから笑い出した。

「これは驚いたね。ドラゴンがそのような『作戦』を取るというのかね、あの図体《ずうたい》のでかいトカゲが」

「その認識は誤りです。ドラゴン、特にRのような古竜種《こりゅうしゅ》には知性がある可能性が高い。おそらく我々と同格かそれ以上の」

「バカバカしい。我が社の調査ではそのような分析結果は出ていない。二十五年前のアレも手当たり次第に暴れ回っただけだったじゃないか。それともRに知性がある確かな証拠でもあるのかね？」

「ありません」

再び会場から嘲笑が起きた。

「ありませんが――ダンジョン探索とはそういうものです。ダンジョンに『絶対』などない。常に最悪の事態を想定して行動する。失礼ながら、この計画にはその視点が欠けている。『おそらく大丈夫』という希望的観測のみで考案されたもののように思えます。今一度、Rに知性がある可能性を考慮して再考すべきです」

臆病者め、という声が会場から飛んだ。隣に座る彩那《あやな》がキッと睨むと、その声は止《や》んだ。

「Rに知性があるという点は置くとしてもだ。君のいう少数精鋭とやらがそんなに有効かねえ？昨年、同じことを主張して第18層から帰ってこなかったレンジャーのことを忘れたのか？」

「それは、月島雪也《つきしまゆきや》氏の件ですね？」

左様、とガマガエルは偉ぶって頷く。

「『蒼氷の賢者《セージ・オブ・ブルーアイズ》』と名高い月島《つきしま》氏は、夢の幻想物質と呼ばれる『デモンズ・ドロップ』探索のため少数精鋭で挑んだ。ここにいる弊社の顧問レンジャー・切崎《きりさき》くんも同行したのだ。しかし結果はどうだ？　月島《つきしま》氏のパーティーは魔族と思われる敵性体と接触してほぼ全滅、帰還できたのは切崎《きりさき》くんただ一人だったじゃないか！」

切崎《きりさき》はあいかわらず笑みを浮かべながら英二《えいじ》を見つめている。

無視して反論する。

「そもそも、月島《つきしま》氏はあの探索には反対であったと聞いております。魔族が持つアイテムに手を出してはならないというのは、ラストダンジョンを生き抜いた者からすれば共通の認識です。それを強引に押し切って行かせたのは、一部企業の上層部と聞いておりますが？」

再びガマガエルの唇がひきつった。

「月島《つきしま》が死んだのは、ワシのせいだと言いたいのかね君は！」

「いいえ。月島《つきしま》氏は素晴らしいレンジャーでした。最終的に氏が引き受けたということであれば、ダンジョンにおける生死はすべて自分の判断の結果。それは氏も十分に承知していたはずです」

「ふん。ならば何が問題だね？」

「我々は、彼の死を無駄にしてはならないということです」

英二《えいじ》は声を張り上げた。

「あの計画は無謀だった。魔族の正体は未だ謎に包まれているというのに、欲に目が眩《くら》んで無謀な探索を強いてしまった。そのことを真摯に反省し、今後に活かすのが普通のやり方です。それこそが、先人の死を無駄にしないということ。なのに、御社はまた同じ過ちを繰り返そうとしている。それでは月島《つきしま》氏が浮かばれない、彼の死を教訓として同じ過ちを繰り返さないのは、生者である我々の義務でしょう」

しん、と会場が静まりかえった。

ガマガエルが唾を飛ばす。

「臆病者の意見としか思えんねえ！　ようするに君は危険を冒すなと言いたいのだろう？　馬鹿が、

そんなことだから諸外国に後れを取るのだ。だから君の会社は零細なのだ。リスクを取らねば、冒険をしなくては大きな成功などありえんのだよ！」

「ならば、R討伐にはあなたが行かれてはいかがですか」

「ああ!?」

目を剝いたガマガエルを、じっと見つめた。

「リスクを取らねば成功はない。ご高説ごもっとも、おっしゃる通りだ。——しかし、実際にリスクを取るのはあなたではない。現場の人間ではありませんか。あなたは安全なところから指図しているだけ。そんなに冒険を賛美されるのならば、ご自身が率先してダンジョンに行かれるべきでしょう」

「く、くだらん！　経営というものを何も理解していないっ！」

「どうしたんですか行けないのですか？　あなたは先ほど私を臆病者と言いましたが、臆病なのはどちらでしょう？　あなたですか？　私ですか？」

ガマガエルは激しく机を叩いた。

「黙れ！　ワシはカネを出してる！　カネを払うというリスクを冒してるんだ！　月島《つきしま》の失敗のせいで、うちが何億の損失を出したと思ってるんだ、あの無能のおかげで大損したんだぞッ！」

会場の空気が、その時、変わった。

英二《えいじ》への反感が、ガマガエルへの反感へと転化した。

月島雪也《つきしまゆきや》は、英二《えいじ》よりひとつ年上のベテラン。かつての英雄のひとりだ。氷魔法をレベル7まで修めた数少ないレンジャーであり、冷静沈着かつ公明正大な人柄で知られる。二十年前からその名声は轟《とどろ》いており、ダンジョンマスターを倒す最有力候補と言われていた。英二《えいじ》たちにクリアされてしまった後も堅実に実績を積み上げ、レンジャーの中のレンジャーとさえ呼ばれていた人物なのだ。

このホールに集った大企業の役員たちのなかにも、月島《つきしま》に世話になった者は多い。

無刀の英二《えいじ》を鼻で笑っても、月島《つきしま》には尊敬の念を抱いている者は多いはずだ。

ガマガエルは、そんな彼らをも敵に回してしまったのである。


「ここで、ひとつのデータを皆様にご覧いただきたいと思います」


静まりかえった会場に、英二《えいじ》は声を響かせた。

彩那《あやな》に手伝ってもらって、持参したデータを壇上のプロジェクターに映し出す。

それは、比呂《ひろ》に調査を頼まれて以来、英二《えいじ》が連日徹夜して解析していたものである。

「このデータは、この半年間におけるモンスターの活動をグラフにしたものです。あきらかに以前より活発化しているのかおわかりいただけると思います」

「ふん、こんなデータがなんだというんだ？」

鼻で笑うガマガエルには構わず、モニタには新しいデータが映し出される。

「このモンスターの活動データと、同じくこの半年間のダンジョン開発の進捗状況を重ね合わせますと――ご覧の通り、ぴったりと連動していますね」

「おおう、こいつは驚きだネ！」

芝居がかった口調で、比呂《ひろ》が言った。

「こんな細かいデータを独自に調査・解析するとは。やるじゃないかダンジョンホリデー！」

「……ええ、まあ」

旧友の猿芝居に呆れつつ、英二《えいじ》は続けた。

「ダンジョン開発とモンスターの異常には明らかな相関関係が見られます。無論、因果関係があるとは断言できませんが――少なくとも、いったん開発を止めて調査する必要があると存じます」

「調査なら、うちでもやってる。それで問題ないと判断してるんだ」

「御社のみの調査では不十分です。第三者機関も交えたものでないと意味がありません」

「そんなヒマはない！」

ガマガエルが再び机を叩いた。

「このＤＢＰ《ドラゴンバスタープロジェクト》にはもう巨額の工費を投じているんだぞ！　それを無駄にしろというのかね君は！　零細がとったデータなどあてにならん！」

「そうでしょうか？」

相手が激昂《げきこう》すればするほど、英二《えいじ》は冷静な声を出す。

「弊社は確かに零細ですが、ダンジョンから徒歩一分のところに事務所を構えております。毎日朝から晩まで第1層で仕事して、調査も毎日ではなく『毎時』怠っておりません。なにしろお客様の安全を預かる身ですので、モンスターの動向はペットスライムに至るまでチェックしております。『あなたに安心安全なダンジョンツアーを』が、弊社のモットーですから」

彩那《あやな》がちょっぴり誇らしげに微笑んだ。

比呂《ひろ》もウンウン頷いて言う。

「零細だからとバカにはできないということだな。そもそもこの国に存在するほとんどの企業は零細なのだから、彼らをないがしろにした経営を行えば我々にもしっぺ返しが来る。そうは思わないかい？　ガマガ……いや、我間《がま》代表」

「……ぐ、ぐっ……」

ガマガエルの額には粘ついた汗が光っていた。反論しようと何度も口を開くが、ひゅうひゅうという苦しげな呼吸音以外、何も聞こえてはこない。

黒岩《くろいわ》長官が口を開いた。

「八王子ダンジョンホリデーが提示したデータには、見るべき価値があると私も思います。いったん、このＤＢＰ《ドラゴンバスタープロジェクト》については計画を見直すということでいかがでしょうか？」

「そ、そんな、長官……」

「ご心配なさらなくとも、ダンジョンは足を生やして逃げたりはしませんよ。……それとも、何かご不満が？」

柔らかな物腰ながら、有無を言わせぬ口調である。

英二《えいじ》は感心した。あの時はまだ青さが残る男だったが、この二十年ですっかり貫禄《かんろく》を身につけている。長官のひとことで会場の空気は完全に傾いた。最初はプロジェクトに歓迎の意を示していた者たちですら、ガマガエルに非難の目を向けている。

「……いいでしょう……」

うつむいて机に手をつきながら、ガマガエルは言った。

「今日のところは、長官の顔を立てて引き下がりましょう。しかし、このプロジェクトは必ず推進しますよ。うちだって、社運を賭けているんだ！」

怨念のこもった声に、英二《えいじ》は嘆息した。まあ、落とし所としてはこんなところだろう。ダンジョンリゾートほどの大企業が、簡単に翻意するはずがないのもわかっている。

一方――。

屈辱の表情を浮かべて黙り込むガマガエルの隣で、不敵に微笑む男がいる。

切崎塊《きりさきかい》。

彼は、雇い主であるはずのガマガエルのことを、むしろ嘲笑するかのように見下ろしている。

(切崎《きりさき》もまた、ガマガエルを利用しているということか)

この男が何を企《たくら》み何を手に入れようとしているのか、今の時点ではまったく底が知れない。

ダンジョンを巡る混迷は、ますます深くなるようだ。

◆

騒々しい会議が閉幕して――。
さあ帰社しようという段になって、英二《えいじ》は先に席を立った。

「すまん椎原《しいはら》。ちょっとトイレに行ってくる」

「わかりました。下のロビーで待っていますね」

「いや、長引きそうだから。先帰っててくれるか」

「えっ？　お手洗いですよね？」

「……まあな」

何かを感じ取ってくれたのか、彩那《あやな》は寂しそうに頷いた。

彼女を見送った後、心の中で謝った。「すまん、椎原《しいはら》」。どうも自分は嘘が苦手だ。昔、舞衣《まい》にも言われた。「嘘が上手くても困りますけど、英《えい》くんはもうちょっとなんとかしたほうがいいかも」。それから毎日「一日に一度、嘘をつく」なんて練習をするハメになったのだが、初日に「実は俺、宇宙人だったんだ」と真顔で言い、「やっぱり止めましょう」と笑われてしまったのだった。

中学生の頃の話、未衣《みい》や氷芽《ひめ》と同い年だった時の話だ。

ここ最近、舞衣《まい》のことをよく思い出す。

それは、再びダンジョンに潜るようになったことと、無関係ではないだろう——。

そんなことを思いながら、英二《えいじ》は、本当にトイレに向かった。

ポケットに手を入れたまま、ぶらぶらと歩く。

長い廊下をしばらく歩き、人気がなくなったところで——振り返った。

「ここら辺でいいんじゃないか？　お若いの」

誰もいない廊下に声をかける。

「ふふ」

くぐもった笑い声が響き、柱の陰から男が現れた。

紫のスーツの男である。

腰には、長短二本の刀。

二刀流《ダブル・ブレーダー》。

切崎塊《きりさきかい》——。

「よく気づいたな、おっさん。『隠形《おんぎょう》』には自信があったんだが」

隠形《おんぎょう》とは、モンスターに気づかれないよう移動するために編み出された歩法《ほほう》である。気配を消し足音を消し、まるで消えたかのように錯覚させる。エーテルに依存しないので地上でも使えるが、並のレンジャーでは不可能な芸当だ。

「俺に何か用かな」

「こっちの雇い主《クライアント》がな、あんたを痛い目に遭わせてこいとの仰せだ。会議で恥をかかされたのがよほど頭にきたようだな」

「ふうん」

英二《えいじ》はポケットに手を入れたままである。

「それで？　ご主人様の言いつけ通り、襲いに来たわけか？」

「まさか」

くつくつと切崎《きりさき》が笑う。

「蛇がカエルの言うことを聞くなんて、ありえない話だ。俺はやつの権力とカネを喰らうだけのことよ。従うふりだけしてな」

「じゃあ、俺に何の用なんだ」

切崎《きりさき》の細い目が、さらに細くなった。

「あんたなんだろう？　今ネットで噂になってる『無刀のおっさん』ってのは」

「……」

「《認識阻害《ジャミング》》なんてこざかしいマネをしても、俺にはわかるんだよ。匂いでな」

「へえ。加齢臭ってやつかな。歳は取りたくないもんだ」

切崎《きりさき》は薄い唇を吊《つ》り上《あ》げた。

「強い男ってのは匂いでわかるんだ」

「そういうものかね」

「あんたからは、あの来栖比呂《くるすひろ》と同じ匂いがする。そんな男はひさしぶりだ。こうして向かい合っていても、むしゃぶりつきたくなるほどにな――」

『無刀』と『二刀』は、しばらく視線を交わし合った。

「気に入ったぜ、おっさん。あんたは俺が斬る」

「そいつは願い下げだな」

「ダンジョンで会うのが楽しみだよ。それまで、つまらん奴にやられるな。……くくく」

音もなく踵《きびす》を返《かえ》して、切崎《きりさき》は去って行った。

「やれやれ」

血の気の多いやつだ。もうちょっと抑えることを覚えないと長生きはできない。まだ二十代半ばだろうに、何をそんなに生き急ぐのか。おっさんと呼ばれる歳になった英二《えいじ》には、若者の気持ちがわからない。

その時、スマホが着信音を鳴らした。

自称・親友からのメッセージである。


『よお！　さっきはご活躍だったな！』

『とりま　今夜　飲まないか？』

『長官からのお誘いだ！』

『俺ら国民の血税から、おごってくださるそうだぞ』


同じおっさんたちからのお誘いである。

苦笑して、「了解」と送った。

◆

メッセージに送られてきた店は、新宿オフィス街のはずれにある隠れ家的な小料理屋だった。比《ひ》呂《ろ》がひいきにしてる店で、何度か飲んだことがある。暖簾《のれん》をくぐると、上品な女将《おかみ》が出迎えてきた。掃除の行き届いた廊下を案内されて、奥の座敷《ざしき》に通される。

「やあ、英二《えいじ》くん」

「よお！　先に飲《や》らせてもらってるぞ」

黒岩《くろいわ》長官と比呂《ひろ》が向かい合って座っている。すでにビール瓶が三本、空になっていた。長官の酒量は知らないが、比呂《ひろ》はかなり飲むほうだ。

背広を脱いで女将に渡して、比呂《ひろ》の隣に腰を下ろした。

「英二《えいじ》くんは飲み物何にする？」

「日本酒、而今《じこん》をいただきます。あと和《やわ》らぎ水《みず》を」

「なんだよ英二《えいじ》、軟弱だなぁ」

「お前みたいな蟒蛇《うわばみ》じゃないんでな」

三人で乾杯した。

唇にビールの泡をつけたまま比呂《ひろ》が言った。

「いやあ、それにしても今日は痛快だったな！　あのガマガエルの泣きっ面が見られるとは！」

「嫌いなのか？　我間《がま》代表のこと」

「嫌いに決まってるだろ。うちのシェアを食い荒らしてきてるからな、ダンジョンリゾートは」

「私怨じゃないか」

「ああ、私怨だとも！」

ふんっ、と胸を張ってみせる大企業の社長である。

「まあまあ、比呂《ひろ》くんも大勢の社員や株主を抱える身だからね」

黒岩《くろいわ》が助け船を出すと「その通りっす！」と膝を打ってみせる。このノリは本当に高校生の頃から変わらない。

旧友のグラスにビールを注ぎつつ、英二《えいじ》は長官に尋ねた。

「そんなに景気がいいんですか、ダンジョンリゾートは」

「いいね。ここ最近は建設業界にも大きく食い込んできている。一昨年、アメリカのタイラント社と業務提携してからの伸びは相当なものだよ」

米国の企業タイラント・マードック社は世界一の軍需企業と言われている。西側諸国の軍隊すべてに食い込み、その規模はさすがのニチダンも敵《かな》わない。

「この二十年というもの、タイラント社はダンジョンテクノロジーの軍事利用に血道を上げていた。しかし近年はＮＹダンジョンの開発に陰りが見えてきて……」

「そこで、日本の八王子ダンジョンに触手を伸ばしていると」

「そーいうことさ」

注がれたビールをすぐに飲み干して、比呂《ひろ》はぼやいた。

「あんなガマガエルはどーでもいい。しかし、そのバックにいるタイラント社には要注意だ」

「同感だね。彼らは八王子ダンジョンから、軍事に転用できそうな技術や資源を持っていくつもりだろう。米連邦政府も乗り気らしく、こちらに圧力をかけてきてる。ローガン大統領の奥さんは、タイラント創業一家の出だからね」

長官の言葉に、英二《えいじ》は苦みを感じた。

かつて多くの少年少女たちが青春と命を捧げた場所が、政治や金儲《かねもう》けのために利用される。軍事技術に利用されて世界中の人々の命を奪う。その想像はけっして愉快なものではない。

「それにしても――」

半分減ったグラスを手にしたまま、長官がつぶやいた。

「あの『R』に知性があるという話は本当なのかい、英二《えいじ》くん」

「おそらくは」

杯から口を離し、英二《えいじ》は答える。

「二十五年前に交戦したとき、そう感じました。彼らは高い知性を持ち、人間を試している。その目的まではわかりませんが」

「魔族とは違うのかね？　いわゆる『魔界』の住人とは違うと？」

「違いますね。おそらく彼らは『竜』という種ではなく、一個体で完結している究極生物《アルティミット・シイング》なのでしょう。人知を超えた存在です。その目的や思惑がわからない以上、刺激することは避けるべきです。もし迂闊に手を出せば――最悪、地上に侵攻してくるかもしれない」

「二十五年前と同じく、か」

左脇腹をさすりながら、比呂《ひろ》が言った。戦った時の古傷が痛むのだろう。

「だけど、今は『アンドロメダの鎖』がある。あの結界がある以上、Rが地上に出てくることはないんじゃないか？」

「だといいんだがな」

「不吉なこと言うなよ。あれの建造には三兆かかってるんだぞ。うちも半分出してる。そう簡単に破られてたまるかってんだ。ねえ、長官？」

比呂《ひろ》が話を振ったが、長官はグラスを持ったまま沈黙している。物思いに沈んでいるようだ。

「申し訳ない、英二《えいじ》くん。今日の君の貢献は、無駄になってしまうかもしれない」

「どういうことでしょうか？」

長官はグラスを置いた。

「ダンジョンリゾート社が急成長している理由は、米タイラント社と提携したこと以外にもうひとつある。我間《がま》代表のお義父《ちち》上が、津山臣人《つやまおみと》なんだ」

「津山《つやま》……」

それは、現職の国土交通大臣の名前であった。

総理の経験もある政界の重鎮である。

「確かかなりの高齢ですよね。もう九十近いのでは？」

「だよなあ。俺らが高校生の時に、もう爺さんだったもん。老害の権化じゃないか。ほんっと、この国って老人がずーっとのさばってるよな」

比呂《ひろ》は空のグラスに自分でビールを注いだ。飲まなきゃやってられない、と言わんばかりだ。

「我間《がま》代表は、その津山《つやま》大臣のルートを使って、今回のドラゴンバスタープロジェクトをねじ込んできている。今日のところは、藍川《あいかわ》くんのおかげで引き下がってくれたけれど……」

「また、大臣の名前で圧力をかけてくるというわけですね」

「その通り。民憲党《みんけんとう》の重鎮がその気になったら、もう、私ごときの力ではどうにもできない」

申し訳ない、とまた長官は頭を下げた。

この光景をうちの課長あたりが見たら卒倒するだろうな、と英二《えいじ》は思う。ダンジョン政治家のトップが、零細企業の社畜に頭を下げているのだから。

「顔をあげてください、長官」

英二《えいじ》は言った。

「確かに今、この国は厳しい状況にあるのかもしれません。ですが、私は希望を捨てていない。若い世代がどんどん伸びてきているのです」

「あの切崎塊《きりさきかい》のような？　確かに彼は強いが……」

「いいえ。もっと若い世代です」

英二《えいじ》の脳裏には、二人の少女の顔が浮かんでいる。

二人だけではない。

あチャット欄を盛り上げているあのにぎやかなお嬢様たちにも、少しずつ情が湧き始めている。あの瑞々しいパワーが、何かを変えてくれるんじゃないか。そんな風に思い始めていた。

「切崎《きりさき》といえばさあ」

酔った声で、比呂《ひろ》が言った。

「月島《つきしま》先輩のことは、残念だったよな」

「そういえば、比呂《ひろ》は仲良くしてもらってたな」

「ああ。俺みたいに英雄だの社長だのなんて祭り上げられてたらさ、相談できる先輩なんて本当、月島《つきしま》先輩くらいしかいなかったから」

比呂《ひろ》のグラスを握る手にぎゅっと力がこもる。

ためらいがちに、長官が言った。

「切崎塊《きりさきかい》が、戦闘のどさくさに月島《つきしま》氏を斬ったという噂があるが……本当なんだろうか」

「そんなわけ、ないっすよ」

強い口調で比呂《ひろ》は言った。

「あんな若造にやられるような月島雪也《つきしまゆきや》じゃありません。切崎《きりさき》の野郎ごときが『蒼氷の賢者《セージ・オブ・ブルーアイズ》』をどうこうできるわけない。魔族が予想を上回る強さだった、それだけですよ。なあ、英二《えいじ》」

「その通りだ」

英二《えいじ》は頷いた。

脳裏には、少年時代、親しく声をかけてくれた先輩の顔が焼き付いている。ぐんぐんクリア階層を伸ばしている英二《えいじ》たちを敵視する先輩が多かったが、彼だけは、英二《えいじ》たちの力を素直に認めてくれた。

酔いの影が見える瞳を、比呂《ひろ》は宙に向けた。

「先輩には、娘さんがいるんだよ。いま中学生くらいかな。『大きくなったらきっと、世界一の美人になるぞ』って、あの真面目な人がのろけててさ。びっくりしたのを覚えてる。——そう。ちょうど、この店で飲んでる時だった……」

英二《えいじ》の胸に、ある黒髪の少女の顔がよぎった。時に彼女が見せる、頑《かたく》なな態度。思い詰めた表情。

それらはきっと、いま比呂《ひろ》が口にしたことと無関係ではないのだろう。

場は静まりかえった。

店内に流れる演歌だけが耳に届いてくる。

二人のグラスに新たにビールを注いで、英二《えいじ》は自分の杯を掲げた。

「偉大な父親に、この酒を」

二人も続いた。

一気に飲み干した。

英雄ではなく。ひとりの父親としての彼に、杯を。

そのほうが、きっと、先輩は喜ぶだろうから……。

◆

店を出て二人と別れ、京王線の改札に向かっている途中でメッセージが着信した。未衣《みい》と氷芽《ひめ》と作っているグループチャットだ。

みぃちゃん『ねえおじさん』

みぃちゃん『今度の日曜　大学の練習　お休みなの』
みぃちゃん『ダンジョン　連れてってよー』
みぃちゃん『やっぱり　おじさんと　冒険したいもん』
月島氷芽《つきしまひめ》『いいね』
月島氷芽『私たちが腕をあげたところ　藍川《あいかわ》さんに見てもらいたいし』

自然と笑みがこぼれた。
桜桃《おうとう》女子大学ダンジョン部は、ダンジョン競技の強豪として知られている。その実力たるや、下手なB級レンジャーより強いという話だ。そんなチームの練習や探索に中学生がついていくのは、並大抵のことではないはずである。
それがこの二人は、貴重な休みの日までダンジョンに潜りたいというのだから――。

『わかったよ』

英二《えいじ》は返信する。

『日曜は　俺が　稽古をつける』
『必殺技を　教えてやる――』

■08　修行

次の日曜。

いつものようにダンジョン最寄りの南大沢駅《みなみおおさわ》で待ち合わせすると――。

「おじさん、会いたかったあっ!!」

「むぐっ」

英二《えいじ》を見つけるなり、未衣《みい》はポニーテールを軽やかに跳ねさせた。全力でぎゅっ、と抱きついてくる。胸にほっぺを押しつけてくる。セーラー服のあどけない少女がおっさんに抱きついてるのだから、控えめに言って怪しい。援だのパパ活だのと思われてもしかたない光景である。

続いてやってきた氷芽《ひめ》が言った。

「そのくらいで勘弁してあげたら？　藍川《あいかわ》さん死んじゃうよ。社会的に」

「だいじょうぶ、清い交際だもんっ」

ぜんぜん大丈夫じゃないんだが、と英二《えいじ》はぼやく。

「ひめのんも、ぎゅってする？　おじさんの背中ひろ～いよ？」

「やらない」

ふいっ、とそっぽを向くと、氷芽《ひめ》は自撮り棒をすらっと伸ばして配信を始めた。

「こんにちは。『鳳雛《ほうすう》だんじょん♥ちゃんねる』です。今日はひさしぶりのダンジョン生配信、みなさんお待ちかねの『おじさま』の登場です」

棒読み気味にしゃべり終えると、氷芽《ひめ》は英二《えいじ》のほうにカメラを向けた。

待機していたお嬢様がたのコメントがダダッと流れていく。


『きゃあっ♥　きゃあああっ♥　きゃああああっ♥』

『おじさま！　おじさま!!　おじさまぁぁぁーーーっっ♥』

『ああ　おひさしぶりの　眼福っ……』

『おひげ成分を　摂取しなくては！』

『おじさまの　おひげなら　ずっと見ていられますわ！』


どこのアイドルグループか、というくらいの人気である。呆れてものも言えない。「あばたもえくぼ」という言葉があるが、ひげもそうなのだろうか。

「はい未衣《みい》。バトンタッチ」

「おっけー」

氷芽《ひめ》からスマホを受け取ると、未衣《みい》は明るく大きな声でトークを始めた。もうすっかりしゃべり慣れている。冒険者としてはもちろん、配信者としても急成長中、すでに登録者は五十万人を越えていて、企業からのコラボ案件なんかも来ているらしい。「未成年だから、ぜんぶ断ってるけどねっ」。

軽いノリのように見えて、中学生としての分をわきまえている未衣《みい》は、やっぱり舞衣《まい》の姪っ子だった。

「それにしても、不思議なものだな」

「何が？」

未衣《みい》のハグで乱れた背広の襟を整えながら言った。

「こう言っちゃなんだが、俺なんかどこにでもいる量産型のおっさんだろう？　彼女たちからありがたがられるようなものじゃないと思うが」

氷芽《ひめ》は首を振った。

「鳳雛《ほうすう》はお嬢様校だから、裕福な家の子が多いんだよ。裕福ってことはつまり、お父さんが偉い人で、忙しく働いてるってことで――」

そこで、氷芽《ひめ》はまつげを伏せた。

わずかな沈黙の後、続けた。

「つまり、お父さんが、家に帰ってこないってことだよ」

「……なるほど」

年上の男性に甘えたくなる年頃というのは、確かにあるのかもしれない。

だとしても、冴えないおっさんを絵に描いたような自分に憧れる気持ちはよくわからないが……。

「まぁ、それにしても未衣《みい》の『おじさん好き好き♥オーラ』は別格だけどね」

「……」

「鼻が高いでしょ。あんな可愛い子に惚《ほ》れられてさ。未衣《みい》が今まで何人の男からコクられてるか、知ってる？」

なんとも返答しづらい問いかけだが、

「ちょっと待て。鳳雛《ほうすう》は女子校だろう。なんでコクられるんだ？」

「そんなの登下校の時とかいろいろあるよ。うちの制服は目立つからね」

鳳雛《ほうすう》のセーラー服は可愛い洒落《しゃれ》たデザインで、近隣住民の羨望の的である。

その理屈でいうと、氷芽《ひめ》だって未衣《みい》に勝るとも劣らない美少女だ。大人っぽい彼女は、未衣《みい》以上にモテていても不思議ではない。さっきから通りすぎる男たちが何度も振り返って、通行人や看板にぶつかったりしている。あと三年もすれば、その事故はさらに大規模なものになるだろう。

そんな男たちの熱視線を、氷芽《ひめ》は名前の通り、氷のように寄せ付けない。

「さ、早くダンジョン行こう」

黒髪をなびかせて歩き出す。

その格好いい後ろ姿を見つめながら、思う。

『お父さんが、家に帰ってこないってことだよ』

そう口にしたとき、氷芽《ひめ》の表情に陰がよぎったように見えたのは、気のせいだろうか……。

◆

今日、英二《えいじ》たちが向かったのは第5層である。

他の階層と比べて穏やかな環境と言われている。構造が単純で道幅も広く、歩きやすい。中央部をゆったりと流れる巨大な河が特徴で、棲息するモンスターも水辺に棲むワーム系が多い。あまり有用な資源やアイテムを落とさないため、第5層はスルーという探索者も多いのだが、今回はとある目的のために向かうことにした。

「桜桃《おうとう》女子大のダンジョン部なら5層くらい楽勝だろうに、行かなかったのか?」

未衣《みい》は恥ずかしそうに頰を染めた。

「だ、だって、やっぱり初めてのフロアには、おじさんに連れてってもらいたいっていうか……」

なんて、いじらしいことを言う。

いっぽう、氷芽《ひめ》はすぐ後ろを歩きながら、英二《えいじ》の足元をじっと見つめていた。もう三年以上履いているくたびれた靴だからだろうか。品はいちおう「ダンジョン専用」で、軽くて滑りにくい。ごく弱いものだが《防護《ガード》》も付与されている。

「大学のダンジョン部で揉まれてみてわかったんだけど、藍川《あいかわ》さんって本当にすごいんだね」

「なんだ急に」

いつも辛口の氷芽《ひめ》に褒められると、なんだか痒《かゆ》い。

「だって、こうやって普通におしゃべりしながら歩いてるのに、足音が全然しないから。いったいどんな身のこなししてるの？」

「これは『隠形《おんぎょう》』という技術だ。もうただのクセだな」

現役の頃、少しでもモンスターとの遭遇《エンカウント》を減らすために身につけた技術だ。さして珍しい技術ではない。あの頃はみんなこのくらいはできた。

「コーチに来てた全国準優勝の選手でさえ、いつも足音させてたよ」

「ダンジョン競技の選手は、そうだろうな」

ダンジョン競技とは、ダンジョン内の指定された地点まで行って帰ってくるタイムを競うスポーツである。「ＲＴＡ《リアルタイムアタック》」と言ったほうが今の子には伝わるか。「山岳競技」から派生したもので、国体やオリンピックの正式種目にもなっている。一昨年は日本でもプロリーグが発足してテレビ中継が始まり、プロ野球に迫る人気になっている。ダンジョンがエンタメ的にも一大コンテンツになっている一例だった。

そんな話をしながらしばらく歩いた。途中、他の探索者の姿も見えたが、すぐに別の道に分かれていった。ベテランっぽい初老の男性に声をかけられた。「そっちに行っても、河だけで何もないよ」。軽く会釈して歩き続けた。しばらくして視界が開けてきた。湿気の匂いを含んだ風を頬に受けながら、広い空間に出た。

河のほとりだった。

河幅が広く、向こう岸が霞《かす》んで見える。流れは穏やかで水流の音が心地よい。これで緑があれば憩いの場になるだろうが、太陽光が届かないダンジョンには一部の例外を除き、植物は育たない。

「こんなでっかい河が、ダンジョンにもあるんだね！」

「海もないのに、どこに向かって流れてるの？」

「南側に滝があって、そこから下層に流れ落ちてる。ナイアガラも顔負けの巨大な滝だ」

「へーっ、見てみたい！」

未衣《みい》が言ったが、英二《えいじ》は首を振った。「いずれな」。大瀑布《だいばくふ》は強力なモンスターの巣窟だ。今はまだまだ、技を磨かなくてはならない。

「今日はここで『レベリング』をする」

『レベリングって　なんですの？』

『ザコ敵を倒してレベルを上げることですわ』

『ああ　ゲーム用語？』

『リアルなダンジョンでも　そういうのありますのね！』

『ようは　効率よくたくさん戦って　経験を積もうってことだと思いますわ～』

氷芽《ひめ》が言った。

「変な言い方だけど、ここなら安全にモンスターと戦えるってわけだね」

「そういうことだ。水棲《すいせい》のワームは河から無限に湧いてくるし、足が遅いから逃走も容易だ。視界が開けているから不意をつかれる心配も少ない。レベリングには、ここは本当に穴場なんだ」

「でも、大学の人たちはそんなこと言ってなかったけど」

「だから、穴場なのさ」

この場所を知ってるのは、かつての英雄たちに限られる。

仮に知られていたとしても、今のレンジャーたちは地味なレベリングなどより、レアアイテムのために深層階に挑むことを選ぶだろう。

そのときである。

「きゃあっ!!」

未衣《みい》が悲鳴をあげて、英二《えいじ》の腕にしがみついてきた。

「な、なにかワサワサしたのが、あがってくるっ！　いっぱい！」

水辺から上がってきたのは、三匹の大きな蜘蛛《くも》だった。

黒っぽい体毛に覆われていて、体長一・五メートル横幅二メートル程度。赤い八つの眼をギラリと光らせ、のそのそ近づいてくる。

ウォーター・スパイダーと呼ばれる低級モンスターだ。


『ひぃぃぃっ！　くくく、クモっ!?』

『蜘蛛《くも》ですわ！　蜘蛛ですわ！』

『蜘蛛ですが　なにか!?』

『なんで逆ギレしてますのアナタ！』

『おグロイですの！　おグロイですの〜っ！』

『毛モッサモサ　足ワッサワサですわー！』


「ううう。あたし、脚がいっぱいあるクモとかムカデとかって苦手なんだよ〜」

前回は氷芽《ひめ》が「トカゲ無理！」で、今回は未衣《みい》が「クモ無理！」。中一にしてはしっかりして見える二人だが、やはり年相応のところはある。

「しっかりしろ」

未衣《みい》の肩を叩いてやりながら言った。

「見た目はああだが、はっきりいってあいつらは弱い。数だけはやたら多いが、２層で戦ったルージュスライムより弱いくらいだ」

「確かにね」

未衣《みい》を背中にかばって、氷芽《ひめ》は黄昏の杖を構えた。

「見た目はグロいけど、大したパワーを感じないよ。あんな三匹くらいなら《氷弾《アイスブリット》》一発で倒せるんじゃないかな」

「わかるのか、氷芽《ひめ》」

「うん。なんとなくね」

その背中が以前より頼もしく見える。

どうやら大学で揉まれてかなり強くなったようだ。

「あ、あたしだって、がんばるもんっ」

親友のおかげか、未衣《みい》は落ち着きを取り戻した。腰のホルダーから木洩れ日のナイフを抜いて、氷芽《ひめ》の隣に並ぶ。

「未衣《みい》。十秒稼いで」

「りょーかい！」

氷芽《ひめ》が詠唱を開始する。

同時に、未衣《みい》は駆け出した。

蜘蛛たちの動きは鈍い。口から糸を吐き出すが、未衣《みい》は小刻みに左右に跳んでかわして、距離を詰める。胴体は狙わない。自分のリーチとナイフの射程では届きにくいことがわかっているのだ。

脚だけを狙って、ナイフを一閃《いっせん》。

ブシュッ、と緑色の体液が噴き出したが、未衣《みい》はわずかに顔をしかめただけだ。スライムの粘液がかかっただけで大騒ぎしていた初日とは大違いだった。

「もっと正確に武器を振れ。脚の付け根をねらうんだ」

「はい！」

助言すると、もう次には修正している。驚くべき呑《の》み込《こ》みの早さだった。

きっかり十秒。

氷芽《ひめ》の氷魔法が完成した。

レベル2の《氷弾《アイスブリット》》だ。

先日、ニチダンの研究施設で自衛隊員が使ったのと同じ魔法だった。

異なるのは、氷芽《ひめ》が同時に三つ《氷弾《アイスブリット》》を生み出したことだ。

足を斬られた蜘蛛の体を、氷の弾丸が次々に打ち抜いていった。打ち抜かれた穴が、青白い氷に覆われている。体内組織まで凍らせて、動きを止められるのが氷魔法の利点だ。巨大な蜘蛛は氷の一撃で沈黙し、光の粒子となって砕けた。鮮やかな手際だった。

蜘蛛がドロップした魔核《コア》三つを未衣《みい》が手早く回収する。

「これ売ったらだいたい二〜三万円くらいかな？　新入部員のマント代くらいにはなるかも」

「その前に私たちのマントを強化しようよ。藍川《あいかわ》さんに付与魔法士さん紹介してもらって、サラマンダーの炎くらい弾けるような《遮熱《ヒートシールド》》を仕込んでもらおう」

手に入れたそばから、もう使い道を話し合っている。

(こいつらは、本当にすごいレンジャー、すごいパーティーになるかもしれない)

ひいき目抜きで、そう思えるようになってきた。

これまで自分はためらっていた。まだ子供の二人を、危険な世界へ引き込むのはどうなのかと、躊躇《ちゅうちょ》するところがあったのだ。

だが、ここまでの努力、ここまでの成長を見せられれば応えないわけにはいかない。

子供を危険から守るのは大人の責任だが、成長を促すのもまた、大人の仕事なのだ。

「二人とも、聞け」

何かを感じ取ったのか、二人の表情が引き締まった。

「これから、お前たちに剣聖技《けんせいわざ》《螺旋音速剣《スパイラル・ソニック・ブレード》》を教える」

氷芽《ひめ》が言った。

「それって、剣聖しか使えない技なんでしょ？　配信で来栖《くるす》社長がドヤ顔で自慢してるの、見たことあるよ」

「まあな。でも、理屈さえわかれば技量次第で誰でも使える」

そもそも剣聖にその技を教えたのは英二《えいじ》である。

「おじさんに教えてもらえるのは嬉しいけど、あたしたちにできるかな？」

「私は剣を使わないし、剣技を教えてもらってもしかたないよ」

「話は最後まで聞け」

せっかちな若者を諭すように言った。

「まず、未衣《みい》には《音速剣《ソニック・ブレード》》のやり方から教える」

「ほんと？　それならギリできるかもっ！」

《音速剣《ソニック・ブレード》》とは。

文字通り音速を超える速度で剣を振ることによって衝撃波を作りだし、それで敵を攻撃する技である。

剣を直接当てずとも、敵にダメージを与えられる。

熟練者になれば、複数の敵を一網打尽にすることだってできるようになる。

剣の使い手にとって、この技を習得することはひとつの目標となる。レンジャー試験においても、A級合格のための必須スキルだった。正直、中学生が「ギリできる」ような技ではないのだが、未衣《みい》には自信があるようだ。

わくわくと目を輝かせる未衣《みい》に、氷芽《ひめ》が冷静につっこむ。

「《音速剣《ソニック・ブレード》》ってB級レンジャーでも難しいって聞くのに、中学生にはまだ早いんじゃない？」

英二《えいじ》は言った。

「いや、今の未衣《みい》ならできる」

「サラマンダーと契約《エンゲージ》した未衣《みい》は、前より身体能力がアップしているはずだ。火の精霊は『オーラ』を強化してくれる。いわばいつでも《身体強化《ブースト》》がかかってる感じだな。未衣《みい》は実感してるだろう？」

「うんうん！　サラちゃんと契約《エンゲージ》してから、なんか力がみなぎってるの！　大学でも、B級のコーチと仮想戦闘《メタバトル》でいい勝負できたんだよ！」

精霊剣士《エレメンタル・ブレーダー》となった未衣《みい》には、B級レンジャーでも完勝は難しいだろう。

「まずは、手本を見せる」

また河からあがってきた水蜘蛛五匹に、英二《えいじ》は視線を移した。

八本足をモサモサさせて近づいてくる。

英二《えいじ》はポケットから拳を引き抜くと、ゆっくりと右手の掌を開いた。

「俺の手にナイフがあると思って、そのつもりで見てくれ」

『剣ナシで《音速剣《ソニック・ブレード》》を出しますの？』

『それって　無理ですわよね？』

『《音速剣《ソニック・ブレード》》じゃなくて　音速拳になっちゃいますわ』

『さすがのおじさまでも　不可能なのでは』

『そんなことありません！　おじさまならできますわ！』

『そうです！　おひげから　音速を繰り出してくださいます！』

ひげからは出さないけどな、と思いつつ、英二《えいじ》は蜘蛛たちに向かって拳を振るった。

『拳《けん》よ、風となれ』

未衣《みい》の目でも見えるように、いつもの半分のスピードを心がける。それでいて「音の壁を破る」というのはなかなかの難題で、全力で攻撃するより遥《はる》かに難しいことだった。

が――。

英二《えいじ》には、造作もないこと。

「「えっ⁉」」

『『『『　えええええええええっ！？？！？　』』』』

未衣《みい》と氷芽《ひめ》、そしてコメント欄が同時に驚愕《きょうがく》した。

ざあっと強い風が吹いたと思った次の瞬間、蜘蛛たちの体がばらばらに――いや、粉々に引き裂かれたのである。

五匹いっぺんに、である。

「どうだ未衣《みい》。見えたか？」

「みっ、見えないよ！　なにしたの今⁉」

「そうか。じゃあもう少しだけ、遅くする」

また新たな蜘蛛が地上に這《は》い出《で》てきた。今度は四匹、さっきよりも速く接近してくる。

またもや突風が吹きつけ、蜘蛛たちはダイナマイトで爆破されたがごとく粉々に吹っ飛んだ。

「どうだ？」

未衣《みい》は目をこらしながら、んーっ、と唸《うな》った。

「ちょ、ちょっとだけ見えたかも。今の、三回攻撃したよね？」

「惜しい。四回だ。フェイントを含めれば五回だな」

氷芽《ひめ》が「お手上げ」の仕草をした。

「私には一回しか見えなかったんだけど。二人ともどういう目をしてるの？」

実は一回見えるだけでも十分にすごい。

未衣《みい》に至っては、もう、天才といっても差し支えないレベルかもしれない。


『未衣《みい》ちゃんも月島《つきしま》さんも　すごすぎますわ』

『あんなのが見える中学生　他にいますの？』

『いや　いちばんすごいのは　おじさまでしょう』

『すごすぎて　言葉では言い表せませんわ』


その後もしばらく、英二《えいじ》は蜘蛛を倒すことを繰り返した。

五回目で、ついに未衣《みい》はすべての攻撃を見極め、氷芽《ひめ》もその半分までは見えるようになった。

「どうだ未衣《みい》。技の仕組みは摑《つか》めただろう？」

「うん。わかった……と思う。手首のひねりがコツなんだよね？」

「そういうことだ」

四回目からは、未衣《みい》は蜘蛛ではなく英二《えいじ》の手元を見るようになっていた。

「足りない筋力は精霊とナイフの付与魔法が補ってくれるから、力む必要はない。あとは技の仕組みとコツさえわかっていればできるはずだ」

未衣《みい》はコクリと頷いた。

もう三十四以上倒したというのに、また新たに二匹の蜘蛛が地上にあがってくる。無限に敵がポップする狩り場というわけである。

「じゃあ、今度は実践だ」

「——はいっ」

未衣《みい》はナイフを持ち換えた。逆手持ちだ。アイスピックを持つときのやり方だった。短い刃物の場合、こちらのほうが力をこめやすく、振りやすいことに気づいたのだ。

鋭い目つきで蜘蛛の動きを見極めながら、じりじりとすり足で間合いを詰めていく。

(——いまだ未衣《みい》!)

英二《えいじ》が心のなかで言うのとほぼ同時に、未衣《みい》が詠唱した。


『剣《けん》よ、風となれっ!』


木洩れ日のナイフがオレンジの軌跡を描いた。

「!!」

一陣の風が吹いて、氷芽《ひめ》は髪とスカートを押さえた。

次の瞬間には、胴体をばらばらに吹き飛ばされた蜘蛛が二匹、ひくひくと足を蠢《うごめ》かせて絶命していた。

その光景を呆然と見つめて、未衣《みい》が言った。

「で、できた……。《音速剣《ソニック・ブレード》》。できたよね?」

「威力はいまいちだが、合格点だ」

「やったあっ！」

未衣《みい》は飛び上がって喜びを爆発させた。手にしたナイフがその名前の通り、木洩れ日のようにきらきらと輝く。

「……すごい……中学生でもできるんだ……」

氷芽《ひめ》は呆然と立ち尽くしている。


『おめでとうですわ　みぃちゃん！』

『さすが　我が1年桜組の誇り！』

『鳳雛《ほうすう》剣道部のエースは　ダンジョンでも最強ですの！』


歓喜に沸くコメント欄をよそに、英二《えいじ》は冷静に告げた。

「さて、ここからが本番。次は《螺旋音速剣《スパイラル・ソニック・ブレード》》だ」

「「えええええっ!?」」


『本気でやるおつもりですの!?』

『《音速剣《ソニック・ブレード》》だけでも　中学生としては　すごすぎますのに』

『そのうえ剣聖技《けんせいわざ》とか　さすがに無理なのでは』

英二《えいじ》は事もなげに言った。

「いや、最初からそう言ってるだろ」

「それは、そうだけどさ」

珍しく歯切れ悪く、氷芽《ひめ》はうつむいた。

「私には無理だよ。さっきの藍川《あいかわ》さんの攻撃だって、未衣《みい》の半分しか見えなかったし」

その暗い表情には、自分は足手まといかもしれないという不安が表れている。

「大丈夫だ。何もお前ひとりでやれなんて言ってないだろ」

「だって、未衣《みい》と私に教えてくれるって話でしょう？」

「ああ、そう言った」

未衣《みい》と氷芽《ひめ》を交互に見つめて、英二《えいじ》は言った。

「お前たち二人で、《螺旋音速剣《スパイラル・ソニック・ブレード》》を撃つんだ」

『つまり　どういうことですの？』

『おふたりで　同時に《音速剣《ソニック・ブレード》》を放つ？』

『それが《螺旋音速剣《スパイラル・ソニック・ブレード》》になりますの？』

『合体技ってやつじゃありませんの？』

「いいか？　まず俺が実際にやってみせる。見えやすいよう、最弱出力で撃つからな」

二人は緊張した面持ちで頷いた。特に氷芽《ひめ》は肩に力が入っている。今度こそ見極めようと身を乗り出して、コメント欄から「もっと下がらないと危ないですわ」と指摘されるほどだ。

英二《えいじ》は河のほうへ五メートルほど近づいた。

水際からはまた新たな蜘蛛が這い出てくるところだった。

今までで一番の大物だった。横幅三メートルほどの大きさの蜘蛛が三体、驚くほどの俊敏さでわさわさ突進してくる。

「――じゃあ、行くぞ」

上半身はまったく動かさず、腰のひねりだけで拳を抜いた。強い踏ん張りが伝わり、地面が一瞬にして足形に陥没する。前にぐっと勢いを送る。拳の握りは柔らかく。撫でるように優しく、逆袈《ぎゃくけ》裟懸《さが》けに振り上げた。


『拳《けん》よ風となり、螺旋《らせん》となれ』


ほんの一瞬――。

否、「半瞬」の静寂。

その後、「ズアッ！」という音とともに風が吹き、大きくうねった。うねる空気の渦が螺旋となって蜘蛛たちを塵《ちり》に変え、河面に大きな波を立てていった。その波は未衣《みい》たちの位置から見えるほど高く、対岸にまで津波となって届いた。

『つつつつなみですわ！』

『画面一瞬揺れましたけど!?』

『モーセの十戒みたいですわ！』

古い映画を知ってるお嬢様がいるようだ。

確かに、見方によってはそう見える。モーセが神の奇跡を呼んで大海を真っ二つに割ったように、英二《えいじ》が河を竜巻で真っ二つにしたように見えたのだった。

「…………」

「…………」

未衣《みい》と氷芽《ひめ》は声もなく、ぽかんとしたまま、河から飛んできた水飛沫《みずしぶき》を頭からかぶっている。

髪から雫《しずく》を滴らせて、氷芽《ひめ》が言った。

「い、今のが《螺旋音速剣《スパイラル・ソニック・ブレード》》なの？　剣聖が動画でやってたのと違うんだけど!?」

「ああ。来栖《くるす》社長が使うのは、アレンジがちょっと入ってるからな」

「アレンジっていうか、こんな大きな竜巻は起きてなかったよ。あの元英雄って呼ばれてる人でさえ、せいぜいつむじ風程度だったのに。……本当に、何者なの。藍川《あいかわ》さんって」

何度目かになる同じ質問に、英二《えいじ》はやはり同じ答えを返す。

「観光ガイドのサラリーマンだ」

「それはもう、前に聞いたよ！」

氷芽《ひめ》は不満そうにぷくっと頬をふくらませた。

「それで、どうなんだ。やるのか？　やらないのか？」

未衣《みい》と氷芽《ひめ》は激しく首を横に振った。

「む、無理だよおじさん！　さすがに、これはレベチっていうか」

「どうやったらこんなことができるの？　人間やめなきゃいけないよ、私」

英二《えいじ》は首を振った。

「一人じゃ、無理だろうな」

「二人ならできるってこと？」

「そうだ。お前たちで完成させるんだ。二人あわせて『剣聖』になるんだ」

「私たちで……？」

二人の少女は、その愛らしい顔を見合わせあう。

「氷芽《ひめ》。風が吹く仕組みは知っているか？」

「うん。空気は気圧の高いところから低いところに流れ込むから、気圧の高低差があると風が吹く」

「その通り。じゃあ気圧の高低差はどうして起きる？」

「それは、いろいろあるけど……」

訝しげな顔をしつつ、答えた。

「やっぱり一番の理由は『気温の差』かな。冷たい空気の下では気圧が高くなる。温かいと低くなる。だから気温の差が生まれると、風が吹くんだ」

「そうだな。じゃあ、竜巻はどうやって起きる？」

「同じだよ。ようは上昇気流によって発生する渦だから、地上と上空の気温差が激しいと——あっ」

氷芽《ひめ》の表情に、理解の色が広がっていく。

一を聞いて十を知る。さすが成績学年トップだ。

「わかったようだな」

「うん、なるほど。だから『二人』なんだね」

いっぽう、未衣《みい》はひたすらハテナマークを浮かべている。

「うぅ～おじさん、ひめのん、みぃちゃんを置いていかないでー。かしこい人だけでお話ししないで～」

泣きべそをかきながらセーラー服の襟をつまんでくる未衣《みい》に、氷芽《ひめ》は言った。

「私の氷魔法と、未衣《みい》が宿してる火精霊の力。氷と火で、激しい気温の差を作り出して、竜巻を作り出そうってことだよ」

「な、なるほどっ？」

『つまり　どういうことですの？』

『魔法の力と精霊の力で超・局所的な寒暖差を作り出そう！　って話だと思いますわ』

『それが竜巻となり　その竜巻を《音速剣《ソニック・ブレード》》にのせて　敵に放てば』

『《螺旋音速剣《スパイラル・ソニック・ブレード》》の完成！　というわけですわね！』

英二《えいじ》は言った。

「そのためには、お前たち二人の息をぴったりあわせなければならない。未衣《みい》の火精霊の力と、氷芽《ひめ》の氷魔法。威力もタイミングも、がっちり嚙《か》み合《あ》わなければ不可能だ。それにはチームワークと、練習あるのみだ。いいな？」

「「はいっ！」」

二人の返事がぴったりと重なりあった。

それにしても――。

氷芽《ひめ》のこの理解力の速さ、頭の回転の速さはどうだろう？　多くのレンジャーが力に傾くなか、この分析能力は極めて貴重だ。天才肌の未衣《みい》にコンプレックスを抱くような一面もあるが、とんでもない、氷芽《ひめ》もやっぱり素晴らしい才能を秘めている。

今のやり取りでもわかるが、未衣《みい》は感覚派で理論が追いつかず、難しい話はわからないことがある。それを補う参謀タイプの氷芽《ひめ》がいれば、鬼に金棒。日本最強のコンビとなれる。

この二人が放つのは、もう《螺旋音速剣《スパイラル・ソニック・ブレード》》ではない。

「あえて名付けるなら、《友情螺旋音速剣《ツイン・スパイラル・ソニック・ブレード》》というところだな」

氷芽《ひめ》が顔をしかめた。

「名前が、ちょっと直球すぎない？　恥ずかしいんだけど」

「そんなことないってひめのん！　叫んだら気持ちよさそうじゃん！」

氷芽《ひめ》はまじまじと友だちの顔を見つめた。

「叫ぶの？」

未衣《みい》もきょとんと見返した。

「叫ばないの？」

この二人、感性も考え方も真逆のように見える。どういう経緯で友達になり、パーティーを組むことになったのか。いずれ話してくれるのを待とうと思う。

ちなみに技の名前を叫ぶレンジャーは時々いる。オーラは言霊《ことだま》によって強化される。技の名前を叫んだほうが威力が増す、という例は実際に報告されているのだ。

「ほら未衣《みい》、練習するよ」

「はーい」

まずは二人の魔法と精霊力、発動タイミングを合わせるところから始めた。

しかし――。

「駄目だ。未衣《みい》、もう少し遅く」

「ハイッ！」

「氷芽《ひめ》はもう少しだけ早く」

「はい！」

一度、二度、三度やっても、十度やっても、タイミングが合わない。

氷魔法に習熟しつつある氷芽《ひめ》はともかく、まだ未衣《みい》は精霊力を使いこなせていない。精霊剣士《エレメンタル・ブレーダー》となったばかりで、まだまだ精霊の力を剣技に活かすコツがつかめていないのだ。

「ごめん、ひめのん。また少しずれちゃった」

「ううん。私のほうこそ、ちょっと魔力が大きすぎたね」

いつも元気な二人でも、さすがに疲労が濃そうだ。

精霊とナイフの恩恵がある未衣《みい》はともかく、氷芽《ひめ》はもう足にきている。かく、かくと膝が動き、いつ崩れ落ちてもおかしくなさそうだった。


『こんなときこそ、お二人を応援するのですわ！』

『えーい　スパチャはついていませんの？』

『だったら声を届けるのです！』

『未衣《みい》ちゃんがんばって』

『月島《つきしま》さんしっかり！』

『あーん　今の惜しい！』

『もうちょっとですわよ！』


すると、不思議なことが起きた。

木洩れ日のナイフと黄昏の杖が、光をまとい始めたのだ。

それは山吹色の輝きだった。

真昼の太陽の輝きと似ている。

見る者を元気づけてくれるような、活力の光だった。

（なんだ？　オーラの放出？）

（……いや、未衣《みい》と氷芽《ひめ》が発しているものじゃない）

オーラを武器に伝達して強化する高等魔法があるが、今の二人に使えるとは思えない。つまりあの光は、外部からやってきたものということになる。

（まさか、コメント欄の励ましに反応したのか？）

（確かにあれも、言霊《ことだま》の一種ではあるが）

未衣《みい》も氷芽《ひめ》も、今はコメント欄を見ているヒマはないはずだ。

「………………」

様子を見ていると、疲れ切っていたはずの二人の動きに切れが戻った。まるでスマホを通して、本当に力を届けているかのようだ。

英二《えいじ》は、かつて舞衣《まい》が言っていた言葉を思い出した。

『祈りの力こそ、魔法の源なんです』

『神様や悪魔とは別の、人間だけが使える魔法のかたちなんです』

当時の英二《えいじ》に、その言葉の意味はわからなかった。

だが、この二人、いや、鳳雛《ほうすう》女学院のお嬢様たちは、それを体現しようとしているのだろうか？

「痛っ……」

「だ、だいじょうぶ？　ひめのん。立てる？」

氷芽《ひめ》が尻餅をついた。さすがに体力の限界がきているようだ。

今日はこのくらいにしておこう――そう声をかけようとした時である。

背後から複数の足音が聞こえてきた。

黄色いヘルメットをかぶった作業服の群れ。

ダンジョン開発を行う土木作業員たちである。

そして、彼らの傍らには、紫のスーツの男の姿があった。

長短二本の刀を腰に帯びている。

蛇のような眼光をぎらつかせて――。


「ほう」


低い声でその男は言った。

喜色にあふれた声である。

「やあ、『無刀』の。まさかこんなに早くダンジョンで会えるとはな。どうした？　ひよこなんか連れて。お遊戯会か？」

切崎塊《きりさきかい》。

その蛇の化身のような男を目にした瞬間——。

「あ、……ああぁ……あああぁぁぁ」

疲れ切って座り込んでいた氷芽《ひめ》の口から、形容しがたい悲鳴、あるいは苦悶のような声が漏れた。

顔色が真っ青になっている。

全身に震えが取り憑《つ》いている。

まるで吹雪のなかで凍えるように、全身がガタガタと震えて——。

そんな氷芽《ひめ》のことなどまるで目に入らないかのように、切崎《きりさき》はただ英二《えいじ》だけを見つめ、薄い唇に嫌な笑みを張りつかせた。

「なあ、おっさん。ひよことばかり遊んでないで、俺とも遊んでくれよ——」

◆

氷芽《ひめ》の様子がおかしいのは誰の目にもあきらかだった。

「ど、どうしたの、ひめのん。震えてるよ」

未衣《みい》が小声で尋ねたが、氷芽《ひめ》からの反応はない。

真っ青な顔色で、唇をわななさせながら、全身を震わせながら——切崎塊《きりさきかい》のことを目を見開いて見つめて、否、睨みつけている。


『あの派手なスーツの方　テレビで見たことありますの』

『有名な　レンジャーの方ですわ』

『キリサキさんでしたっけ』

『氷芽《ひめ》さんと　お知り合い？』

『でも　ただならぬ雰囲気ですわよ』


英二《えいじ》は横目で氷芽《ひめ》の様子に気を配りつつ、切崎《きりさき》に言った。

「そちらこそ、ここで何をしてるんだ？」

「現場の護衛だよ。例の11層までつながる巨大シュートを掘る工事のな。今日は土地の測量がメインだ」

十人ほどの作業員たちが測量器具を用いて作業を行っている。これは地上で土木作業を行う時と同じ手順であり、ダンジョン内の工事の際も法令で義務づけられている。「B級以上の資格を持つレンジャーが立ち会わなくてはならない」というのも、法令で決まっていることだ。

「黒岩《くろいわ》長官は、いったん工事計画を見直せと言っていたはずだが？」

「見直すさ。でも『調査』は続行せよと我間《がま》代表は仰せでね」

唇を歪《ゆが》めて笑う相手の思惑は透けて見えている。

面従腹背《めんじゅうふくはい》――。

形だけは幻資庁の言うことに従いつつ、裏では計画を進める。何か言われても大丈夫、なにしろバックには政界の重鎮がついているのだから――そんなところか。

「あんなデータまで集めてご苦労だったがな、DBP《ドラゴンバスタープロジェクト》はもう止まらないさ」

「その口ぶりだと、こういう『調査』をするのは初めてじゃないようだな。本当はもう掘らせているんだろう。現役で五本の指に入るとか言われる男が、ずいぶんせこい真似《まね》をするじゃないか」

「まあ――ビジネスだからな」

無頼を気取る切崎《きりさき》の本音を、そこに垣間見《かいまみ》た気がした。

結局はこの男も、権力の飼い犬であることを良しとする人間なのだ。

「ところで」

切崎《きりさき》はヘビのような眼を、氷芽《ひめ》に向けた。

「おいお前。そこのガキ。さっきからずいぶん睨むじゃないか。この俺に何か用か？」

氷芽《ひめ》が奥歯をぐっと噛みしめるのがわかった。

手のひらに爪が食い込むほど拳を握りしめている。

「わ、私の名前は、月島氷芽《つきしまひめ》」

「うん？」

「去年、あんたと一緒に18層まで潜った月島雪也《つきしまゆきや》の、娘だよ!!」

いつもクールな氷芽《ひめ》がこんなに感情をあらわにするのを、初めて目にした。

「ひっ、ひめのん？」

それは親友の未衣《みい》ですら同じようで、目を丸く見開いている。


『月島雪也《つきしまゆきや》って　どなたですの？』

『レンジャー界にその人あり　と言われる　すごいお方ですわ』

『確か『蒼氷の賢者《セージ・オブ・ブルーアイズ》』って呼ばれてましたわ　テレビとかにも出てましてよ』

『わたくしファンでしたの！』

『まさか　氷芽《ひめ》さんがそのお子さんだったなんて』

『あら？　でも確か　月島雪也《つきしまゆきや》さんって　ダンジョン探索中に……』


どうやら学校でも誰も知らなかったらしい。

最初に名前を聞いたときから、英二《えいじ》はなんとなく察していた。だが、その事情までは窺い知れない。父親が有名なレンジャーであるにもかかわらず「レンジャーなんて嫌い」と言い放つからには、複雑な背景があるのだろう。だから何も聞かずにいたのだ。

「ほほう、それはそれは」

切崎《きりさき》は唇の片端だけを吊り上げて、氷芽《ひめ》をじろじろと見つめた。

「月島《つきしま》にはこんな美人の娘がいたのか。ふうん。それで？　世間で言われてるように、俺が父親を殺したとか思ってるわけかね？」

それは一部で囁かれている噂である。

殺人嗜好者《シリアルキラー》だといわれる切崎《きりさき》が、探索のどさくさに紛れて月島雪也《つきしまゆきや》を殺害したのではないかという噂である。

氷芽《ひめ》は何も言い返さない。

何も言わない。

ただ、血が噴き出そうなほど、険しい目つきで切崎《きりさき》を睨みつけている。

その様子を見れば、氷芽《ひめ》の本心は伝わってくる。

「違うんだなあ、これが」

切崎《きりさき》はせせら笑った。

「あの『蒼氷の賢者《セージ・オブ・ブルーアイズ》』をこの手で斬ってやりたい、そう思ってたのは事実だ。そういう下心があって『デモンズ・ドロップ』の探索に参加したのは事実だよ。だが、俺が動く前に魔族が襲ってきやがった。月島《つきしま》たちは全滅し、俺だけが生き残った。弱いやつが死に、強いやつが生き残った。当然のことが起きただけなんだよ」

「……なんでよ」

氷芽《ひめ》が絞り出すように声を出した。

「なんで、あんたは、そんな話を笑いながらできるの？　仮にもパーティーを組んでたんでしょう。

仲間だったんでしょう？　仲間が死んだのに、どうして笑っていられるの？」

「違うね。仲間とはあくまでダンジョンを生き抜くためのパーツにすぎない。道具にすぎないってことだ。まあ、そういう意味じゃ、お前の親父は使えない道具だったなあ」

「――」

「俺を逆恨みするなんてお門違《かどちが》いもいいとこなんだよ、ガキ。月島《つきしま》が弱いせいで俺は悪評たてられて、いい迷惑だぜまったく。なあ？　理解できねえか？　親がバカなら子もバカか？」

それは見え見えの挑発だった。

聡明《そうめい》な氷芽《ひめ》に、切崎《きりさき》の意図がわからなかったはずはない。

だが――。


「うわあああああああああああああああああっっっ!!」

氷芽《ひめ》は絶叫しながら、切崎《きりさき》に飛びかかった。

いったいどこにそんな力が残っていたのか。もう一歩も歩けないほど疲れ切ってるはずなのに、弾丸のように突進していった。

にたり、と切崎《きりさき》は白い歯を見せた。

「これで正当防衛だ」

長刀を抜き放ち、その白い刃を飛びかかってきた氷芽《ひめ》に向ける。セーラー服から覗く白い腹をめがけて、鋭い切っ先を突き出した。

――が。

二人のあいだに、英二《えいじ》は割り込んでいった。

するりと隙間に入り込むように、静かに動いた。

両手を持ち上げる。

右手の人差し指で、切崎《きりさき》の刃を止める。オーラをまとわせた指だ。くん、と指の関節をたわませて威力を殺す。合気術のひとつだった。

そして、さらに左手で――。


ぱしんっ！


乾いた音がダンジョンに響き渡った。

続いて、からん、という音が響いた。氷芽《ひめ》の杖が地面に落ちたのだ。

氷芽《ひめ》は両膝を地面について呆然としている。その左頬が赤くなっている。「ひめのんっ！」駆け寄ってきた未衣《みい》が呼びかけても微動だにせず、魂が抜け落ちたようにその場に座り込んでしまった。

『な、なにが起きましたのっ？』

『速くて　見えませんでしたわ』

『た　たぶん　おじさまが　氷芽《ひめ》さんに平手打ちを』

『体罰反対！』

『でも　そうしないと　氷芽《ひめ》さん　やられてましたわ！』


そして切崎《きりさき》は——。

「いいねえ」

自分の剣を指先ひとつで止めた英二《えいじ》に向かって、舌なめずりをしてみせた。

「この俺の《蛇突《じゃとつ》》を指で止めるか。それでこそだ『無刀』の。もう待ちきれねえ。この場で俺と立ち合え」

「立ち合う、ね」

英二《えいじ》は淡々と答えた。

「それもいいが、もう少し離れたほうがいいんじゃないか？」

「言われるまでもない！」

切崎《きりさき》は剣を引こうとして——しかし、そのままピタリと動かなくなった。

「どうした？　引かないのか？」

「ぐ、ぐぐぐ……」

振り下ろした刀を、英二《えいじ》に指一本で止められている。

その体勢から、切崎《きりさき》は動けなくなっていた。

英二《えいじ》の指に、刃が吸いついて離れないのだ。

「な、なにをした、てめえっ」

ずっと同じ体勢のまま脂汗を流している切崎《きりさき》を、作業員たちが不思議そうに見ている。傍《はた》から見れば、ただ切崎《きりさき》が独り相撲してるようにしか見えないのだが、彼にしてみれば必死である。どんなに力を入れても、踏ん張っても、刀を引くことができないのだ。

英二《えいじ》がやったのは、オーラの操作だった。指先で刃に触れて、自分のオーラを切崎《きりさき》の刀に流し込む。刀は英二《えいじ》の一部となり、切崎《きりさき》の言うことを聞かなくなる。彼が引こうとしてても、刀が「嫌がる」のだ。それは、切崎《きりさき》自身がオーラの使い手であり、かつ、彼の持つ刀が幻想金属《ファンタ・メタル》製の名刀だからこそ可能な技だった。もしオーラが使えない凡人で、持っている刀も無銘であれば、英二《えいじ》のオーラに反応せず、普通に動かすことができる。

(現役で五本の指に入るというのは、嘘じゃないようだな)

だが、それが仇《あだ》となる。

強いことが仇となる。

そういう戦いもあるということを、若い彼は知らない。

「やれやれ、しかたないな」

英二《えいじ》は空いてる手で頭をかいた。

「時間もないことだし、この場で始めるか？」

「な、何を」

「だから、立ち合いだろ」

ずんっ、という衝撃音が周囲に響いたのと、切崎《きりさき》が体を「く」の字に折り曲げたのは、同時だった。

「げげうっ」

血と、呻き声を唇から漏らしながら、切崎《きりさき》は刀を手放して両膝から地面に崩れ落ちた。

「良かったな、手を放せたじゃないか」

ぱんっ、と乾いた音が響く。

英二《えいじ》が切崎《きりさき》の頬を張ったのだ。

その音が連続していく。

切崎《きりさき》の顔が、まるでメトロノームみたいに左右にググラ行ったり来たりする。

高速で頭がブルブル左右にシェイクされる。


「あんあんあんあんあんあんあんあんあんあん」

切崎《きりさき》の口から、女の子のような悲鳴があふれだした。

「あん」

それはあまりにも滑稽な姿であり、情けない姿であり——作業員たちのなかには失笑する者もいた。「なんだ、あれ」「切崎《きりさき》サンなにしてんの？」「わざとやってるのか？」そんな声も聞かれる。

さっきから切崎《きりさき》は、ひとりでやられているようにしか見えないのだ。

もちろん、そうではない。

英二《えいじ》が切崎《きりさき》に「往復ビンタ」をかまし続けているのである。

それは《音速剣《ソニック・ブレード》》と同じ速さで行われる往復ビンタだった。未衣《みい》と氷芽《ひめ》に手本を見せた時のような手加減バージョンではない。本気の《音速剣《ソニック・ブレード》》である。——手首だけ。

「あんあんあんあああああああああああああああああああああああああああああん！」

十秒ほどビンタに翻弄されつづけた後、切崎《きりさき》は血ヘドを吐きながら地面に転がった。代名詞である「二刀」も地面に転がる。両頬がリンゴのように腫れて、唇も切れていて上手くしゃべることができなくなっている。

「き、きしゃ、ま……」

それだけ言うのが精一杯だった。

ぐるり、と白目を剝いて気絶して、動かなくなった。

そんな切崎《きりさき》を冷たく一瞥《いちべつ》した後、英二《えいじ》はぽかんとする作業員たちに告げた。

「今日の作業は、中止だ」

「えっ？」

「切崎《きりさき》氏はご覧の有様《ありさま》。ダンジョン内における建設作業には、B級以上のレンジャーが一名ついて監督しなくてはならない。そう定められている。違反すれば、その業者には三百万円以下の罰金が科せられる──」

　作業員たちは顔を見合わせあった。

　反論の声は聞こえてこない。

　気絶した切崎《きりさき》に肩を貸して、その体を引きずるように退場していった。

「……ふう」

　全員がいなくなるのを確認した後、英二《えいじ》は後ろを振り返った。

「しっかりして、ひめのん。ねえ、ひめのんっ！」

　氷芽《ひめ》はいまだ、地面に両膝をついて座り込んだまま、身動きひとつしない。肉体的疲労と精神的疲労の極にある。そんな風に英二《えいじ》の目には映った。あまりの憔悴《しょうすい》っぷりに、未衣《みい》まで泣きそうになっている。

「ねえ、おじさんっ。ひめのん、大丈夫かな？」

「大丈夫さ。お前の友達だろう？」

　未衣《みい》の肩を叩いてやりながら、今はそっとしておくしかないと英二《えいじ》は思う。どんな言葉も、今の氷芽《ひめ》には届かないだろう。

　コメント欄にも不安は広がっていた。

『氷芽《ひめ》さん　お気の毒ですわ』

『お父さまを　ダンジョンで　亡くされていたなんて』

『あんなこと言われたら　ワタクシだって　立ち直れません』
『これからのダンジョン部　どうなってしまうのでしょう?』

ゴゴゴちゃんねる・A級レンジャー(個別)板
【煽り上等】切崎塊について語るスレ【二刀流】part58

153：名無しのリスナー
なんかさぁ
切崎さんがタイマンで負けたとかいう話出てんだけど

154：名無しのリスナー
はぁそうですか

155：とおりすがり
まーた始まったよアンチ君の妄言がｗ

156：名無しのリスナー
切崎さんがタイマンで負けるはない
有栖川か天藤ならもしかしたらって程度

157：名無しのリスナー
アンチ呼ばわりされてらｗ
part1からずっといる古参信者なんだけどなこれでも
ソースは土木工事板だから、まぁ俺も鵜呑みにはしてない

ダンジョン作業員が愚痴るスレ労働1401時間目
https://ggg.15ch.net/test/read.cgi/sppism/1706235982/
ここの320レスあたりから嫁

158：名無しのリスナー
土木工事板とかあるんだ…

159：名無しのリスナー
作業員がなんでレンジャーのタイマン目撃してんだよ
はいガセネタｹﾃｰｲ

160：名無しのリスナー
いちお読んだけど、、、「見た」って言ってるだけだな
ソースとして弱い
動画とかないの？

161：名無しのリスナー
これがソースな
https://i.ingur.com/zbgpD34Gwg.mp4
居合わせた作業員がスマホで撮ってたショート動画

162：名無しのリスナー
え？　マジ？
このあんあん喘いでるの切崎さん？

163：名無しのリスナー
メス声あげてるwww

164：名無しのリスナー
バッカおまえ
天下のダブルブレーダー様がこんな女の子みたいな声出すわけないだろ

165：名無しのリスナー
イヤでもこの派手スーツは切崎だろ。。。

166：名無しのリスナー
てか相手だれ？
ダンジョンで背広着てるんだけど
しかも無刀だし

167：名無しのリスナー
まさか無刀のおっさん？

168：名無しのリスナー
あのおっさんは存在自体がねつ造だってことで結論出てたろ？

169：名無しのリスナー
モザイクかかってるけど服装は無刀によく似てるな

170：名無しのリスナー
なんかさ、動画の端っこにスカートの裾みたいなの映ってない？
17秒あたり

171：名無しのリスナー
ほんとだ
制服っぽい？

172：名無しのリスナー
例のドチャクソ可愛いJCズじゃねーの？鳳雛生の

173：名無しのリスナー
だね。
このスカートの生地の感じは鳳雛で間違いない。
ちらっと見える裏地の素材も上流階級の証。
シルク100%。
100%断言する。
この裏地は鳳雛で間違いない。

174：名無しのリスナー
でたー制服マニア

175：名無しのリスナー
どこにでも湧くなお前…

176：名無しのリスナー
高度に発達した変態は魔法と区別がつかない

177：名無しのリスナー
え、待って
つーと、なに？　この動画ガチってこと？

178：名無しのリスナー
無刀のおっさんに　切崎さんがやられた？

179：名無しのリスナー
いやいやまたフェイクじゃねーの？

180：名無しのリスナー
スカートの裏地の映り込みまで作りこむか？
そこまで手の込んだことする意味なくね？

181：名無しのリスナー
あんあんあんあんあんあんあんあんあんあんあん
あんあんあんあんあんあんあんあんあんあんあん
あんあんあんあんあんあんあんあんあんあんあん
あんあんあんあんあんあんあんあんあんあんあん
あんあんあんあんあんあんあんあんあんあんあん

182：名無しのリスナー
草

183：名無しのリスナー
切崎信者だけど　不覚にもワロタ

184：名無しのリスナー
もし無刀ごときに負けてたんだとしたら幻滅するわ
いつもあんだけフカしといてさ

185：名無しのリスナー
落ちぶれたな切崎
まあ俺はわかってたけどね
ダンジョンリゾートの顧問なったって聞いた時「ん？」って思ったし

186：名無しのリスナー
みんなケンカしないであんあんあんあんあんあんあんあんあんあん

187：名無しのリスナー
俺はまだ切崎サンを信じてるぞあんあんあんあんあん

188：名無しのリスナー
俺だって信じてるあんあんあんあんあん

189：名無しのリスナー
あんあん流行ってて草

190：名無しのリスナー
これは切崎、もう終わりかもわからんね

191：名無しのリスナー
今さらだけど >>161 の動画はどこから持ってきたんだ？
土木スレにはないんだけど？

書き込む

全部読む　最新50　1-100　板のトップ　リロード

ゴゴゴちゃんねる・ダンジョン総合板
【雑談】無刀のおっさんについて考察するスレpart126

1：名無しのリスナー
ダンジョンに突如あらわれた通称「無刀のおっさん」
その素性と強さについて考察するスレです
発端となった動画
https://i.ingur.com/VbGpddka22CCF.mp4

2：名無しのリスナー
乙
このスレもすっかり過疎ったな

3：とおりすがり
前は1日で5スレとか消費してたのに

4：名無しのリスナー
まあ大したことないってわかったし
新しいネタもないしね

5：名無しのリスナー
今だ !2ｹﾞｯﾄｵｫｫｫｫ！！
```
 ￣  ￣  ￣  ￣  ￣ ∨￣  ￣  ￣
                                        (´´
         ∧∧      )            (´⌒(´
    ⊂(ﾟДﾟ⊂⌒｀つ≡≡≡(´⌒;;;≡≡≡
            ￣  ￣   (´⌒(´⌒;;
             ｽﾞｻﾞｰｰｰｰｰｯ
```

6：名無しのリスナー
過疎ってるのに失敗すんなよｗ

7：名無しのリスナー
AA もやっぱりズレてて草

8：名無しのリスナー
おまいら
ひさびさの燃料ですよ。。。　切崎塊をぶちのめすおっさん。
https://i.ingur.com/zbgpD34Gwg.mp4

9：名無しのリスナー
うおおおおおおおおおおおおおおおお！？

10：名無しのリスナー
これ相手マジで切崎か？

11：名無しのリスナー
趣味悪いスーツ着てるし地面に二刀落ちてるし
そうだろうな

12：名無しのリスナー
あんあんあんあんってなんなんだよ www

13：名無しのリスナー
なんてことだ切崎は女の子だったのか

14：名無しのリスナー
マジかあんあんあんあんあんあんあんあんあん

15：名無しのリスナー
これビンタ？　往復ビンタしてんの？

16：名無しのリスナー
またもや速すぎてなにやってるかわかんねー

17：名無しのリスナー
やっぱりひとりで勝手に切崎がやられてるように見えるんだけど

18：名無しのリスナー
いやこれはおっさんが攻撃してるのは間違いない
だって切崎の顔がどんどん腫れていってるやん

19：名無しのリスナー
切崎スレで指摘されてたけど
17 秒のところでスカートの裾がちらっと映ってる
前におっさんと一緒にいたみぃちゃんかひめのんのスカートと思われる
この動画が真である可能性は高い

20：名無しのリスナー
つまり、、、
国内最強とか言われてるレンジャーが無刀のおっさんに負けた……ってコト?!

21：名無しのリスナー
あのおっさんマジで強かったんだ。。。

22：名無しのリスナー
今さら気づいたか馬鹿め

23：名無しのリスナー
だから言ったろ？　サラマンの動画はねつ造なんかじゃねーって

24：名無しのリスナー
俺も！最初っから信じてた！

25：名無しのリスナー
手のひらスパイラルソニックブレードだなお前ら

26：名無しのリスナー
いやこれただのビンタじゃないよ
俺じゃなきゃ見逃しちゃうところだけどさ
これ手首のひねりだけで音速剣使ってる
音速の速さで切崎に往復ビンタをかましてるんだよ
つまり手首だけでＡ級レンジャーを翻弄してる
これで死なない切崎も相当だけどやっぱおっさんの実力ぱねえよ
マジぱねえ
もっと拡散したほうがいいと思う
もっとこいつ有名にしたほうがいいと思う
ついでに比呂しゃちょーのかっこよさも拡散するといいと思う

27：名無しのリスナー
出、出～！！
長文屁理屈兄貴～！！

28：名無しのリスナー
まだこのスレにいたのか…

29：名無しのリスナー
しゃちょー関係なくて草

30：名無しのリスナー
おっさんの自演……じゃなさそうだなさすがにｗ

31：名無しのリスナー
この必死さにはリスペクトすら覚える

32：名無しのリスナー
え？　ってことはなに？
現役最強は無刀のおっさんになったってワケ？

33：名無しのリスナー
オーガをワンパンで倒して
無数のサラマンを一網打尽にして
切崎すらかるーく倒してのける

そんなレンジャーが無名？

34：名無しのリスナー
さすがにそれはない
有名なレンジャーが正体隠してるとか？

35：名無しのリスナー
切崎にタイマンで勝てるとしたら
しゃちょーや都知事みたいな元英雄ばかりだから隠すの無理じゃね？

36：名無しのリスナー
ワンチャン外国人とか？
イギリスのヒルちゃんなら楽勝でしょ知らんけど

37：名無しのリスナー
モザイク越しだけどバリバリ男で日本人顔じゃね？

38：名無しのリスナー
あーすげー気になる！

39：名無しのリスナー
何者なんだよおっさん

40：名無しのリスナー
スレの総力をあげて特定しろ！

41：名無しのリスナー
鳳雛に突撃するか？
みぃちゃんに聞けばわかるんじゃね？
ついでに写真撮りたい
まじ可愛いもんあの子

42：名無しのリスナー
俺はひめのん派だな　罵られながら踏まれたい

43：名無しのリスナー
いやそれふつーに捕まるから
やめろ

44：名無しのリスナー
変態だらけのスレ

45：名無しのリスナー
ついにこのスレからﾀｲｰﾎ者が！

46：名無しのリスナー
スレの速度またまたやべーことになってる
しゃちょースレや切崎スレより速ええ

47：名無しのリスナー
おっさんが本気を出せば
このくらいやるってことだな

48：名無しのリスナー
いや本気っつーか、、、
ビンタしかしてないんだけど

49：名無しのリスナー
それな

50：名無しのリスナー
本気出したら、どうなっちゃうわけ？

書き込む

全部読む 最新50 1-100 板のトップ リロード

『無刀』のおっさん、
実はラスダン攻略済み

Once Upon a Time,
The "No Blade"
in Last Dungeon.

■間章　～未衣の葛藤～

夜の十時。

お風呂に入ってせっかくさっぱりしたというのに、未衣《みい》はまた庭で木製のナイフを振っていた。

英二《えいじ》がプレゼントしてくれたものだ。芯に金属が埋め込まれていて、木洩れ日のナイフとまったく同じ重さに作られている。暇さえあればこれを振っている。自分の体に馴染ませている。手足のように扱えるようになれば、ナイフにもオーラを通わせることができるようになる。

未衣《みい》には、氷芽《ひめ》のように元素魔法の素養がない。原理は教習所で習ったけれど、様々な要素を頭の中で素早く計算しなくてはならないのがどうしてもできず、適性なしがついてしまった。昔から算数が苦手だった未衣《みい》にはとても無理だった。

ならば、オーラを徹底的に磨くしかない。

オーラ魔法は主に近接攻撃に使用される。遠距離攻撃も高レベルにはあるが、今の自分にそこまでは無理だ。アプリを上手く使えばできるのかもしれないし、初心者向けの解説動画なんかもネットにはある。だが、英二《えいじ》を目標にしている未衣《みい》は、あくまで詠唱にこだわるつもりだった。いつか、あの憧れの背中に追いつくために。

だが、その気持ちは、いま、大きくゆらいでいる。

「剣よ風となれ！」

「剣よ、風となれ！」

「剣、よ、風と、なれぇっ！」

繰り返すうちに、息が上がっていく。

汗が滴り、足元の芝生を濡らしている。

ナイフを全力で振りながら澱《よど》みなく詠唱するというのは、見た目以上に難しいことだった。しかも、声に言霊《ことだま》がこもっていないと意味を成さない。アプリで手早く、タトゥーでもいれて手軽に、とみんなが思うのも無理はない。「まだ、初心者なんだから」「慣れるために、最初は」何度もそう思いそうになる。上手くいかなくて、飛びつきたくなる。そのたびに、憧れの人の顔が浮かんで思いとどまる。

「けん、よ、かぜ、となれ……」

いくらナイフを振っても、不安が消えない。心のなかのモヤモヤが消えてくれなかった。こんなことは今までなかった。学校で先生に叱られたときも、友達とケンカしたときも、一心に竹刀を振っていれば消えたのに。

庭のテラス窓が開いて、母親の優香《ゆうか》が現れた。娘と同じ亜麻色の髪をバスタオルで拭っている。

「あら未衣《みい》、またやってたの？　先にお風呂入ったんじゃなかったの？」

「うん……」

「そんな汗だくになって。言ってくれたらお湯抜かなかったのに」

「シャワーでいいから」

ナイフを振りながら、未衣《みい》は応える。素振りからコンボ練習に切り替える。左の掌底で牽制《けんせい》してから、右に体を傾けつつ、逆手に持った右手のナイフで喉元を狙って切り上げる。亜人型モンスターに有効なコンボだ。いずれ戦うことになるから今のうちに練習しておくようにと英二《えいじ》から言われている。やり方はすぐに覚えた。だが、まだ、遅い。おじさんならもっともっと、速く振るはず。

その想いで、未衣《みい》はナイフを振り続ける。

「懐かしいわね」

しみじみとした母の声が庭に響いた。

「お兄ちゃんもね、よくこんなふうに素振りしてたわ。お姉ちゃんと比呂《ひろ》さんと、三人で家に来て。合宿だーなんて言って、下柚木《しもゆぎ》の実家によく泊まっていったっけ」

「…………」

未衣《みい》の素振りが止まった。

「ねえお母さん。おじさんって、本当にすごい人だね」

「どうしたの急に？」

優香《ゆうか》は目を丸くして、汗だくで肩で息をしている娘を見つめた。

これまでも未衣《みい》は何度も口にしてた。「おじさんすごい！」「おじさんかっこいい！」。目を輝かせてそう言っては、優香《ゆうか》に苦笑されていた。本当に、暇さえあれば口にしてた。「おじさんってすごい！」。それは無邪気な憧れだった。子供が全力で大人に抱きついていくときの無邪気さ。そういう思いで、口にしていた。

だけど……。

「ほどほどにして休みなさいね」

そう言い残して優香《ゆうか》が部屋に戻ったことにも、未衣《みい》はしばらく気づけなかった。

ひたすら、振る。

速く。

もっと速く。

もっともっと速く。

速くするだけじゃだめ、もっと鋭く、鋭く、そして重く、もっと……。

「痛ッ！」

肘に痛みが走って、未衣《みい》は顔をしかめた。汗で手からナイフがすっぽ抜ける。庭の木に当たり、鈍い音を立てて芝生に落ちた。

「……ううう……」

こんなんじゃ駄目なのに。

ひりひりと胸を焦げ付かせるような想いがあった。燃え上がるでもなく、消えるでもなく、ただ胸に燻《くすぶ》り続けるこの気持ち。それは「焦り」だった。焦げると書いて、焦り。未衣《みい》はその感情の意味を生まれて初めて理解した。

この焦りの正体がなんなのか、未衣《みい》にはわかっている。

(あたしは、一生、おじさんに追いつけないかもしれない)

それは、皮肉にも、未衣《みい》が強くなったことが原因だ。

ルージュスライムやサラマンダーとの実戦。大学での練習。そして第5層での特訓を経て、未衣《みい》は飛躍的にレベルアップした。単純な強さだけでなく、眼も良くなった。今までは見切れなかった動きが把握できるようになってきたのだ。

あの切崎塊《きりさきかい》が氷芽《ひめ》を斬ろうとしたとき、未衣《みい》には、切崎《きりさき》の動きがかろうじて見えていた。見えたからこそわかる恐ろしさがある。あの男の真の恐ろしさ。がむしゃらに突っ込んできた氷芽《ひめ》に刀を抜いたときの動き。背筋が凍りつくほどの速さだった。人を斬ることをなんとも思っていない、いっさいの躊躇《ためら》いがないことが、あの動きから伝わってきた。

敵わないと思った。

氷芽《ひめ》が殺される。そう思ったのに、自分の足は動いてくれなかった。いったい、どのくらい時間を費やせばあの域に届くのか？　そう思ってしまった。いつも明るく前向きな未衣《みい》を暗澹《あんたん》とさせるほどの説得力が、切崎《きりさき》の速さにはあった。

だけど――。

ああ、だけど。

なんてことだろう。

甘かった。

ぜんぜん甘かった。

その切崎《きりさき》を阻止した英二《えいじ》の動きは、さらに、遥かに、とんでもなく速かったのだ。

未衣《みい》には何も見えなかった。何もわからなかった。ただ気がつけば、英二《えいじ》の指が切崎《きりさき》の刀を止めていた。指一本で、あの速さの斬撃を止めたのだ。何も言葉がなかった。呻《うめ》き声すら出なかった。

「おじさん、すごい！」なんてのんきな台詞、あれを見たら出てくるわけがない。それは、もはや絶望を通り越した感覚だった。大河の向こう岸にいる人の姿を眺めるような感覚だ。「どのくらい時間を費やせばあの域に届くのか？」そんな生易しいものじゃない。そんな次元ではない。絶対に届かない。住む世界が違う。英二《えいじ》が大河だとしたら、自分は水たまりだ。「いつになったら追いつける」なんて話じゃない。絶対的に「無理」なのだ。

自分はなんて無邪気だったんだろう。

「おじさんみたいになりたい！」なんて。

身の程知らずだった。

何も知らない子供だった。

「ううう……」

ナイフを拾うためしゃがみこんだ未衣《みい》は、しかし、そのまま膝を抱いてうずくまった。

遠すぎる。

憧れが遠すぎる。

あまりにも遠すぎる。

遠すぎて、消えたくなる……。

「ひめのん」

未衣《みい》は、親友の名前を呼んでいた。

あれからダンジョンを出た後、家までタクシーで送った。車中ずっと彼女は無言だった。未衣《みい》も話しかけることができなかった。なんて声をかけていいのか、わからなかった。こんな時こそ元気づけて励ますのが仲間なのに。パーティーなのに。

「ひとりは、やだよ、ひめのん」

だというのに、自分は、むしろ彼女に甘えたがっている。

大丈夫だよって、励ましてもらいたがっている。

本当は自分が、落ち込んでいる氷芽《ひめ》を支えなくてはならないのに……。

クラスメイトや担任は、未衣《みい》のことをこんな風に言う。「太陽みたいに明るくて、いつも周りにはたくさん友達がいて、落ち込むことなんて知らない、元気いっぱいな女の子」。確かに、見た目はそう。だが、本当の未衣《みい》は違う。小三で父親を事故で亡くしたとき、彼女が半年間ずっと学校に行けなかったことを、今のクラスメイトは知らない。行けるようになってからも、復帰したクラスになじめず、学校に行きたくないと毎日泣いていたことも、知らない。氷芽《ひめ》も知らない。

中一の入学式の日に友達になって、まだ、半年も経ってない。

「ひとりじゃ無理だよ。ひめのん。あたし……」

薄暗い庭にすすり泣く声がしばらく響いていた。

そこに割り込んできたのは、メッセージの着信メロディだ。

「――ひめのん？」

はっとして、未衣《みい》は縁台に置いてあったスマホに飛びついた。氷芽《ひめ》からのメッセージ――ではなかった。クラスメイトのひとり、「鳳雛《ほうすう》だんじょん♥ちゃんねる」のチャンネルメンバーだった。


『未衣《みい》ちゃん　大丈夫ですの？』


短いメッセージだったが、ほんの少し、涙が奥に引いていくのを感じた。

なんて返そうか迷ってると、また別の名前から新しいメッセージが着信した。


『こんなことしか言えませんけど　お元気出して』

『こんなときこそ　笑顔ですわ！』

『みいちゃんは　笑顔が　いちばん！』

『疲れたら　ゆっくり　休んで！』

『また　笑えば　いいのです！』

メッセージを読んでいるうちに、少しずつ、少しずつだけど、頬が緩むのがわかった。肩に入っていた力が、少しだけ溶けていくのを感じた。そう、ほんの少しだ。たったこれだけで立ち直れるほど、未衣《みい》は強くない。その絶望は浅くない。だけど、ほんの少し、その暗闇に光が差したことも、また確かだった。

——みんな、ありがとう。

ほんの微かな勇気だけれど。
かき集めればすごい力になる。まだ立てる。まだ歩ける。
自分は今までもそうやって進んできたはずだ。

「明日、ひめのんの家までお見舞いにいってみよう」

声に出して、未衣《みい》は決意した。

■09　急転

第5層・河辺での騒動から、三日が経過した。

世間的には夏休みもそろそろ終盤にさしかかる時期だが、英二《えいじ》は毎日多忙を極めている。第1層を見学するツアー客はますます増えて、一時的に予約を制限するという事態にまでなった。最近、八王子《はちおうじ》ダンジョンホリデーはネットの評判がいいようだ。先日引率した手芸サークルの女性たちが全員高評価レビューをつけてくれたらしい。仕事ぶりを認めてくれたのは嬉しいが、そのぶん忙しくなるのは頭が痛い。

例のＤＢＰ《ドラゴンバスタープロジェクト》発表の影響でダンジョン開発・建設の株は軒並み高騰している。

マジックアイテムを取り扱う企業も、増収増益を見込んで設備投資を発表した。

エンタメ業界でも、ダンジョンをネタにしたマンガやアニメが大人気。昨年は第1層にステージを設置して魔法を使ったアクション演劇が上演され、これが大好評を博した。来年には常設の大ホールができるという計画もあるそうだ。

ダンジョン配信界でも、チャンネル登録者百万人を超えるインフルエンサーが、雨後の竹の子のように次々と誕生している。

まさに、この世は大・ダンジョン時代――。

「おはよう藍川《あいかわ》くん！」

朝、出社してデスクのPCを起ち上げていると、カマキリ課長が事務所にやってきた。

「営業部のレポートは見たかね？　我が社は今月、創業以来の最高営業利益を叩きだしているそうだ。いやあ、これは冬のボーナス期待できそうだな！」

珍しく上機嫌な上司の戯《ざ》れ言《ごと》を聞き流し、英二《えいじ》は昨日途中にしていたデータの確認作業を再開した。

モンスターの活性化は依然として続いている。

昨日は、他社のツアーでペットスライムたちが観光客を丸呑《まるの》みにするという事件も発生していた。

そのスライムは観光客の目の前で「合体」して巨大なスライムとなり、人間を呑み込んでしまったのだという。幸い、すぐに救助されて怪我人《けがにん》はなかったという話だが……。

「課長」

「ん？　なんだね？」

「昨日の『合体スライム』の件、どこのマスコミも大きく報じていないようですが」

課長はすっと視線を逸らした。

「そんなことはないだろう。確か昨日、NXのニュースでやっていたよ」

「NXは、東京ローカル局じゃないですか」

「まあ、だから、ローカルニュース程度だってことだよ。大騒ぎするほどのことじゃない」

「スライムが合体して襲ってきたなんて、今までになかったことですよ」

自分で入れたお茶をひとくちすすって、課長は言った。

「他社のことなんだから、うちには関係ない」

(関係ない、か)

果たしてそうだろうか。

例のＤＢＰ《ドラゴンバスタープロジェクト》は、今この時も着々と進行しているはずだ。

切崎塊《きりさきかい》を倒したところで、この流れは止められない。彼はしょせん「飼い犬」に過ぎない。飼い主にしてみれば、彼を捨てて新しい犬を飼い始めるだけのことである。

大きな社会のうねりの前に、一個人の力は無力。

スライムの件ひとつとってもそうだ。

大事にしないようにマスコミに圧力がかかっている——というのは考えすぎかもしれないが、政府が、いや、この国の社会全体がダンジョンの危険から目を逸らそうとしているように英二《えいじ》には感じられる。そう、まさに今の課長のように。何か不都合があっても「儲かってるんだから、構わない」という理屈を押し通そうとしている。

ある意味、それはしかたのないことだと英二《えいじ》は思っている。

仮にそれで、この日本をかつてない大破滅《カタストロフィ》が襲うとしても、それは自分たちの世代が過去に犯した罪を清算するだけのこと。おっさんや老人は潔く滅ぼされようではないか。

だが、その大破滅《カタストロフィ》に、昔のゴタゴタとは何も関係ない少年少女たちまで巻き込んでしまうのは、果たして許されることなのだろうか？

「おはようございます！」

椎原彩那《しいはらあやな》が出社してきた。

「主任、ネットニュースはご覧になりました？」

「いや、見てない」

「前にお話しした、すごく強い正体不明の中年男性」

「ああ。あれか」

平静を装いつつ尋ねた。

「フェイク動画だったってことで、化けの皮が剝がれたんだろう？」

「そうなんですけど――実はその後、新たな動画が見つかりまして。ほら、新宿の会議の時にいた切崎《きりさき》っていうレンジャー。あの切崎《きりさき》氏を、その男性がボコボコにする動画が出回っているんです」

驚きを隠すのに苦労した。

「……動画？　撮られてたのか？」

「ええ。現場に居合わせた作業員が自分のスマホで撮影したものらしく、画像は粗いのですが、おそらくあの中年男性に間違いないと」

英二《えいじ》は無言で天井を仰いだ。

あそこは穴場だからニチダンの監視カメラも入ってないだろうと、すっかり油断していた。

「その動画なら、私も見たよ」

課長まで嬉々《きき》として話題に入ってきた。

「いやスカッとしたね！　あの切崎《きりさき》って若造は生意気だったからな。ダンジョンビジネスのことなんか何もわかってない腕力野郎のくせに、偉そうに有識者ぶって。これでちょっとはおとなしくなるだろう。なあ、藍川《あいかわ》くん」

「はあ、まあ」

曖昧にやり過ごし、彩那《あやな》に尋ねた。

「例によって、男の顔にはモザイクかかってたんだよな？」

「はい。不思議ですよね。個人が撮影した動画なのにモザイクなんて。撮影者がプライバシーに配慮したんでしょうか？」

「そんなところかもな」

もちろんそれは誰かの「配慮」ではなく、《認識阻害《ジャミング》》が有効だったからである。

課長と彩那《あやな》は、まだ動画の話題で盛り上がっている。

「いったい何者なんだろうなあ、あの男。一度会ってサインでももらいたいもんだ」

「レンジャー連盟に問い合わせてもわからないそうですよ。ミステリアスで素敵ですよね」

英二《えいじ》はそっとその場から離れた。

トイレで顔を洗って、鏡を見る。映っているのは連日の残業でひげもろくに剃《そ》ってない三十七歳のおっさんだ。

「ミステリアスで素敵、ね」

自嘲の笑みを浮かべた。
どうも疲労がたまっている——が、今日はこの後、行かなくてはならないところがある。

◆

多摩《たま》西部地域病院。

氷芽《ひめ》が入院しているのは、多摩センター駅からバスで十分ほどのところにある大きな総合病院である。ホテルのロビーのように広い待合室に行くと、未衣《みい》が立ち上がって大きく手を振ってきた。

「おじさん、来てくれてありがとう」

「すまん。もっと早く来るつもりだったんだが、仕事がありすぎてな」

親子ほども離れた二人は並んでベンチに座った。

「どうなんだ。氷芽《ひめ》の様子は」

「うん。もうすっかり回復して、明日には退院できそうだって。ひめのんのママが言ってた」

「そうか、よかった」

三日前のあの事件の後、英二《えいじ》は氷芽《ひめ》をおぶって地上へと戻り、タクシーで自宅まで送り届けた。

その際に挨拶した氷芽《ひめ》の母——月島雪也《つきしまゆきや》の妻は、英二《えいじ》にこう言ったのだ。

『本当は、この子には、ダンジョンに潜って欲しくはなかったんです』

視線を斜めに傾けながらそう告げる美しい未亡人に、英二《えいじ》は何も言うことができなかった。

その翌日から氷芽《ひめ》は高熱を出して寝込んだ。ダンジョン内だけでかかる感染症の類いが疑われたが、幸いにして、原因は過労とストレスとのことだった。しかし母親が大事を取り、亡き夫の後輩が経営するここに入院させたのだという。

「実はあたし、ひめのんに会えてないんだ」

うつむいて、拳をぎゅっと握りながら、未衣《みい》は言った。

「疲れた顔をあたしには見せたくないってメッセージが来て。これってやっぱり、避けられちゃってるのかな」

「そんなことない。氷芽《ひめ》のことだから、きっと照れくさがってるだけさ」

未衣《みい》は頷いた。だが、その表情は暗い。

「ひめのん、また一緒にダンジョン潜ってくれるかな。《螺旋音速剣《スパイラル・ソニック・ブレード》》の練習、また一緒にしてくれるかな。おじさん」

すんっ、と未衣《みい》は可愛らしく鼻をすする。

「あたし、なんにも知らなかった。ひめのんのお父さんのこと。知らなかったの。あたしがダンジョン部作ろうって誘った時も『未衣《みい》が行くなら、私も行くよ』って。それしか言わなかった。あたしが楽しいから、ひめのんも楽しんでるってそう思い込んでた。でも、ひめのん、つらかったのかな？　ダンジョン潜るのつらかったのかな？　だとしたら、あたし……ひどいことを……」

最後は嗚咽となった。

胸にもたれかかってきた未衣《みい》を、優しく受け止めた。その透明な涙がシャツを濡らしていく。

「ひとつ、昔話をさせてくれ」

彼女の頭に手を置きながら、話し始めた。

「とある小学校に悪ガキ二人組がいた。学校の勉強が嫌いで、体育と給食のためだけに学校に行って、宿題なんかやったことなくて、放課後は暗くなるまで遊びまわっている。そんな、どこにでもいる悪ガキだ。あるとき、女の子がひとり転校してきた。色の白い、亜麻色の髪の女の子だ。本が好きで、いつも大きな本を抱えていた。大名みたいなお屋敷《やしき》に住んでいた。悪ガキ二人は彼女が気になっていたけど、話しかけることができなかった。住む世界が違うと思っていたんだ」

未衣《みい》は鼻をすすりながら、じっと聞いている。

「放課後、学校で禁止されているゲーセンに行こうとしたときだ。なぜかその女の子がついてきた。帰れって、いくら言ってもにこにこついてきた。誰もやらないような隅っこで埃かぶってる昔のゲームを楽しそうにやっていた。じゃんけんゲームやもぐらたたきも好きで、勝ったら得意顔、負けたら本気で悔しがってた。不思議な女の子だった。風が舞うみたいに軽やかで、自由で――」

表情が自然にほころぶのを、英二《えいじ》は自覚した。

「ある時、悪ガキ二人は担任に呼び出された。あの子にちょっかいをかけるな。彼女はお前らとは違う。代議士の娘なんだって。教師の言うことなんて聞かない悪ガキも、このときばかりは素直だった。その通りだと思ったからだ。……だが、そんな担任に彼女は言ったんだ。『わたしの友達は、わたしが決めます』。笑顔でそう言った。当然のことを当然のように言っただけ、そう見えた。そこで――たぶん、悪ガキは三人になったんだ」

未衣《みい》はいつしか泣《な》き止《や》んでいた。

その丸い瞳に、少しずつ、力が戻っていくのが見えた。

「あたしとひめのんも、そんな風になれるかな？　本当の仲間になれるかな？」

「なれるさ」

未衣《みい》は首を横に振った。

「でも、怖いの。ひめのんに会うのが。なんて声かければいいのか、わからなくて」

ただそばにいればいい、と英二《えいじ》は思う。友達とはそういう存在のはずだ。未衣《みい》にしかできないことだ。大人にできるのは、その背中を押すことくらいだ。

「俺が少し様子を見てくる」

「ほんと？」

「ああ。でもその後は、ちゃんと二人で話すんだぞ。できるな？」

未衣《みい》は頷いた。

英二《えいじ》はロビーから病棟へ移動した。

氷芽《ひめ》にはＶＩＰ用の個室が用意されていた。理事長が月島雪也《つきしまゆきや》の高校の後輩で「先輩にはダンジョンで世話になったから」とのこと。雪也《ゆきや》氏がどれだけ慕われていたかわかる話だが、「あの父の娘だから」という特別扱いも、氷芽《ひめ》にとっては手放しで受け入れられないのかもしれない。

病室のドアをノックした。「どうぞ」と声がした。思ったより落ち着いた声だ。ただ張りは感じられない。いつもクールさのなかに強い「芯」をもっている彼女らしくない声だ。

「よう」

「……うん」

それが二人の挨拶だった。

氷芽《ひめ》はパジャマ姿で窓辺に立ち、長い黒髪を窓から吹き込む風にあそばせていた。夏の陽射しにきらきらと絹のような光沢を持つ髪が輝く。

花のように美しい少女。

だが、今、その花はしおれかけている。

英二《えいじ》は立ったまま彼女と向かい合った。

「頬、叩いて悪かったな」

青白い頬に苦笑のようなものが浮かんだ。

「ううん。ああでもしないと私、きっと殺されてた。それか、私があの男を殺してたかもしれない。

だから……」

感謝してるよ、と氷芽《ひめ》は言った。

「あのさ、藍川《あいかわ》さん。ひとつ教えて」

「うん」

「藍川《あいかわ》さんは……『大英雄』なの？」

ためらいがちに、その問いは発せられた。

「あんな、信じられないほどの力を持っていて、周りからもなんだか一目置かれていて。大英雄・桧山《ひやま》舞衣《まい》の姪っ子の未衣《みい》にもすごく尊敬されていて——二十年前に『ラストダンジョン』をクリアした三人、そのひとりなんじゃないかって。そうなの？」

氷芽《ひめ》の瞳には切実なものが浮かんでいた。

観光ガイドのサラリーマン。

問われるたびにそう答えていた。過去の功績をひけらかすのは好きじゃない。むしろ隠したいと思っている。それは性格的なこともあるが、何より「彼女を救えなかった」という深い自責の念が、英雄なんて呼ばれることを許さないのだ。

だが、今回は違う。

父の死を背負う少女に、正面から向き合う必要がある。

「ダンジョンマスターを倒し、ラストダンジョンを解放した大英雄。そう呼ばれていたことはある。だが、俺は嫌だ。嫌だった。英雄なんて呼ばれる資格は、俺にはない。たったひとり、自分の好きな女の子さえ、守れなかったんだ。だから——英雄であることを旧友に押しつけて、こうしてサラリーマンをやっている。二度とレンジャーの仕事はやらないつもりだった」

氷芽《ひめ》の瞳に、ふっと和やかなものが浮かんだ。

「ありがとう。教えてくれて。だから言いたくなかったんだね」

「すまない」

氷芽《ひめ》は首を振る。

「私、レンジャーなんてみんな同じだと思ってた。地位だの名誉だののために、危険を顧みずダンジョンに潜って。失敗したら死んじゃって、成功したらあの切崎《きりさき》みたいに増長して。英雄なんて呼ばれて、いい気になって。……でも、そっか。藍川《あいかわ》さんみたいなレンジャーもいるんだ。そういう大人も、いるんだね」

氷芽《ひめ》は、はあっ、と大きくため息を吐き出した。

ためていたものを吐き出すように、言った。

「私。実はあの人のこと、そんな好きじゃなかった。ううん。正直……嫌いだった」

英二《えいじ》は黙って彼女の顔を見つめた。

あの人、が誰を指しているのか、問い返すまでもない。

「あの人は、いつも家にいなかった。『蒼氷の賢者《セージ・オブ・ブルーアイズ》』だの『かつての英雄』だのおだてられて。ママがもうダンジョンに潜るのはやめてって言っても、俺の力を必要としてくれる人がいるって、やめなかった。だから私は、いつも広いマンションにママと二人きり。いつ帰るのかもわからない、無事に帰ってくるのかもわからない。そんな人を、私とママはずうっと待ち続けた。お盆もクリスマスも、お正月もお雛様《ひなさま》も、入学式も卒業式も――」

氷芽《ひめ》のまなざしは窓の外に向けられていた。

そこにはいない、もうどこにもいない『あの人』に話しかけるかのように。

「レンジャーっていう人種がそもそも私にはわかんなかった。どうしてわざわざ危険に飛び込むようなことをするんだろうって。ダンジョンにはたくさんの資源が眠っているのかもしれないけど、お金稼ぎなら地上でだってできるでしょ？　どうして危険なダンジョンじゃなきゃ駄目なんだろうって。小学校の時もそうだった。クラスの男子から『おまえのおとうさん、英雄なんだって？』とか『すごい』とか『うらやましい』とか。男の子って、ダンジョン大好きだよね。だから私は思ったんだ。中学からは家から遠い女子校に行こうって。英雄の娘だっていうのは、隠し通そうって」

藍川《あいかわ》さんと同じだね、と氷芽《ひめ》は笑った。

「それなのにさ、入学式の日、たまたま席が隣になったポニーテールの子が言うんだ。『ダンジョンに興味ない？』って。ここでもダンジョンかって、嫌になった。だから『興味ない』って冷たくあしらった。だけど、その子は何度も何度も笑顔で話しかけてきて——気がついたら、友達になってた」

「あいつらしいな」

きらきらした陽光のように跳ねまわる亜麻色のポニーテールが目に浮かぶ。

「『ダンジョン部を作ろう』って誘われた時、私は断らなかった。どうしてだろうね。今までそんなつもり、全然なかったのに。自分でもわからないけれど、もしかしたら、確かめたかったのかもしれない。あの人が見ていた世界がどんなところなのか。私やママを放っておくほど魅力的な世界なのか。確かめたかったんだろうね」

長い吐息が、形の良い唇から吐き出された。

「あの人がね、一度だけ私に言ったことがあるんだ。『お前はダンジョンの魔性に取り憑かれるな』って。その言葉の意味、今は少しだけわかる。このまえの迷惑系配信者や、あの切崎《きりさき》って男を見てると思う。ダンジョンには人を歪ませる何かがあるのかもしれないって。――ねえ、藍川《あいかわ》さん」

氷芽《ひめ》の声に切実な響きが混じる。

「私も、いつかあんな風になるのかな。あの切崎《きりさき》が言ってたみたいに。仲間はパーツにすぎないって。生き延びるための道具にすぎないって、そんな風に思うようになるの？　大切な友達のことを、未衣《みい》のことを、そんな風に思う日が来るの？」

「いいや」

短く、きっぱりと否定した。

「お前はあいつとは違う。お前のお父さんもだ。あの人は――月島雪也《つきしまゆきや》はそんな人じゃない。ダンジョンを遊び場にするような輩じゃない。いつだって真摯に未知を追い求め、未踏に挑んでいた人だ」

「あの人のこと、知ってるの？」

「二十年以上前、何度か会ったことがある。俺たちのひとつ先輩で、誰からも尊敬されていた。ダンジョンの未来を、この国の未来を本気で考えている人だった。本物の『英雄』だった――」

氷芽《ひめ》は悲しそうに笑った。

「尊敬されなくていい。英雄なんかじゃなくていい。ただ、生きてて欲しかった」

それは、頷くまでもないことだった。

「ごめん」

うつむきながら、声を絞り出すように氷芽《ひめ》は言った。

「ごめん、藍川《あいかわ》さん。ちょっとだけ、胸、貸して欲しい」

「俺で良ければ」
軽く腕を広げると、そこに氷芽《ひめ》が飛び込んできた。
英二《えいじ》の背中にその細腕を回して、顔をシャツの胸に埋《うず》めた。

「……パパ……」

やがて、涙に濡れた声が聞こえてきた。

パパ。

パパ。

どうして死んじゃったの……。

◆

後のことは未衣《みい》に託して、英二《えいじ》は病院を後にした。
あのふたりなら、きっと立ち直れる。

まだしばらく時間が必要だろう。だけど、きっと立ち直る。ひとりじゃないから。ふたりだから。

すぐにまた前を向いて歩き出す。英二《えいじ》はそう確信している。

しかし――。

年端もいかない少女たちが真剣に悩み、あがいているというのに、大人たちときたらどうだ？

自分たちの歩く道を疑いもしない。ダンジョン開発を錦の御旗《みはた》に、ひたすらひたすら、利益を追求することしか考えていない。

自分だって、そうだ。

今から会社にまた戻って、残っている仕事を片付けなくてはならない。日々の仕事に追われ、雑務に追われて、この世界がいったいどこへ進んでいるのか、どこへ進もうとしているかなんて、見ないふりをし続けている。

「……まったく、大人ってやつは……」

夏の陽射しを振り仰ぎ、ため息をついた、その時である。

背広のポケットで着信音が鳴り響いた。

表示されていた名前は、来栖比呂《くるすひろ》。

『英二《えいじ》、今どこだ？　まだ会社か？』

緊迫感のある声に、英二《えいじ》はスマホを握りなおした。

「いや、出先だ。会社に戻るところだが」

『現在地を送れるか？　社用車をそこまで回す。すぐにダンジョンへ向かってくれ』

「――おい。何があった？」

問い返すと、ひと呼吸おいて、衝撃のニュースが語られた。

「ダンジョンリゾートの我間《がま》代表が、殺された」

「――――」

「殺《や》ったのは、切崎《きりさき》だ。それだけじゃない。やつは『R』を……」

ほとんど叫ぶような声が、スマホ越しに響く。

「ダンジョンで――いや、東京でやばいことが起きようとしている。今すぐ行ってくれ！　至急だ！　英二《えいじ》!!」

■間章　〜切崎の哄笑〜

英二《えいじ》のもとへ比呂《ひろ》社長からメッセージが来る前——。

その二時間ほど前の出来事である。

地下第5層を流れる大河のほとりにて、先日中止となってしまった測量作業が再度実施された。

前回の失敗を踏まえて、人員は倍以上に増やされている。

護衛のレンジャーも切崎《きりさき》だけではなく、高い報酬で雇われたB級上位が五名。

さらに、この工事を推し進める我間《がま》代表までもが、視察と称してこの測量に同行していた。彼にオーダーメイドの高級スーツはもともと似合っていないが、今日は黄色いヘルメットをかぶっているため、ますます似合わない。

いち現場に社長みずから視察に来るのは珍しいことだが、それだけ彼はこの工事に賭けている。

D　B　P《ドラゴンバスタープロジェクト》の成功は、彼がダンジョン業界の盟主にのしあがるために絶対に必要なのだ。

「まったく、こんなことじゃ困るんだよねえ。切崎《きりさき》くん」

高価なパナマ製の葉巻を吸い、臭い煙をダンジョンに撒《ま》き散《ち》らしながら、ガマガエルは不満たらたらである。ダンジョン内は禁煙が法令で定められているが、この男は気にする様子もない。秘書がためらいがちに注意しても「ワシの会社がカネを出してる工事だぞ」と、まるでダンジョンを自分の土地のように考えている。

そんなガマガエルにしてみれば、切崎《きりさき》だって「犬」にすぎない。

「君には普通のレンジャーの五倍のギャラを払っとるんだ。それは五倍の働きを期待してのことなのに、たった一人の邪魔者すら排除できないとは」

肥満した腹を揺すりながら、ガマガエルはグチグチ文句を言い続ける。

「国内五指のレンジャーとか言われているくせに、あの動画の体たらくはなんだね。え？　どこの馬の骨ともわからん『無刀』ごときにボコされおって。こんなことじゃR殲滅の部隊指揮は任せられんよ。なんとか言ったらどうなんだ！」

切崎《きりさき》は無言である。

その顔はまだ英二《えいじ》にやられた傷が癒えていない。痛々しく腫れ上がっている。痣があちこちに残り、ハードパンチャーと戦って敗れたボクサーのような有様だ。誰とも目を合わせようとせず、むっつりと黙り込んだまま周辺を歩き回っている。

「さっきからふらふらと、何をしているんだ？」

切崎《きりさき》は答えない。

誰の声も耳に届いていないかのように、虚《うつ》ろな目で、時折しゃがみこんではぶつぶつと何かつぶやいている。「あれはもう駄目だな」とガマガエルは思い、切崎《きりさき》に支払った契約金を取り返すための法的手段をとろうと決めた。

「それにしても、ここはやけに蒸すねぇ」

秘書にうちわで扇《あお》がせながら、ガマガエルはネクタイを緩めた。川べりで涼しいはずなのに、気温は三十一度を記録している。真夏の地上よりはまだ低い気温だが、湿度が高い。ハンカチで拭っても拭っても、汗が止まらなかった。

「5層っていうのはこんなに暑いのかね？　聞いてた話と違うじゃないか」

「いいえ。このあたりはとても過ごしやすい場所のはずなのですが」

「これじゃここにリゾートホテルを建てる計画は考え直さなきゃならんよ。まったくダンジョンってのは、どうしてこう思い通りにならんのかねえ」

恐縮する秘書を睨みつけていると、作業員が報告に来た。

「代表、今日は中止して地上に戻りましょう」

「ああん？」

「河の水深一メートルまでの水温が、摂氏二十度を記録しています。これはおかしい。こんな異常は今までなかったのです」

「聞いとらんよ、そんな話ィ！」

まだ吸いきってない葉巻を作業員に投げつけた。

「ただでさえ遅れが出てるというのに今日も中止だと？　ふざけたことを抜かすな！　損失をこれ以上膨らませてどうする、ワシのカネだぞ！」

「し、しかし、これは明らかに異常事態で……」

助けを求めるように、作業員は切崎《きりさき》を見た。顧問レンジャーである切崎《きりさき》は「ダンジョン探索」の専門家として、こういう時に意見を述べるために立ち会っているはず。だが、依然として彼は口を閉ざしたままだ。

ガマガエルはわめきちらす。

「いいから突貫！　突貫でやれ！　できない理由をいちいち並べやがって無能どもが！　ビジネスは即断即決！　すべて自分事！　他人のせいにするな！　それができんからお前らは底辺なんだよ！　底辺が！」

傷ついた表情で作業員が引き下がると、入れ替わりに赤い髪の巨漢が現れた。

「まあパパ、落ち着いてよ」

「おお、王我《おうが》か」

迷惑系ダンジョン配信者・赤髪のオーガ。

ガマガエルの息子である。

配信用のカメラをその手に持っている。

英二《えいじ》に倒された動画が世に出回り、ダンジョン配信者として失墜して再生数が激減した彼だが、まだ配信業をあきらめたわけではなかった。「どうせ世間は移り気、あんな動画のこともすぐに忘れる」。そう見越して、ほとぼりがさめた頃に復活を狙っているのだ。

父親に同行したのは、やはり動画撮影のためだ。

「俺がばっちり撮ってパパのＤＢＰ《ドラゴンバスタープロジェクト》を動画化するからさ。プロジェクトＸみたいな波瀾万丈《はらんばんじょう》ドキュメンタリーに仕立てるから」

「ほう、そんなことができるのか？」

「演出と編集でどうにでもできるさ。任せてよ。俺のチャンネルは登録者百万人超えてるんだから」

「そうかそうか。お前は親孝行だな」

子供（といってもすでにオーガは三十を越えているのだが）には目尻を下げるガマガエルだが、部下たちには容赦がない。

「息子がこう言ってるんだ！　お前らもさっさと作業進めんかっ！」

げんなりした顔で作業員たちは頷いた。

オーガは、ひとり輪からはずれている切崎《きりさき》のところへ、カメラを持ったまま近づいていく。

「なあ切崎《きりさき》サン。あんたも俺の動画に出てくんないか？」

「………………」

「なあってば。聞こえてるんだろ？『あんあんあんっ』」

切崎《きりさき》の頬がひくり、と動いた。

誰かが笑いをこらえきれず「プッ」と噴き出すのが聞こえた。

勢いづいて、オーガはニヤニヤと笑った。

「切崎《きりさき》の兄サンさぁ、もっと危機感もとうぜ？　あんたはもう凄腕《すごうで》レンジャーでもなければ『二刀流《ダブル・ブレーダー》』でもないわけ。『あんあんあんっ』の人なわけ。だけど逆転の目がないわけじゃない。俺の動画に出て『あの動画の裏側をすべて本音で暴露します』みたいなタイトルで撮ろうぜ。上手く編集するからさ。きっとすげーバズるぜ。ウィンウィンだ。なあ？　『あんあんあんっ』」

今度は誰も笑わなかった。

切崎《きりさき》がものすごい目つきでオーガを睨んだからだ。

「な、なんだよ」

オーガはたじろいだ。わがまま放題に育った彼も、レンジャーとしての実力はすべて切崎《きりさき》のほうが上であることは理解している。切崎《きりさき》に「殺人嗜好」があるという噂も知っていた。

切崎《きりさき》は低い声で言った。

「動画撮るなら、いいネタを教えてやろう。ここの河はな、水脈で下層とつながってるんだ。河に深く潜ると下層にしかいない生物にお目にかかれるし、たまにそいつらの死骸が水際に打ち上げられてることだってある。ネットには書かれてないが、本物のA級レンジャーなら経験で知ってることさ」

本物の、という言葉に切崎《きりさき》は力をこめた。

A級並みの実力を自称するオーガが、配信ばかりでろくに探索してないことを指摘したのである。

「河の水温が上がってるってことは、ここよりさらに下層で何かが起きてるってことなんだ。そう、何かがな――」

「レッド、いや、Rの仕業だって言いたいのか？　ありえないって」

父親の前で恥をかきたくないと、オーガは汗だくになりながら反論を試みた。

「仮にRの活動が活性化してもだぞ？　あいつの巣は11層にあるんだろ。この5層にまで影響を及ぼせるわけねーよ」

「ああ。普通ならな」

切崎《きりさき》の手には、いつの間にかカードが握られている。

複雑な文様と、魔術言語「ルーン」が書かれたカードだ。

「この呪符《カード》にはな、レベル7の爆裂魔法が付与されている。闇ルートで一枚百万ドル以上で取引されてる工事用のシロモノだが、五枚もあればこの一帯を地形が変わるくらい吹き飛ばせるだろう。そのカードを――この周辺に十枚、仕掛けておいた」

オーガもガマガエルも、親子揃ってあんぐりと口を開けた。

「へっ？　何？　なんの話？　爆裂魔法？」

「なんの話をしてるんだいったい。頭でもおかしくなったのか？」

切崎《きりさき》は二人の質問を無視して話し続けた。

「なにしろレベル7の魔法だ。ここまでになるとカードだけで起動できるわけじゃない。触媒――いや、生け贄《い にえ》が必要となるのさ。それさえあれば、この河を吹っ飛ばし、水脈を通じて11層までつながる大穴を開けることができる」

「い、生け贄？」

「知ってるか代表。黒魔法の儀式には、古来、カエルが付き物なんだぜ――」

ガマガエルはごくりと唾を飲み込んだ。

「じょ、冗談はやめたまえ。そんな爆発じゃ、君だって無事じゃすまないだろう」

「いいや俺は生き残る。同じくレベル7の《魔法障壁《マジックシールド》》のカードも準備ずみだよ。――ひとりぶんだけだがね」

それまでずっと無表情だった切崎《きりさき》の唇が、にぃっ、と三日月形に吊り上がった。

「なっ、なんのためにそんなことするんだよ⁉」

「教えてやるよドラ息子。本物のA級レンジャー、誇り高い一流にとって、敗北ってのは死を選ぶほどの屈辱なんだ。お前みたいに負けてヘラヘラしてるようなのは、本物じゃねえんだよ」

どすっ、と鈍い音がした。

じわっ、とシャツに血のシミが広がっていく。

オーガの腹からの出血だ。

みぞおちに、切崎《きりさき》が抜いた刀の切っ先が突き刺さっていた。

「痛いよパパ痛いよおおおおおおおおお」

悲鳴をあげてのたうち回るオーガを見下ろして、切崎《きりさき》は言った。

「そして、本物の中の本物、超一流レンジャーが選ぶのは『復讐《ふくしゅう》』だ。自分を負かした奴への復讐。そして――この切崎塊《きりさきかい》をコケにしやがった世界への、復讐だ‼」

「ひっ、ぃぃぃ」

息子を見捨てて逃げようとしたガマガエルの背中に、もう一本の刃が突き刺さった。

「『即断即決。すべて自分事。他人のせいにするな』。さっきあんたが言った通りだよ。代表みずからが生け贄になることで、DBP《ドラゴンバスタープロジェクト》は予定より早く実行される。巨大エレベーター建設なんて悠長なことはしなくていい。俺が地下火山直通の大穴を開けてやる。株主どもが泣いて感謝するだろうぜ」

ガマガエルは口から血を吐き出して呻いた。

「ば、馬鹿な……お前ひとりで、Rを相手にするつもりか⁉」

自信満々に切崎《きりさき》は言った。

「あんたも会議で言ってたじゃないか。今のテクノロジーなら苦も無く倒せると。その通り、この俺なら一人でも倒せる。当時のRのデータをもとにVRシミュレーションを繰り返したんだ。万にひとつも負けはない。どこぞのドラ息子と違って、俺は本物だからな」

言い終わるまえに、ガマガエルは事切れていた。

「ゴミが」

血を払うように刃を振って鞘に収めた後、切崎《きりさき》はスマホを取り出してタップした。


「さあ、道を作ってやる。出てこいよR」


途端――。

河の周辺で、六つの「火の柱」が出現した。続いて、地下5層全体が激しい揺れに見舞われた。岩肌に亀裂が走り、地面が大きく揺らぎ、穏やかな河に荒波が生まれて作業員を呑み込んでいく。

だが、これは前ぶれにすぎなかった。

本命の爆発は、河のなかで起きた。

水柱が何本も何本も立ち上り、さらなる揺れが襲った。天井が崩れ、岩石が落ちてくる。残りの作業員たちが下敷きになった。広い空洞に悲鳴が折り重なるように響いた。B級上位のレンジャーたちは、かろうじてこの落盤を避《よ》けた。そのまま逃げ出そうとした。だがその前に切崎《きりさき》が立ち塞がった。「職務放棄は、いけないなぁ?」蛇のような目が濡れたように光っている。B級たちは震え上がり、刀を抜いて斬りかかった。そして次々に返り討ちにあった。切崎《きりさき》の白刃が人数の分だけ正確に煌《きら》めき、赤い鮮血がダンジョンの闇に撒き散らされた。彼らも生け贄となった。

まったく、ダンジョンは最高だ。

合法的に人を斬れる。

「ははははは。はははははは。あははははははははははは」

血塗られた二本の刀を手に、切崎《きりさき》は笑った。

哄笑《こうしょう》。

まさにその言葉が相応しい笑い方だった。

しかし。

——グルゥウウウウウウウウウウッツ!

地の底で、別の低い唸り声が響いてきた瞬間、切崎《きりさき》は笑うのをやめた。

「ようやくお目覚めか」

ビシッ、ビシビシビシッ、と耳障りな音が響き、地面が崩れていく。

割れた地面から、真っ赤な炎のような鱗が放つ光が洩れて、第5層の薄闇をカッと照らしていく。

R。

その力の恐ろしさから、名前を呼ぶことすら憚られる存在。

世界中の伝承、お伽噺《とぎばなし》にもその名が轟く神話級モンスター。

その名は――竜《ドラゴン》。

『グオオオオオオオオオオオオオオオオオオオオオオオオオオオオッッ!!』

燃えさかる火炎に包まれた長い首だけを、第5層に現して吠《ほ》える。もう、この首と頭だけの時点で十メートル以上はある。いったい全身となるとどれほどの巨体なのか。

「さあ、頼むぜぇ、R」

切崎《きりさき》は頬が割けるかと思うほど唇の両端を吊り上げた。

何かに取り憑かれたような笑みだった。

「このくそったれな世界を――この俺をバカにする世界をぜんぶ、ぶっ潰せ！　焼き尽くせ燃やし尽くせ！　そしてその後、俺がお前を狩る。そうすれば俺は世界を救った英雄だぁ、来栖比呂《くるすひろ》や桧《ひ》山舞衣《やままい》に並ぶ、英雄って呼ばれるようになる、そうすれば、過去の恥なんて、みんな忘れちまうんだ!!　ははは、ひゃあああはははははははははははははは!!」

　その瞬間――。

　Rが切崎《きりさき》のほうを振り向いた。禍々《まがまが》しい貌《かお》だった。金色に輝く両眼、棘のように逆立つ真っ赤な鱗、頭蓋の両端には巨大な左右の角があり、右の角は上半分が欠けている。

　がばぁっ、と、大きくその顎を開く。

　喉の奥に、煮えたぎるマグマのような赤を、切崎《きりさき》は見た。

　そして、次の瞬間――。


『　オオオオオオオオオオオオオオオオオオオオオオオオオオオンッッ　』


　メテオ・ブレス。

　R最大の武器と呼ばれる灼熱息吹《メテオ・ブレス》が、放射された。

「想定内だ」

　にやりと笑って、切崎《きりさき》は懐から新たなカードを取り出した。レベル7《魔法障壁《マジックシールド》》がかけられたカードだ。生け贄はさっき斬った五人のレンジャー。起動には十分すぎるほどだ。

　無理はない。

　切崎《きりさき》が絶対の自信を持っていても、無理はないのだ。

　レベル7は国際ダンジョン機関《IDA》が規定した最高の魔法。現代魔法の最高峰だ。これ以上はない。

二十五年前は、今でいうレベル４相当の魔法しかなかった。さらに、切崎《きりさき》はRの過去データをもとにシミュレーションもやっている。仮に過去の二倍の威力が来ても耐えられる計算だった。

だから大丈夫。

絶対に大丈夫なはずだった。

切崎《きりさき》が展開した《魔法障壁《マジックシールド》》は、確かに、膨大な炎の束を防いだ。空間に浮かび上がる魔法陣がシールドとなって炎を遮っている。「いぇぇぇいっ！」。切崎《きりさき》は勝利を確信した。このまま頭を狙って飛び込み、その両眼に二つの刃を突き立てる。眼が弱点でない生物など存在しない。そこからオーラを流し込む。脳みそを焼き尽くしてやる。それで必ず、命を絶てる。

……はず、であった。

なのに。

闇サイトにて八十七万ドルで落札した《魔法障壁《マジックシールド》》のカードは、次の瞬間、灰となった。

魔法陣がかき消える。

遮られていた炎が迫る。

ちょうど二刀を抜き放っていた切崎《きりさき》は、蛇のような目を丸く見開いて――。

「あん」

それが、国内五指に入る実力と言われた男の、最期の言葉となった。

紫のスーツも、二刀も、数々の栄光も、そして恥さえも――火竜は焼き尽くしてしまった。

過去の二倍の威力が来ても、耐えられるはずだった。

シミュレーションではそう出ていた。

だが――。

「古竜種は、人知を超えた存在」

藍川英二《あいかわえいじ》は、Rのことをそう評していた。その言葉に、ガマガエルがもっと耳を傾けていたら。

切崎《きりさき》が謙虚に聞き入れていたら。こんな結果にはならなかったのかもしれない。

だが、それらはすべて、人間の都合。

竜はそんなもの、一顧だにしない。


『　オオオオオオオオオオオオオオオオオオオオオオオオオオオオオンッッ　』


息吹《ブレス》は、さらに続く。

ダンジョンの天井すら焦がし、溶かし、穿《うが》っていく。

5層の天井は、4層の床とつながっている。

天井を穿ち、穿ち、穿ち続けていけば、その炎はやがて、地上に達する。

そして。

真紅の巨大竜の背中には、翼があった。

飾りではない。
大空を羽ばたき、自由自在に飛翔《ひしょう》するための大翼だ。
ダンジョンのなかに棲む生物が、翼を持つという矛盾。
それこそ、この古の竜が「この世ならざる場所から来た生命体」と呼ばれるゆえんだ。
Rは巨大な首を巡らせて、自らの炎で溶かした天井を見上げた。

『　オオオオオオオオオオオオオオッッッッッ!!　』

咆哮《ほうこう》とともに、羽ばたいた。
巨大な穴が開いた天井に向かって。
その先には、何がある？
地上がある。
人間の住む世界が、ある――。

■10　R

『対象R、第5層に出現す。　』


その第一報が総理官邸にもたらされたのは、昼下がりのことだった。

午後一時四十五分。

内閣官房によってダンジョン瞬時警報システム、俗にいう「Dアラート」の発出が即時決断された。理由は「地下火山に噴火の恐れあり」。Rの件は伏せられた。パニック防止のためだ。

ダンジョン各所に設置されている非常用スピーカー、さらに携帯電話各社を通じて第1層地下都市《ジオフロンティア》からの緊急避難指示が出された。スマホから鳴り響く不吉なアラートに人々は凍りつき、我先にと出口を目指して走り始めた。

しかし、問題はここからだった。

ダンジョンのある八王子《はちおうじ》市南部、または全域に避難指示を出すか否か。避難誘導は警察と消防だけで十分なのか。自衛隊にも出動を下命するか否か。

つまり、「Rが地上に襲来したらどう対応するのか」ということだ。

これについてはきちんとした対応マニュアルが整備されていない。そもそも法律すらない。モンスターが地上に出現した例はただの一度もないのだ。その可能性は常に指摘されてはいた。議論の的にもなっていた。だから「アンドロメダの鎖」などの防御施設も整えた。だが、それらが突破されて地上に出てきたらどう対応するのか――それについて、具体的な討議がされたことはない。政治家も企業もダンジョンの利益を貪ることに夢中で、それどころではなかったのである。

(その平和ボケのツケを、今、払うときがきたのかもしれない)

午後一時五十七分。

幻資庁長官・黒岩賢《くろいわけん》は、官邸へと向かうリムジンのなかにいる。

後悔している。

議員会館で第一報を受けたとき、「まさか」という思いとともに「来るべきときが来た」という思いがよぎった。藍川英二《あいかわえいじ》からR復活の可能性を指摘されていたというのに、彼とは長い付き合いであるというのに――その自分にしてからが「まさか」という思いから、危機感を頭の隅に追いやっていた。

だとしたら、これは災害ではない。

人災ではないのか。

黒岩《くろいわ》は頭を振って、その疑念を振り払った。

後悔している暇はない。

幻想資源開発庁長官はダンジョン行政のトップであり、危機管理の責任も負う。ダンジョンで起きる事象をコントロールする責任がある。自分が踏ん張らねばならない。もし隙を見せれば、米軍の介入を呼ぶ。連中はラストダンジョンを手に入れたくてたまらない。日本政府が失態を見せれば、日米安保条約を口実に嬉々として介入してくるだろう。

すでにマスコミが聞きつけて、官邸に殺到していた。すごい数だ。Dアラートが実際に発出されたのは初めてなのだから、当然とも言える。おそらくダンジョン現地にはもっと大勢向かっているだろう。避難の妨げにならないよう、交通規制をかけておく必要がある。

「まったく、お祭り騒ぎだな」

嘆きながら、黒岩《くろいわ》はリムジンを降りて官邸に駆け込んだ。

◆

午後二時十三分。

千代田区永田《ながた》町・総理官邸地下一階。

内閣危機管理センター。

今ダンジョンで起きている異変の情報が集約されるこの部屋に、官民双方の有識者たちが続々と集まりつつあった。ダンジョン管理局などの関係団体はもちろん、警視庁や東京消防庁の姿も見えるのは、すでに事態が「ダンジョン」だけの話ではないことを示唆している。

ニチダン社長・来栖比呂《くるすひろ》もすでに姿を見せている。彼は内閣府が運営するダンジョン諮問《しもん》会議のメンバーだ。いつも会議ではジョークを飛ばしているか女性職員を口説いているかの彼も、今日はさすがに表情が硬い。

これら雑多な人々をまとめるのが、幻資庁長官の黒岩《くろいわ》である。

その黒岩《くろいわ》は、この国のリーダーと、リモート会議中であった。


『ああ、もういいから。わかったから』


長官の説明を、内閣総理大臣・白河義彦《しらかわよしひこ》は鬱陶しげに遮った。

『万事、君に任せるから。地下都市《ジオフロンティア》内の避難は警視庁消防庁と連携してやってくれ。必要なら神奈川県警の協力も仰いで。それでいいだろう』

白河《しらかわ》総理は現在、フランスに外遊中であった。

遠い日本で起きている大危機にぴんときていないのは、モニタ越しにもあきらかだった。

「ですから、総理」

粘り強く黒岩《くろいわ》は食い下がった。

「Rは上層を目指しているんです。もし地上に出てくるような事態になれば、警察戦力では対抗できません。特措法《とくそほう》を制定し、自衛隊への出動命令をご準備ください。治安出動——いえ、防衛出動を」

「馬鹿を言うなよ、君」

外面の良さだけで総理になったと言われる男は、迷惑そうに首を振った。

「たかがモンスター一匹で自衛隊など出せば、在日米軍や諸外国の笑いものだ。反戦団体も黙っちゃいまい。そもそも八王子ダンジョンは市街地に隣接してるんだぞ。そんなところで火器の使用などできるはずないじゃないか」

「では、どうせよとおっしゃるのです」

「『アンドロメダの鎖』は機能しているんだろう？　ならば問題ない」

「確かに、今のところ食い止めてはいますが……」

アンドロメダの鎖とは。

第3層に設置されている「対モンスター地上侵攻用捕縛結界」である。

世界最高の魔術師集団「大英帝国図書館」と、米国の軍需企業タイラント社が共同開発したシステムで、モンスターをエーテル・フィールドによって捕縛する。モンスターの魂といわれる「魔核《コア》」そのものに作用するため、体の大小には関係なく捕縛できると言われている。

モンスターの地上侵攻など一度もなかったため出番はなかったのだが、今回、初めて作動し、上昇しようとするRを3層で食い止めている。

「あれにはカネがかかってるからな。維持費も馬鹿にならん。先日も津山大臣《つやませんせい》から苦言を呈されたばかりだ」

「しかし、万が一を思えば当然の予算で」

「そんなこと言ってたら、国の経済なんて成り立たんよ！」

黒岩《くろいわ》は内心、ため息をついた。

白河総理《しらかわ》は比呂《ひろ》や英二《えいじ》より三つ年上の四十一歳。日本史上最年少の総理である。その人気の源はスマートなルックスと、彼が「ラストダンジョンを生き抜いた英雄」であることに由来する。だが、就任後はとある「疑惑」が取りざたされている。実は総理はダンジョンに潜っていない。白河《しらかわ》家は代々の政治家一族、その権力で「ダンジョン学徒動員」を免れたというのだ。

経歴詐称。

野党がことあるごとに追及しているが、白河《しらかわ》はかわし続け、疑惑は灰色のままとなっている。

仮に、もし、疑惑が真実だとすれば、白河《しらかわ》はダンジョンの恐ろしさも、モンスターの脅威も、肌で感じたことがない人間ということになる。

黒岩《くろいわ》はさらに説得をかさねた。

「理研《りけん》から先ほど報告がありました。Rは二十五年前の出現時より体長、体積ともに増加しているとのことです。火精霊の活性率148パーセント、エーテル戦闘濃度154パーセント超。この数値ですと『アンドロメダの鎖』の防御性能を凌駕《りょうが》します。『図書館』にも問い合わせましたが、十全の保証はできかねるとの回答です」

『ああ？　いったいどういう意味だね』

黒岩《くろいわ》は声を張り上げた。

「昔より強くなってるってことですよ！　遥かに！　強く！　大きく！　あの竜が!!」

『――――まさか。冗談だろう？』

笑いかけた白河《しらかわ》の頬が凍りついた。

黒岩《くろいわ》の真剣なまなざしに、冗談の入り込む余地などないことを認めたのだろう。

『わかった……』

ハンカチで汗を拭い、白河《しらかわ》は姿勢を正した。

「私から党本部に連絡して、特措法に備えて根回しをさせる」

「あ、ありがとうございます！」

即出動ではないのか――と黒岩《くろいわ》は問いたかったが、自衛隊を動かすという事態になれば各省庁への根回しは必須である。これが望みうる最善の回答だろう。

『だが、あくまで万が一だぞ。そんなことがないよう、ダンジョンの中でどうにかして食い止めたまえ！　マスコミ対策は？』

「先ほど私の名前で通達しました。しかしダンジョンで大規模な避難を行っているので、情報が漏れるのは時間の問題かと」

『すぐに報道管制を敷かせろ。それと、レンジャー連盟は？　こういう時のための専門家《スペシャリスト》だろう。さっさと討伐パーティーを送り込んで』

「それがその、Rとの戦闘は無謀すぎるというのが、専門家としての見解だそうです」

『――話にならん！』

怒声とともに通話がブチ切られた。

「どうにか、自衛隊出動の言質取りには成功っすね」

じっと成り行きを見守っていた比呂《ひろ》が口を開いた。

「しかし、あの意気地なし総理のことです。土壇場で怖《お》じ気《け》づくかもしれないすよ」

黒岩《くろいわ》はため息をついた。

「それはそうだろう。八王子のど真ん中で自衛隊の攻撃命令なんて、誰が出したいっていうんだ。歴史に名前が残るよ。汚名がね」

「でも、おそらく自衛隊の装備でしかやつは倒せませんよ。地上じゃ魔法は使えないんだから。俺や英二《えいじ》でも無理っす。『英雄、地上に出ればただの人』。ましてや白河《しらかわ》総理なんて」

「例の疑惑、君は本当だと思うかね？」

比呂《ひろ》は肩をすくめた。

「さあてね。ただ、Rをその目で見たことがないのは確かでしょう。見ていたら、あんな余裕をかましていられるはずがありませんから」

黒岩《くろいわ》は頷いた。

「やはり、ダンジョンにいるうちに叩くのが最良だな。英二《えいじ》君は、今どこに？」

「さっき迎えの車に乗ったとメッセージが。パトカーの先導で、あと十五分ほどでダンジョンに到着するそうです」

「そうか。間に合ってくれるといいんだが……」

Rを駆除できるとしたらもはや「無刀の英雄」以外にはいないと、黒岩《くろいわ》も比呂《ひろ》も考えている。

だが、それもRが地上に出てしまった後では、不可能となるのだ——。

◆

政府から発出されたDアラートによって、第1層地下都市《ジオフロンティア》は混乱に陥った。

第1層は広い。ダンジョン事業や研究にかかわる者とその家族が居住を許され、地方小都市並みの人口と面積を持つ。さらに一日に訪れる観光客の数は十三万人。これだけの人数の一斉避難は困難を極める。

政府が情報を隠したのも、混乱に拍車をかけた。避難理由を「地下火山活動の活発化」としたためだ。地下火山に由来する地震など日常茶飯事のため、それほど重大事とは捉えられなかった。警視庁や消防庁のあわてぶりを見て、ようやく避難を開始するという有様だった。

しかし、異変は確実に起きている。

それはまず、スライムの凶暴化という形で現れた。

バイオテクノロジーによって無害化され、ペット化されたスライムたちが次々に人間を襲い始めたのである。それは遥か格上のオーラに触れた弱いモンスターがとる異常行動だった。

「うわああああっ！」

「きゃあああっ！」

あちこちで悲鳴があがる。

人体に無害なように調整されているから、即死ということはない。だが、体内に取り込まれてしまえば、身動きは取れなくなる。つまり――避難はできなくなるのだ。

次に現れた異常は、気温の上昇だ。

真夏のこの季節でも1層は過ごしやすい。日中でも二十度台半ばに保たれている。それが突如として四十度以上に上昇した。

この段階になると、ほとんどの人々が「何かやばい」ということに気づき、我先にと出口に走り始めた。いくら広いダンジョンとはいえ、出入口が複数あるとはいえ、住民及び観光客が一斉に殺到すれば、当然パニックになる。所轄の警察や消防だけで抑えることはできず、観光客を引率するガイドたちに避難誘導を任せることになってしまった。

◆

椎原彩那《しいはらあやな》の大きな声が、1層東の観光区画に響き渡った。

「親御さんは、お子さんの手を絶対にはなさないでくださーい！」

ツアー客二十名の先頭を切って、ガイドの旗を振りながら、最寄りの出口に向けて走った。すでに泣きだしている子供もいる。スライムの粘液で体中べちょべちょの親もいる。ともすればパニックに陥りそうな親子たちを、彩那《あやな》はどうにか落ち着かせていた。

彩那《あやな》が今日引率しているのは、藤沢《ふじさわ》市から来た小学四年生と保護者のグループだ。夏休みの自由研究に「第1層に生息する虫」を選んだとのことで、彩那《あやな》は親身になって子供たちの相談に乗り、宿題の手伝いをした。子供が好きな彼女は、小学校の先生になろうと思っていた時期もある。子供のほうでも、ちょっと幼い部分のある美人のお姉さんによくなついた。充実した時間を、彩那は過ごしたのである。

だが、その一日の終わりにこんな事態が起きようとは——。

（いったい、何が起きてるの？）

入社して五ヶ月目、まだまだガイドとして経験の浅い彩那《あやな》だが、ただならぬことが起きているのはよくわかった。大学時代はフィールドワークで5層まで潜った経験もある。しかし、こんな風にスライムが暴れたり、気温が急激に変化したことは一度もなかった。

（まさか、これが藍川《あいかわ》主任の言っていたＤ　Ｂ　Ｐ《ドラゴンバスタープロジェクト》の影響？　『Ｒ』の仕業だっていうの？）

背中を冷たい汗が流れ落ちる。

欲に目が眩んだ人間がダンジョンを荒らしたせいでＲの逆鱗《げきりん》に触れてしまったのだろうか？

しかし、11層の地下火山に棲むＲが、遥か上層である1層にこれほどの影響を及ぼせるものだろうか？　まさかすぐ近くまで来ているのだろうか？　地上を目指しているとでもいうのか？　二十五年前、彩那《あやな》がまだ生まれる前に起きたという、あの悲劇のように？

「みなさん、私にしっかりついてきてください！」

彩那《あやな》たちが向かった東七番出口には、避難民の長い長い列ができていた。みな、一様に不安げな表情を浮かべている。今はまだギリギリ秩序を保っているが、何かのきっかけでパニックになれば、将棋倒しが起きるかもしれない。

「おねえちゃん、こわいよう」

おさげ髪の女の子が泣きべそをかいて、彩那《あやな》にすがりついてきた。彼女の親は仕事でツアーに来られなかったため、ひとりぼっちだ。

「大丈夫よ。大丈夫だからね」

「こわいよ。なにか、グォーッて音がするよ。下のほうから」

女の子に言われて、彩那《あやな》は初めて気づいた。

確かに足元、つまり2層のほうから、何か低い音がする。

低い地鳴りのような音。

そう、まるで巨大な生き物の唸り声のような——。

「だ、大丈夫だから」

震える声で彩那《あやな》は繰り返した。

「このダンジョンにはね、アンドロメダの鎖っていうすごいシステムがあるの。どんなモンスターでも、その鎖に縛られて動けなくなっちゃうんだから」

「ほんと?」

「本当ですとも!」

恐怖を押し殺して、彩那《あやな》は微笑《ほほえ》んでみせる。

その時だった。

地面が激しく揺れ出した。まともに立っていられないほどの縦揺れだった。地割れができて、足を取られそうになる。上からも砂や小石が落ちてくる。彩那《あやな》は女の子をしゃがませて覆いかぶさり、落ちてくる石からかばった。

どんっ、という破裂音。

地響きが鳴り、体が揺れた。内臓まで揺れた。それほどの衝撃だった。腹にずしりと響く轟音《ごうおん》だった。次の瞬間、足が浮いた。誰かに背中を突き飛ばされたかのように感じた。気がつけば地面を転がっていた。ジャリジャリと口の中で音がする。血の味がする。後頭部に激しい痛みがあった。

「……い……っ」

ふらつきながら、彩那《あやな》は立ち上がった。さっきまで手をつないでいた子供の姿がない。今の衝撃ではぐれてしまったのだ。激しく後悔した。なぜ、手を放してしまったのか。ガイド失格だ。主任に合わせる顔がない。

「…………!!」

立ち上がって、彩那《あやな》は絶句した。視界に飛び込んできたのは錯乱する人々の群れだった。目を剝いて、歯を剝きだし、この世のものとは思えない形相で必死に逃げる人々の群れだ。地獄の鬼から逃げる亡者のように見えた。彼、彼女らは何かを叫んでいた。聞き取れない言葉を発しながら、次々に彩那《あやな》の横をすり抜けていく。

子供の名前を呼びながら、彩那《あやな》は逆方向に走った。血の臭いをかぎながら走った。周囲から呻き声が聞こえてくる。いつまでも響き続けている。そこに、悲鳴がいくつも重なった。

何もかもめちゃくちゃになっていた。

観光客相手の売店も、宿泊所も、コンビニも郵便局も、警察署や研究施設さえ何もかも破壊されていた。見慣れた光景が瓦礫《がれき》と化していた。そのはざまに、人々が倒れ伏している。血だらけで動かない。横倒しになった信号機のそばに、男が座り込んでいる。自分の腹を抱えていた。その腕の隙間からピンク色の臓器が垂れている。「もう助からない」という直感と「助けなくては」という感情が同時にわいた。だが、悩む必要はなくなった。突如、地面から出現した巨大な「サンドワーム」が、男に襲いかかった。生理的嫌悪を呼ぶ音が響いて、男は肉塊となった。

彩那《あやな》は立ち尽くした。

膝が震えて動けなくなった。

紺のスカートには大きなしみができていた。太もも、ふくらはぎをつたい、足元に水たまりができる。恥ずかしいとは感じなかった。そんな余裕は一切なかった。

1層に出現しないはずのモンスターがあふれている。魔獣や巨大ワーム、水棲モンスター。大学で幻想生物学を専攻した彩那《あやな》でも、この目で見るのは初めての種が多くいた。

彩那《あやな》は思い出していた。

ダンジョンは、恐ろしい場所であることを。

ラストダンジョンでは多くの人々が亡くなった。出現してからクリアされるまでのおよそ十年間で、命を落とした人間の数は百万とも二百万ともいわれる。実に大都市の人口に匹敵する数が亡くなっているのだ。彩那《あやな》が四歳のとき、ダンジョンがクリアされた。そこからの好景気、ダンジョンが齎《もたら》す恩恵の輝かしい時代しか彩那《あやな》は知らない。だが、本当は「こう」なのだ。かつての英雄たちの世代は、こうだったのだ。

そのとき、子供の泣き声が耳に届いてきた。ほんのちいさな、かすかな声だ。悲鳴と怒号が飛び交うこのなかで、聞き取れたのは奇跡だ。声のほうに走る。崩れたドラッグストア、店先に陳列されていた大量の飲料水のそばに、探していた子供の姿を見つけた。

「おねえちゃんっ！」

「ごめんね。ごめんね。もう、絶対、離さないからね」

駆け寄って女の子を抱きしめた彩那《あやな》の胸に、勇気がわいた。その腕に抱く小さな命が勇気をくれた。この子は、絶対に生きて返す。そう決意した。

ダンジョンは恐ろしい。

モンスターは恐ろしい。

でも、だからって、

「お客様を、子供を見捨てていい理由になんて、ならないんだからっっ！」

藍川《あいかわ》主任なら、きっとそう言うはずだ。

そのとき、また足元が揺れた。彩那《あやな》はとっさに女の子に覆いかぶさった。先ほどよりずっと小さな揺れだった。ほっとした瞬間、目の前の地面が盛り上がった。白い土を突き破るようにして、血のように赤い巨大蜈蚣《むかで》が現れた。「ブラッド・センチピード」。第7層の砂漠地帯に棲息するC級モンスター。別名「吸血ムカデ」と言われ、その赤い体色は獲物の血を吸ったためともいわれる。

それが、三体。

軽のワゴン車ほどの体軀《たいく》のムカデが、三体だ。

「大丈夫。だいじょぶ、だからね」

女の子を背中にかばって、彩那《あやな》は前に進み出た。本当は逃げ出したかった。相手はCランクモンスターだ。B級レンジャーでも二人以上で戦うのが望ましいと言われている。それを、資格もない装備もない自分がたったひとりで。さらに言えば、ムカデは大の苦手なのだ。

逃げ出したかった。

だが、ギリギリのところで踏みとどまった。それはプロ意識の為せる技だった。新人だとかベテランとかは関係ない、どれほどの覚悟を持ってこの仕事をしているのかということだ。

「絶対顔あげちゃ駄目よ！」

彩那《あやな》は右に転がった。覆いかぶさってきたムカデをかわして、地面を転がる。砂埃《すなぼこり》がすごい。視界が遮られる。それが幸いした。あの気持ち悪い無数の脚を見なくてすむ。

「お姉ちゃんの後ろに隠れてて！」

横転しているキッチンカーののぼりを手に取り、剣代わりに構えた。得意とする地系元素魔法を使うためのスマホを探してポケットを探る。……ない。どこにもない。さっきの騒ぎで落としたらしい。ならば詠唱するしかないが、むかし教習所で一度やったきり。とても使い物になるとは思えなかった。

ならば――もう、物理で殴るしかない。

「こ、これでも、大学時代は剣士《ソードファイター》だったんだから！」

のぼりの先端をムカデの赤い目めがけて突き出した。だが、無駄に終わった。硬い表皮によって阻まれる。のぼりはあっけなく彩那《あやな》の手から離れていった。強い。彩那《あやな》が大学時代に戦ったモンスターの何倍も、そのムカデは強かった。あきらかに、おかしい。ダンジョンはおかしくなってしまった。

(これが、主任がずっと心配されていたことだったのね)

(もっと、ちゃんと、話を聞いておけば良かった)

(私だけでなく、ダンジョンにかかわるすべての人々が、ちゃんと耳を傾けていたら)

鋭いかぎ爪が彩那《あやな》の脇腹に食い込んだ。

紺の制服を貫き、内臓にまで食い込んだ。

ウッ、と彩那《あやな》は嘔吐《おうと》した。吐瀉物《としゃぶつ》は赤かった。見たことがない量の血が自分の口からあふれていた。多すぎて現実感がない。だから恐怖に囚《とら》われずにすんだ。

女の子が呆然と彩那《あやな》を見つめ、立ち尽くしていた。

「はやく！　にげてぇっ！」

口から血を飛ばして叫んだ。突進してきた大きなムカデに押し倒され、激痛に苛《さいな》まれながらも、彩那《あやな》は子供の心配をした。ムカデが自分を捕食しているあいだに、逃げてくれればと思う。

「お、おねえちゃん……」

「いいから、早く、ぅ」

女の子はふらふらと出口へ向かって走り出した。一匹のムカデが追いかけようとしたので、彩那《あやな》はその脚をむんずと摑んだ。棘が手のひらに食い込んでまたも激痛が走ったが、彩那《あやな》は離さなかった。

「生き延びてね」

意識が遠のいていく。

もう、体は痛みを伝えなくなっていた。

ろくに親孝行もできなかった故郷の両親に申し訳なく思う。

でも、ダンジョンの観光ガイドが、ダンジョンで死ねるのは、ある意味幸せかもしれない――。

その時である。


『藍川英二《あいかわえいじ》の名を賭して命じる――出《い》でよ、氷狼《フェンリル》』


オーロラのように空間が美しく煌めき、その空間から巨大な蒼い狼が現れた。幻想的な姿だった。北欧神話にその威容を謳われる氷の狼そのものだ。彩那《あやな》を守るように、ムカデたちのあいだに割り込んだ。その力は圧倒的だった。巨大な前脚でワサワサ逃げようとしたムカデを押さえつけ、もう一匹を氷の息吹《ブレス》で蹴散らした。最後の一匹は凍《い》てつく牙で嚙《か》み砕《くだ》いた。しぶとく蠢く気持ち悪い無数の足が凍りつき、その不気味な活動を一瞬で終わらせた。

(……夢?)

それはまさに、夢としか思えない光景であった。

ゲームやアニメなどではお馴染みの神獣、北欧神話のフェンリル。それが自分の目の前に現れて、助けてくれるなんて。死の間際にこんな幻を見るなんて、自分はそこまでゲーム好きではなかったつもりなのだけれど……。

だが、それは夢でも幻でもなかった。

力強い腕に、彩那《あやな》は抱きかかえられた。

「大丈夫か、椎原《しいはら》」

無精ひげの生えた顔が、目の前にあった。

「しゅ、主任？　どうして？」

「すまない。急いだんだが」

英二《えいじ》は彩那《あやな》の体を横たえた。《治癒》魔法のカードを取り出す。《治癒発動《ナル・ヒール》》。小さく唱えて、彩《あや》那《な》の脇腹に貼り付ける。へそのあたりにも貼った。彩那《あやな》はくすぐったさに声を漏らした。さっきまで絶命の危機にあったのに、もうそれだけの余裕が生まれていた。全身が暖かな光と、安堵《あんど》に包まれていた。

「無理するなよ。《治癒》魔法は万能じゃない。瞬時に傷が塞がるわけじゃないんだ」

「そ、そうだ！　あの子は？　あの子を助けないと！」

「心配はいらない。あの女の子なら——ほら」

ドラッグストアの壁に寄りかかって女の子が眠っていた。英二《えいじ》に保護されたのだろう。服は砂まみれだけれど、傷ひとつなさそうだ。

……よかった。

「申し訳ありません、主任」

「いいから、眠っていろ」

「私たちが、もっと、ちゃんと主任の話を聞いていれば、こんな事態は避けられたかもしれないのに」

英二《えいじ》は首を振り、彩那《あやな》の肩を優しく叩いた。

「椎原《しいはら》」

「……はい」

「俺は、お前と同じ職場にいることを、誇りに思う」


もう駄目だった。


彩那《あやな》の胸に熱いものがこみあげた。後から後からこみあげた。瞳には涙があふれた。言い知れぬ感情が嗚咽となってあふれ、唇からあふれだした。

「うううううう。こわかった。こわかったです。こわかったよおおお。うえええん。えええええん！」

子供のようにしゃくりあげながら、英二《えいじ》の胸で、彼女は泣き続けるのだった。

◆

部下の涙を受け止めながら——。
英二《えいじ》は、事態が最悪の状況へと推移していることを悟っていた。

間に合わなかった。

すでに地響きはやんでいる。

気温の上昇は止まっている。

地震も収まっている。

一見、事態は収束したかのようにも思える。

だが、それらが意味することは、最悪の事態でしかない。

◆

午後二時二十五分。

総理官邸・危機管理センター。

ダンジョン有識者たちが詰める「臨時対策本部」に、オペレーターの悲痛な声が響き渡った。

「アンドロメダの鎖、沈黙！」

「上柚木《かみゆぎ》公園球場付近に巨大な縦穴出現！」

「対象R、南大沢《みなみおおさわ》上空にて、その姿を確認！」

「八王子が――――火の海ですッ！」

■11　反撃の無刀

最初にその危機を報じたのは、たまたまダンジョン入口付近に居合わせたテレビレポーターだった。夏休みの行楽地を取材するコーナーで、ダンジョンの人出を報じて終わるはずだった。ほんの一分ほどの小さなコーナー。しかし、午後のワイドショーは特番に切り替わった。

渋谷のスタジオで、お笑いタレント出身のキャスターがディレクターから渡された原稿を読み上げている。「先ほど午後二時二十分頃、ダンジョン全域に緊急避難指示が南大沢《みなみおおさわ》警察署より出されました。詳細は不明です。わかり次第お伝えします」。そんな中身のないニュースを繰り返している。

「なにを、のんきに、警察発表なんか伝えてんですか」

現地の青年レポーターは苛立っていた。

スタジオとの温度差に苛立っている。

大本営発表を垂れ流すばかりで、現地《こちら》に映像を切り換えないディレクターに苛立っている。

ふだん温和な性格で、お笑いタレントにいくら弄られてもニコニコしている青年の眉間に、深い皺《しわ》が寄っている。彼はもともと報道局志望だった。東北の震災を少年時代に経験し、報道ニュースの大切さを痛感して三年前に入社した。任される仕事は芸能ネタや食レポばかりで、最近は入社時の想いなんて忘れそうになっていたけれど——この未曾有の危機を目にして、彼は、心の底にあるものを思い出したのだった。

「もう飛んでるって、飛んでますよって今！　ドラゴンだって言ってるの!!　聞こえてんでしょうがスタジオ!!」

怒鳴るような声に、ようやくディレクターが反応した。

現地に映像がスイッチする。

青年は怒りの表情から一変、即座に冷静な報道員の顔を取り戻した。

『現地よりお伝えします。先ほど避難指示が出された八王子《はちおうじ》ダンジョン上空に、ドラゴンが出現しました。目測での体長はおよそ百メートル以上、真っ赤な鱗に覆われた特徴から、11層地下火山に棲息するレッド・ドラゴンと推定されます。ダンジョン内部並びに近隣住民の皆さんはすぐに避難を始めてください。繰り返します。地上のみなさんも、今すぐ、今すぐ避難してください』

現時刻では、まだ地上において避難指示は出ていない。

だから完全に勇み足だ。

だが「それがどうした」と彼は考えている。もしドラゴンが突然ダンジョンに引き返して、避難指示は必要なかった。そうなったらそれでいい。自分は処分を受けるだろう。降格。減給。あるいは免職。だが、それがどうした。避難しなかったときの損失のほうがずっと大きい。もしここで避難を叫ばなければ、自分は一生後悔する。それに比べれば、なんだというのか。

取材のカメラが、上空を旋回する巨大な竜の姿を捉える。

だが、それはほんの一瞬のことだった。

ガシャンと耳障りな音がして、映像はドラゴンから茶色の地面に切り替わった。

テレビカメラを捨てて、スタッフが逃げ出したのだ。

逃げていく同僚たちに構わず、青年はテレビカメラを自ら担いで上空へと向けた。


『ご覧いただいていますでしょうか。現在、ドラゴンが八王子市上空に出現しています。大きく翼を広げ、上空を旋回している様子が見てとれます。近隣にお住まいのみなさんは、ただちに避難してください。すぐに逃げてください。逃げてください。命を守る行動をとってください――』


まくし立てながら「自分も逃げるべきだろうか」と彼は思った。気がつけば、周りにはもう誰もいない。さっきまでいたはずの他局のクルーたちもみんな逃げてしまったらしい。当然だ、あんな巨大生物を目の当たりにしたら、誰だって怖じ気づく。「巨大」という説得力、ビジュアルの迫力に、人間は動物としての本能を呼び起こされて、尻尾を巻いて逃げることを選ぶのだ。

だからこそ。

このビジュアルを報道しないと避難が進まない――青年はそう考えた。

人間はいつだって「現状」にしがみつこうとするものだ。

自分だけは助かるだろう、大丈夫だろう、誰だってそう考えてしまうものだ。

だからこそ、報道記者が踏みとどまって、この恐怖を伝えなくてはならない。


『ご覧ください。ドラゴンです。我々がゲームやアニメで知っているドラゴンの姿そのものです。本物のドラゴンです。あまりにも危険です。避難を、ただちに避難してください。ただちに、命を』


音声が途切れた。

映像が一瞬にして紅蓮《ぐれん》の炎《ほのお》に染まった。

灼熱息吹《メテオ・ブレス》が、地上へと吹き付けられたのだ。

青年のいた位置とは逆方向だったのに、熱風が吹き付けてきた。全身が炎に包まれる。熱い、とは感じなかった。一瞬にして皮膚が蒸発し、筋肉血管神経がむき出しとなり、それも次の一瞬で蒸発した。苦しみはしなかった。それが救いだった。なおも唇のない口を動かそうとしたが、声は出てこなかった。やがて、意識は炎に塗りつぶされた。それでも、最後にひとことだけ残した。

にげろ。

その、あまりにも唐突で残酷な実況終了は、Rの脅威と事態の深刻さをこのうえなく国民に伝えることに成功した。おかげで住民の避難が十分は早まったと、防災学者が指摘するところである。

後に、この青年は日本記者クラブ賞を受賞することになる。

だが、彼の慰霊碑に刻まれたのはそんな名誉《もの》ではなく「多くの人命を救った記者、ここに眠る」という言葉だった。

◆

午後二時二十七分。

内閣危機管理センター。


「なんてことだ」


青ざめた顔でつぶやき、黒岩《くろいわ》長官は呆然自失《ぼうぜんじしつ》に陥った。

最悪の事態を常に想定して動く切れ者の彼ではあるが、最悪中の最悪を極められると、もはや途方に暮れるしかない。Rが地上に侵攻する事態までは予測していたものの、まさか、その息吹《ブレス》の威力が街ひとつ消し飛ばすほどのものとまでは、彼も考えていなかったのである。「ダンジョンマスター亡き後、モンスターは大幅に弱体化した」その固定観念に縛られすぎていたのだ。

古竜種は別格だと、あれほど英二《えいじ》に言われていたのに……。

あの炎で、いったい、何人死んだ？　わからない。百の単位でないことは確かだった。被害はどこまで及ぶのか？　火災規模は？　竜が頭上を飛んでいるのに消防庁に消火活動を要請するのか？

都庁との連携は？　いっさい前例がない。すべての責任と指揮権は彼の両肩にかかっている。

「みなみ野《の》から片倉《かたくら》一帯は火の海です。消火作業のめどは立っていません」

「工学院大学が避難場所に指定されていますが、道路が寸断されているため避難は進んでいません」

「JR中央線、京王線、全線運転取りやめ」

「圏央道《けんおうどう》も通行どめです。八王子は陸の孤島と化しつつあります」

「羽田空港全便欠航を決定」

「R滞空中につきヘリの飛行は不可能と判断。救助活動は陸路しかありません」


オペレーターたちからの報告も、今の長官の耳には届かない。

そんな彼の背中を、来栖比呂《くるすひろ》がどんと叩いた。

「しっかりしてくださいよ、黒岩《くろいわ》さん！　あなたがそんなことでどうするんすか！」

「比呂《ひろ》くん……しかし、もう」

黒岩《くろいわ》の肩を、比呂《ひろ》はゆさぶった。

「英二《えいじ》と通話がつながったんです。モニタに出します！」

ホール前面にある大型ビジョンに、無精ひげの顔が映し出された。

『申し訳ありません長官。あと一歩間に合いませんでした』

「いや、私の方こそすまない。君の忠告を結局無駄にしてしまった」

これ以上時間を浪費する愚を、二人は犯さなかった。

『もはや自衛隊の装備しか、あのRを倒すことは不可能です。総理に武力行使命令を出してもらうことはできないのですか？』

「現在、特措法の布告を準備しているが、いかんせん、総理はフランスに外遊中でね」

『時間がかかる、ということですね』

英二《えいじ》は嘆息した。

『わかりました。私のほうでどうにかしてみます』

黒岩《くろいわ》は驚いた表情になった。

「し、しかし、地上では魔法は使えないのでは？　それではいくら『無刀の英雄』でも」

比呂《ひろ》が言った。

「まさか、英二《えいじ》。『あれ』を使うつもりか？　舞衣《まい》が理論だけは遺してくれた、あれを」

英二《えいじ》は頷く。

『そのまさかだ。そのためにはお前の協力が必要不可欠だけどな。日本ダンジョン株式会社社長』

比呂《ひろ》は考え込むように眼を閉じて、数秒後にカッと見開いた。

「了解だ。弊社とっておきのグレーターデーモンの魔核《コア》がある。純度98・3パーセント、世界でも類を見ない高純度のやつだ。時価総額三千万ドルはくだらないシロモノだが、お前にくれてやる」

『さすが成金《なりきん》、恩に着る』

「言ってろサラリーマン。しかし、英二《えいじ》よ、その魔核《コア》だけじゃどうしようもないぞ。他にも強力なエーテル源が必要だ。あてはあるのか？」

『ないでもない。奥の手がな』

「成功の確率は？」

『5パーセントくらいかな』

ニヤリと比呂《ひろ》は笑った。

「なんだ、十分じゃないか」

『ああ。やってみるさ』

二人の会話を、黒岩《くろいわ》はぽかんとした顔で聞いていた。

「ま、待ってくれ君たち。その奥の手の成功確率が5パーなのか？」

「そうっす」

「失敗確率じゃなくて？」

『そうです』

ますますぽかんとする黒岩《くろいわ》をよそに、二人は会話を続ける。

『八王子の市街地でぶっ放すわけにはいかないな。どこかにおびき出したいんだが』

「その位置なら、横浜港から東京湾に抜けるルートが一番だろうな。海保の協力も得られる」

『了解した。じゃあ、そういうことで』

通話はあっさりと切れた。

（さて――）

英二《えいじ》はスマホを背広のポケットにしまうと、すうっと息を吸い込んだ。

目を閉じる。

ここは地下1層である。ここでなら、まだ、魔法が使える。

◆

『清澄《せいちょう》』『光明《こうみょう》』『目《ま》の当《あ》たりに』

詠唱したのは《索敵》魔法だ。オーラ魔法のひとつで、己の五感を拡張することができる。

この付近にはもう、逃げ遅れた者はいない。彩那《あやな》も女の子も三番西口からすでに逃がした。Rが出現した地上とは逆の方向だから、息吹《ブレス》にも巻き込まれていないはずだ。

索敵を地上へと切り替える。

英二《えいじ》の脳裏には、八王子上空を我が物顔で旋回するRの威容がはっきりと映し出されていた。地上は悲惨な有様だ。あちこちでもうもうと煙があがり、家屋は炎に巻かれている。パトカーのサイレンの音が鳴り響く。倒壊したビルや建物もかなりの数に上る。まさに戦場そのものだった。

英二《えいじ》の集中が、ある一点に注がれる。

テレビ局のワゴン車が横倒しになって燃えている。

その傍らには、熱でぐにゃぐにゃに変形したカメラがあった。

それを担いでいたであろう人物の姿は、ない。

ただ、奇跡的に焼失を免れたのか――ダンジョンに立ち入りを許された記者であることを示す腕章が、カメラの残骸にひっかかって爆風にたなびいていた。

(最後まで、伝えようとしたのか……)

英二《えいじ》は気配を探る作業を打ち切った。

詠唱を開始する。


『**藍川英二《あいかわえいじ》の名を賭して、雷《いかずち》の御柱《みはしら》に申し上げる**』

両の掌を広げて、天の方向に突き出した。

『インドラ。バアル。トール。ユピテル。ナルカミ。ペルクーナス。我が仇《かたき》は汝《なんじ》らが仇、我が敵は汝らが敵、古の契約に基づき、天と地の理《ことわり》に逆らいて、いまここに顕現せよ。神威《カムイ》の発露たる雷の意と威を示せ。すべての命あるものは風から逃れえぬ、空から逃れられぬ、その絶尽《ぜつじん》たる真理を汝らの名を以《もっ》て叶《かな》えたまえ』

二十年以上も前――。

現役時代、この複数雷神召喚魔法を三人で編み出した時、他の冒険者たちに笑われたものだ。

「そんなクソ長い詠唱を黙って待っててくれるモンスターがいるのか？」。確かにその通り。結局、編み出しただけで、一度も使うことはなかったのである。

だが、今回は有用だ。

向こうはまだ、こちらの姿を認識していない。

今、自分がいるのは地下1層。

放つのは――ダンジョン上空を我が物顔で飛び回るRに向けて。


『雷獄《アユタ》』


天に向けた英二《えいじ》の両の掌から、巨大なエネルギーの球体が出現した。それは、雷をまとい、どんどん体積を増して、薄暗い地下をまばゆく照らし出すほどの輝きを作り出した。その「雷の牢獄《ろうごく》」とでも言うべき球体はぐんぐん上昇し、Rの開けた大穴を通って地上へと飛び出した。

大空を往くRは、すぐにその存在に気づいた。


『グオオオオオオオオオオオオオオッッ!!』

紅蓮の息吹《ブレス》ひとつで吹き飛ばそうとしたが——わずかに、雷球の着弾のほうが速い。

『オオオオオオオオオオオオオオオオオオオオオオオオンンンンンッッッ!?』

怒声があがり、真紅の鱗に覆われた巨軀《きょく》が雷の獄に囚われる。

《雷獄《アユタ》》は、そのまま、移動を始める。

Rの巨軀《きょく》ごと、南東——横浜港の方角へと飛んでいく。

「おとなしくしててくれよ、R」

《身体強化《ブースト》》を行って岩壁を駆けのぼった。雷球の開けた穴から地上に出て、周囲に視線を巡らせる。何か足になるものはないか。車、いや、道路状況は最悪だろうから、小回りのきく二輪がいい。

周囲を探して見つけ出したのは、ライムグリーンに輝く1000cc大型バイクだった。

オーナーがあわてて逃げ出したのか、キーが差しっぱなしで路肩に停めてある。

【非常時にてお借りします】

【弁償の代金は、ニチダンの来栖《くるす》社長宛に】

メモにそう書き付けて近くの電柱に貼り付けると、エンジンに火を入れる。

唸りをあげてバイクが走り出す。

無刀が、海へと疾駆する。

地元BBS　【害獣】八王子に出るイタチを語るスレ part2【外来種】

1：**八王子市民**　くぅ～w　3年かけてついに次スレです！
前スレ　https://bg.1ach.net/test/read.cgi/sppism/170da82/

2：**八王子市民**　乙　よく落ちなかったな今まで

3：**八王子市民**　さすがだよな俺ら

4：**八王子市民**　>>1はアンチか？　外来種も害獣もハクビシンのことだから

5：**八王子市民**　さっき家の玄関にフンして逃げていったわ　ぜってー捕まえて食う

6：**八王子市民**　だからそれはハクビシンだって

7：**八王子市民**　タヌキなの

8：**八王子市民**　アライグマで

9：**八王子市民**　イタチっすよ（嘲笑）

10：**八王子市民**　そのイタチがさっきすごい勢いでニュータウン通り走ってた

11：**八王子市民**　俺も見たわ　10匹くらい一斉に逃げてった　あんなの初めてみた

12：**八王子市民**　そんなことある？

13：**八王子市民**　イタチって群れとか作るの？

14：**八王子市民**　スレチで悪いけどカラスがすげー騒いでる
うちの猫もめっちゃ鳴いてて怖いんだけど

15：**八王子市民**　なんか警報鳴ってんな

16：**八王子市民**　スマホから知らない音が鳴ってる

17：**八王子市民**　やべーぞ！！！　テレビつけてみろお前ら！！！

ゴゴゴちゃんねる・テレビ実況板【ナンボル】ゴゴナンデス実況スレ【滑るな】

120：**実況する名無し**　まーたナンボルさん滑ってるよ

121：**実況する名無し**　もはや様式美

122：**実況する名無し**　まあ俺らもそれ楽しみに見てるし

123：**実況する名無し**　新田アナの声がかぶってるな　なんか叫んでる

124：**実況する名無し**　え

125：**実況する名無し**　ファッ!?

126：**実況する名無し**　えなにあれ

127：**実況する名無し**　ドラゴン!?!?!??!?!?!?!?!?!!?!?!?

128：**実況する名無し**　は？

129：**実況する名無し**　なんかゲームの宣伝だろ

130：**実況する名無し**　いやCMじゃねーし今

131：**実況する名無し**　ナンボルさんまた滑った？

132：**実況する名無し**　ナンさんのギャグが滑ってもドラゴンは飛ばないべ…

133：**実況する名無し**　えっ

134：**実況する名無し**　は？

135：**実況する名無し**　Rだ

136：**実況する名無し**　ドラゴンじゃん

137：**実況する名無し**　でっっっっっっっっっっっっっっっっか

138：**実況する名無し**　いやこれやベーでしょこれやベーって

139：**実況する名無し**　うち八王子だけどサイレン鳴ってる

140：**実況する名無し**　ナンデ？ どうやってダンジョンから出た？

141：**実況する名無し**　わ

142：**実況する名無し**　うそ

143：実況する名無し　火！？！？！？！？！？！？！

144：実況する名無し　新田アナ。。。　あぁ。。。

145：実況する名無し　あああ……

146：実況する名無し　うそだろ

147：実況する名無し　うそだうそだうそだうそだ

148：実況する名無し　ｗｗｗｗｗｗｗｗｗｗｗｗｗｗｗｗｗｗ

149：実況する名無し　どゆこと？　全部燃えた？

150：実況する名無し　はあああああああああああああああああああああ

151：実況する名無し　終わりだ

152：実況する名無し　草はやしてるやつ正気かよ　軽蔑するわ

153：実況する名無し　新田の食レポ下手だけど好きだったのに…ちくしょうなんでだ

154：実況する名無し　いやわかんない　なんで画面消えたの？

155：実況する名無し　ドラゴンがやった？

156：実況する名無し　Rだって　この前どっかの企業が倒すとか発表してた

157：実況する名無し　あったな　ドラゴンバスタープロジェクトとか　切崎が出てたやつ

158：実況する名無し　だからなんでそいつが地上に出てきてんだよ！！！！！！

159：実況する名無し　倒すの失敗して逆襲喰らってるとか。。？

160：実況する名無し　だからって地上に出てこれるか？
なんか防衛システムとかあるんでしょ知らんけど

161：実況する名無し　アンドロメダの鎖が突破された？

162：実況する名無し　いやてかこれ本気でやばくね？

ゴゴゴちゃんねる・ダンジョンニュース速報板【速報】ダンジョンで緊急避難指示

1：**雨降れば名無し**　何が起きてるん？

2：**雨降れば名無し**　やばいやばいやばいやばい

3：**雨降れば名無し**　ケータイ通じないんだが？

4：**雨降れば名無し**　なんか稲妻みたいなの飛んでった　あれも竜の力なのか？

5：**雨降れば名無し**　稲妻？　Rは火属性だからそういうのないと思うけど

6：**雨降れば名無し**　そういう魔法じゃねーの？

7：**雨降れば名無し**　にわか乙　ダンジョン外で魔法はつかえねーから

8：**雨降れば名無し**　自衛隊の新兵器とか？

9：**雨降れば名無し**　そんなのないだろ
てか自衛隊はなにしてんだよ　戦闘機でもヘリでも飛ばして攻撃しろよ

10：**雨降れば名無し**　なにもできないだろ　どうやって出動するんだよ

11：雨降れば名無し　やべーのが暴れてるから、じゃダメなんか？

12：雨降れば名無し　ダメに決まってんだろ　防衛出動なら敵国から宣戦布告がないとダメ
今回の相手はRだから敵国じゃない　あと国会の承認もいる
災害出動？　もっとダメだね　災害出動で戦闘機とかどう理屈つけるんだよ

13：雨降れば名無し　判断するのは自衛隊の最高指揮監督権を持つ総理だから
総理が「やれ」っていえば行けないことないけどな

14：雨降れば名無し　そうだ　総理だ

15：雨降れば名無し　うおおおおおおおおお総理ぃぃぃぃぃぃぃぃぃぃぃ

16：雨降れば名無し　総理！！　総理！！

17：雨降れば名無し　あの、、、盛り上がってるところ悪いんですが、、白河総理は今、フランスです
昨日晩餐会のワインがどーたらSNSにあげてました　ルネッサーンスｗ

18：雨降れば名無し　はあ……

19：雨降れば名無し　知ってた

20：雨降れば名無し　クソが

21：**雨降れば名無し**
ほんまつっかえ！！！！！！！！！！

22：**雨降れば名無し**
最低だな

23：**雨降れば名無し**
俺は民憲党にいれてねーからな　いれたやつ土下座しろ

24：**雨降れば名無し**
野党もろくなのいない定期

25：**雨降れば名無し**
悲しいけどこれが文民統制　シビリアンコントロールってやつよね

26：**雨降れば名無し**
国がダメなら東京都が自衛隊に要請しろよ
害獣駆除でもなんでも名目はつけられるだろ

27：**雨降れば名無し**
キョンキョン都知事ならやってくれるんじゃねーの　英雄でしょ彼女
少なくとも平和ボケはしてない　あとお尻もでかい

28：**雨降れば名無し**
比呂しゃちょーの女だぞ

29：**雨降れば名無し**
事実無根だってゆーてるし　その話するとキレるからやめたげて

30：**雨降れば名無し**
速報
愛知大名田10ー誠陵0　9回表　試合中止
いったん全員ベンチに引き上げてる

31：雨降れば名無し
やきう　どうでも良すぎィィ!!!

32：雨降れば名無し
誠陵命びろいしてて草

33：雨降れば名無し
八王子の話なのに甲子園中止にすんの？

34：雨降れば名無し
いやもう八王子がどうとかのレベルじゃないだろ　日本やべーって

35：雨降れば名無し
警察じゃ無理　自衛隊も動かせない　どうする？

36：雨降れば名無し
米軍は？

37：雨降れば名無し
まあ出てくるかもだけど。。。
なんか情けねーな
自国の危機なのにさ

38：雨降れば名無し
めちゃめちゃ恩に着せてきそう

39：雨降れば名無し
魔核の権利は確実に主張してくるだろうな
最悪、後始末だのなんだの言われてダンジョンごと接収されたりして

40：雨降れば名無し
まーたダンジョン好景気前の低迷期に戻るの？
やだよもう失われた１０年は

41：**雨降れば名無し**　じゃあ、例の無刀のおっさんに狩らせろ

42：**雨降れば名無し**　それいいね

43：**雨降れば名無し**　あのおっさんなら希望あるかも

44：**雨降れば名無し**　キリサキ倒したやつならどうにかできる

45：**雨降れば名無し**　素人ばっかりかこのスレ
どんなレンジャーだろうとダンジョン出たらただの人だよ
魔法もスキルもつかえねーの

46：**雨降れば名無し**　そもそも個人がなんとかできるレベル越えてんでしょ

47：**実況する名無し**　だな
キリサキがどうとかってレベルの話じゃねえわ

48：**実況する名無し**　もう終わりだねこの国

地元BBS　八王子市総合スレpart1975

101：**八王子市民**　何が起きてるん？

102：**八王子市民**　やばいやばいやばい家燃えてる

103：**八王子市民**　携帯つながらねえええええええええええええええ

104：**八王子市民**　どんどん避難区域追加されていく

105：**八王子市民**　あのさ　避難場所が神子沢公園って出てるんだけどさ
そっちの方、なんか燃えてるんだけど……

106：**八王子市民**　おれんち燃やされてワロタｗｗｗｗｗｗｗｗｗｗ
ワロタ…………

107：**八王子市民**　なんか光った？　　と思ったらもう俺の学校燃えてた
学校嫌いだったけど
まさかこんな
ちくしょう

108：**八王子市民**　うちのマンションも燃えてる
かーちゃんたちは逃げてて助かったけど　逃げ遅れた人も多い

109：**八王子市民**　死者4桁、いや5桁いくかこれ

110：**八王子市民**　なんか雷も鳴ってない？

111：**八王子市民**　こちらみなみ野
上空でドラゴンが雷？に包まれてるのが見える

112：**八王子市民**　誰かが攻撃した？　雷魔法？

113：**八王子市民**　マジ？助かるの俺たち

114：**八王子市民**　やったか！？

115：**八王子市民**　それフラグだからやめろ

116：**八王子市民**　やったかはわからんが
ともかくサンダーボルトみたいな魔法で吹っ飛ばされてるのは確か

117：**八王子市民**　横浜のほうに飛んでく！！！！

118：**八王子市民**　よかった、、マジでよかった、、

119：**八王子市民**　うおおおおおおおおおおおおおお八王子最強！！！！！

120：**八王子市民**　野猿二郎は？　野猿二郎は無事ですか！？？！？！？！？！？！？！！？！？

121：**八王子市民**　無事だから　落ち着けジロリアン　麺でるも無事

122：**八王子市民**　俺はにんにくや無事ならおけ

123：**八王子市民**　ゆーても今のままでも大惨事だけどな

124：**八王子市民**　攻撃したんじゃなくて、
ドラゴンが自分で移動してるだけなのでは？

125：**八王子市民**　そんな能力あるのか？　Rって火属性でしょ
雷ってことは風属性だから違うんじゃねーの

126：**八王子市民**　てか横浜に移動してなにするんだドラゴン？

127：**八王子市民**　横浜といえば港　海にいくんだろ

128：**八王子市民**　海でどうすんだよ　暑いからおよぐのか？　んなアホな

129：**八王子市民**　戦う……とか？　海の上なら被害が出にくいから

130：**八王子市民**　誰が戦うんだよｗ　１００メートル以上あるドラゴンだぞ

鳳雛女学院・学校裏サイト

【雑談】なんでもお話しして良いスレ　ごきげんよう58回目【おけですわ】

52：**名も無き淑女**　わたくしのおうちが燃えてしまいました。。。
明日からふりかけごはんです
くすん

53：**名も無き淑女**　たくましいですわ！

54：**名も無き淑女**　ふ、ふりかけもおいしいですわよ！

55：**名も無き淑女**　たくあん差し入れいたしますわ！

56：**名も無き淑女**　おうちが燃えても
鳳雛魂までは燃やせませんわ！

57：**名も無き淑女**　みなさま！！
ワタクシたちの校舎は無事らしくてよ

58：名も無き淑女　はあ、よかった。。。

59：名も無き淑女　ダンジョンとは方角が反対ですものね

60：名も無き淑女　じゃあ先生がたや部活で登校してた子たちは無事ですのね

61：名も無き淑女　とはいえ、
被害区域に住んでた子たちもいるでしょうから。。。

62：名も無き淑女　そうでしたわ…
喜んでしまってごめんなさい

63：名も無き淑女　楽しい夏休みのはずでしたのに
なぜこんなことに

64：名も無き淑女　まだ希望を捨てるのは早いわ皆様方！

65：名も無き淑女　おじさまになんとかしてもらうわけにはいかないのでしょうか？

66：**名も無き淑女**　いやさすがにおじさまでも無理でしょう？

67：**名も無き淑女**　地上では魔法などは使えなくなると聞きますし

68：**名も無き淑女**　みぃちゃんと氷芽さんは無事でしょうか？
ご友人がいたらメッセ送ってみてくださらない？
もし今日もダンジョンにいたら巻き込まれているかも

69：**名も無き淑女**　ご安心ください
月島さんが入院中ですからそれはないかと

70：**名も無き淑女**　え　初耳

71：**名も無き淑女**　入院！？
例のキリサキとかいう輩と戦ってからですの？

72：**名も無き淑女**　それはそれで心配ですわね

73：名も無き淑女　だいじょうぶですわ！　未衣ちゃんがついてますもの

74：名も無き淑女　あのふたり、本当に仲良しですものね

75：名も無き淑女　鳳雛最強のコンビですもの

76：名も無き淑女　それはそうとドラゴンですわ！

77：名も無き淑女　いま横浜に移動してるらしいですわ
ひとまず助かりましてよ皆様！

78：名も無き淑女　ほっ。。。

79：名も無き淑女　イエあまり大丈夫じゃないのでわ？

80：名も無き淑女　横浜から通ってる友人も何人かいますわ

81：名も無き淑女　ああおじさま。。。　なんとかして。。。

■間章　～二人の深愛～

殺風景な病室。

開け放った窓のそばに、ただひとり、月島氷芽《つきしまひめ》は佇《たたず》んでいる。

（どうして私は藍川《あいかわ》さんにあんなことを言ってしまったんだろう）

今から十分ほど前、八王子《はちおうじ》市・多摩《たま》市・町田《まちだ》市の全域に避難指示が発令された。いま、氷芽《ひめ》がいるこの病院も含まれている。七階の病室からはエントランスが見下ろせる。ロータリーに中型バスが何台も連なって停車して、病人を避難させている。重病人や子供、老人が優先とされているが「理事長の先輩の娘」である氷芽《ひめ》も、その優先リストに入れてもらえた。だが、彼女は謝絶した。最後でいいと職員に伝えて、自らも避難を手伝った。「英雄の娘」だからって特別扱いはされたくなかったのだ。

そして――。

最後のバスが出て行くのを、氷芽《ひめ》は病室で見送っている。

避難はしたくなかった。

逃げ回りたくない。

もし、ここでRの襲撃を受けて死ぬのなら、それが自分の運命。

潔すぎる潔癖さが、今の氷芽《ひめ》にはあった。

あるいは——ただ自暴自棄になってるだけなのかもしれない、とも思う。

彼女は後悔していた。

なぜ、藍川英二《あいかわえいじ》にあんなことを言ってしまったのだろう。

『私も、いつかあんな風になるのかな』

『あの切崎《きりさき》が言ってたみたいに。仲間はパーツにすぎないって。生き延びるための道具にすぎないって、そんな風に思うようになるの？』

『大切な友達のことを、未衣《みい》のことを、そんな風に思う日が来るの？』


氷芽《ひめ》の心にある弱さが、その言葉を言わせた。

——自分が友達を見捨てるような醜い人間だったら？

そんな弱さを、氷芽《ひめ》は、初めて出会えた「信頼できる大人」に吐露してしまったのだった。

その時、病室のドアをノックする音が響いた。


「ひめのん。やっぱりまだいたんだ」

開かれたドアの隙間から、おずおずとポニーテールの少女が顔を覗かせる。

「未衣《みい》!?　なんでここに？　避難しなかったの？」

「バスには乗ったよ。でも、看護師さんからひめのんがまだ残ってるって聞いて。気がついたら、バス降りてた」

「気がついたらって……」

エヘへと未衣《みい》は照れくさそうに笑った。

「入っても、いい？」

「……うん」

未衣《みい》は微笑むと、ごく自然に氷芽《ひめ》の隣へと歩み寄った。

「これ、ついさっき撮った動画。あわてて撮ったから手ぶれとかひどいけど」

差し出された未衣《みい》のスマホには、この病院の上空らしき映像が映っている。澄み渡る青空を、巨大な赤い物体がすーっと横切っていく。「R」だった。望遠モードのため画質は粗く、画面はひどく揺れている。それでも、その桁はずれの大きさはわかった。

Rの体の周囲には帯状になった光が無数に張り巡らされていた。光は、時折弾けて、何度も激しく輝いてRを押さえつけている。雷魔法だった。雷の集合体が、まるで牢獄のようにRが自由に羽ばたくのを妨げている。

「これって、きっとおじさんの力だよね。ドラゴンをこの街から引き離してるんだよ」

「どうしてわかるの？」

「だって、こんなことできるのって、あたしのおじさんしかいないもん」

その言葉にも声にも、藍川英二《あいかわえいじ》に対する信頼と尊敬が満ち満ちていた。

「ひめのんはどう思う？」

問われて、氷芽《ひめ》はいったんまつげを伏せた。

しばらく間を置いた後、確信を持って告げた。

「私も、藍川《あいかわ》さんしかいないと思う」

「だよね！」

嬉しそうに未衣《みい》は笑った。

「おじさん、戦うつもりなんだよ。ドラゴンと」

「そんな、どうやって」

「わかんない。でも、だったらあたしたちも行かなきゃ！」

氷芽《ひめ》は目を丸くした。

「行くって、一緒に戦うってこと？」

「そうだよ」

「無理だよ！　私たちなんて、なんの役にも立たない」

「そうかもしれないけど……」

未衣《みい》はいったんうつむき、すぐに顔をあげた。

「それでも、あたしは行きたいの。だってパーティーだもん」

「……パーティー……」

「そう。パーティーなのに、決戦に向かう仲間をひとりで行かせるわけにはいかないよ」

ズキン、と氷芽《ひめ》の心が疼《うず》いた。

「ダ、ダメだよ。かえって足手まといになる。来るなって言われるよ」

「実はもうメッセ送ったんだ。おじさん、来るなとは言わなかった。『それなら比呂《ひろ》に連絡を』ってそれだけ。たぶん好きにしろってことだと思う」

氷芽《ひめ》は激しく首を横に振った。

「行く意味がないよ。私たちなんて、藍川《あいかわ》さんにしてみたら、ただのお荷物。《螺旋音速剣《スパイラル・ソニック・ブレード》》だってまだマスターできてない、まだ何もできない子供で」

そう言いながら、氷芽《ひめ》は必死に言い訳をしてる自分に気づいた。何もできない子供。それは、事実かもしれない。だけど今の自分は、それを言い訳にして何かから逃げようとしている。何から？あの竜から？　いや、自分が怖がっているのは、もっと別の何かだ。

「ひめのん」

未衣《みい》は氷芽《ひめ》の両肩をゆさぶった。

「意味があるか決めるのは、あたしたちじゃないよ。おじさんだよ」

「……」

「そして、おじさんなら仲間に『お荷物』なんて言わない！　それとも、ひめのんの中のおじさんは、そういう人なの？　そんな風に見えていたの？」

いつしか未衣《みい》は涙ぐんでいた。

氷芽《ひめ》の両肩に置かれてる手も、ぶるぶる震えている。

未衣《みい》も怖いのだということに気づいたのは、ようやく、この時だった。そう。未衣《みい》はそういう子なのだ。元気で無邪気に見えて、本当はさみしがりでこわがり。それでも、友達の前ではにこにこ笑ってる。そういう子だから、自分みたいなへそ曲がりにも声をかけてくれたのだ。

「だって、私」

氷芽《ひめ》の目から涙があふれ出した。

「私、未衣《みい》に、何もしてあげられてなくて。助けてもらってばかりで。サラマンダーのときも、この前の特訓のときも」

「そんなことないもん！」

未衣《みい》も同じように泣いていた。

「ひめのんは、ここにいるもん。一緒に居てくれるもん。一緒にダンジョン潜ってくれたもん。お父さんのことで、つらい思いしてたのにさっ。きっとさみしかったよね、あたしだってお父さんいないから、わかるもん。それがどれだけつらいのか。心細いのか――なのに、ひめのんはそんなこと、ひとことも言わずに、あたしと一緒に、ダンジョン部作ってくれて。一緒に冒険してくれて」

涙に濡れた頬がくっつきあうほど、顔が近づく。

「何かしてくれるから仲間なんじゃないよ？　ただそこに居てくれるから、仲間なんだよ？」

ぐしゃぐしゃになった顔を、近づけ合う。

「私で、いいの？　私なんかで、いいの？」

「なんかじゃなくて、ひめのんじゃなきゃダメなんだよ！」

未衣《みい》はぎゅっ、と強く氷芽《ひめ》を抱きしめた。自分より背の高い親友を、力いっぱい、抱きしめた。

氷芽《ひめ》はハッとした。この、誰かに力いっぱい抱きしめられる感覚。ひさしく忘れていた。それは父の腕のぬくもりだった。無条件で自分を愛してくれるひとのぬくもりだった。強いからとか、何々の魔法が使えるからとか、そんなの関係ない。ただ氷芽《ひめ》が氷芽《ひめ》だから、愛してくれるひとのぬくもりだった。

（……パパ……）

頭のなかに、ある光景がよみがえる。それは子供の頃の光景だった。ダンジョンに出かけようとする父を追いかけて玄関まで行き、父のシャツをつかんで離さない自分。泣いて泣いて、行かないでって駄々をこねてる。父はそんな自分を抱き上げて、じっと抱きしめていた。背中を優しく撫でながら、ただ抱きしめてくれていた。言葉は何もなかった。何も言ってはくれなかった。それがつらかった。何か言ってくれればいいのに。「ごめんね」とか「すぐ帰るから」とか、たとえ口約束でも、してくれたらいいのに。冷たい人だと思っていた。私のことなんて仕事の邪魔くらいにしか思ってない。そう思っていた。

だけど、今ならわかる。

父は「ここにいる」ということを伝えたかったのだ。

不器用でも、ただそれを自分に伝えようとしてくれていた。

今の未衣《みい》と同じように。

「ひめのん、一緒に行こう！　おじさんが向かった場所へ。一緒に行こうよ！」

「────」

氷芽《ひめ》はパジャマの袖でごしごしと涙を拭った。拭っても、拭っても、止まらなかった。泣くほど嬉しかった。あのとき、父は自分を置いて行ってしまった。だけど、未衣《みい》は違う。置いてなんかいかない。手をひいて「一緒に行こう」って言ってくれる。それが嬉しい。たまらなく嬉しい。「ごめんね」でも「すぐ帰る」でもなく、「一緒に」だなんて。

私は、ずっと、その言葉が欲しかったんだ!!

「わかった。行こう!」

さっきまでの胸のモヤモヤがすうっと消えていくのがわかった。この真夏の青空のように晴れ晴れとした気持ちだ。いったい自分は何を怖《おそ》れていたのだろう。「仲間を見捨てる時が来る」? 違う。そんな風に言いながら、逆に自分が未衣《みい》を見捨てようとしていたのだ。勝手に自分は役立たずと決めつけて、彼女から「いらない」と言われる前に、逃げようとしていたのだ。

ばちん、と音がした。

氷芽《ひめ》が、自分の両頬を挟むように叩いたのだ。

「痛そうっ、どうしたの?」

「気合い入れた」

「せ、せっかくつよつよ顔面に生まれたのに、もっとお顔大事にしようよー」

「知らない。着替えるから」

言いながら、もう氷芽《ひめ》はパジャマから袖を抜いている。白い柔肌とすらっとした四肢があらわになり、衣擦《きぬず》れの音とともに颯爽《さっそう》とセーラー服を身につけていく。もう、すっかりいつもの彼女。

「鳳雛《ほうすう》の歌姫」なんてあだ名されるクールな美貌を取り戻している。

「藍川《あいかわ》さんのいう『比呂《ひろ》』って、来栖比呂《くるすひろ》社長のことだよね？」

「うん。あと五分くらいでニチダンの車が迎えに来ると思う」

「あ、もう連絡してたんだ？」

「そうだよ！　ひめのんならきっと、一緒に行ってくれると思ったから！」

ぷっ、と氷芽《ひめ》は噴き出した。

「なんかそれ、ずるい」

「ず、ずるくないもん！　ひめのんなら間違いないと思ってー！」

ムキになって肩をぽかぽか叩いてくる未衣《みい》としばらくじゃれ合った。

◆

病院の下に迎えのリムジンが到着した。後部座席には、木洩れ日のナイフ、黄昏の杖、マントが一式そろっていた。二人はそれを手早く身につけた。迎えに来た運転者が目を見張るほど、凜々《りり》しい姿だった。

「さあ、行こうひめのん！」

「うん！」

車に乗り込む氷芽《ひめ》の表情に、もう迷いはない。
未衣《みい》の顔にも、恐れはない。
覚悟は決まっている。

一路、決戦の地。

東京湾へ！

■12　挑戦

桧山舞衣《ひやままい》とは、どのような英雄であったのか――。

来栖比呂《くるすひろ》は天皇陛下より「剣聖」の称号を受けているが、桧山舞衣《ひやままい》は「大魔導師《ウィザード》」の称号を、英国女王陛下より授かっている。当時、魔術分野で世界最先端をいっていた一人であっただろう。風の最上位精霊と契約《エンゲージ》した唯一の精霊召喚師《エレメントサモナー》であり、水・風の元素魔法を修め、神聖系の治癒魔法も使いこなし、さらには付与魔法にも優れて後世に様々な呪符《カード》を伝えた。日本は呪符《カード》の生産量が世界一だが、それは桧山舞衣《ひやままい》の功績によるところが大きいと言われる。

今でもマイ・ヒヤマの名前を冠した魔術理論、付与魔法理論などがいくつも遺されている。世界最高の魔術師集団「大英帝国図書館」に、東洋人で入会を許されたのは、今も昔も舞衣《まい》ひとりである。

大英帝国図書館を主宰する「大賢者」シリアス・クロウリーはこう語る。

『　Mai's magic is elegant.　』

一切の無駄なく書かれたソフトウェアのプログラムが「美しい」のと同じように、舞衣《まい》の緻密な理論で構成された魔術は「壮麗」であるとの評を得たのだ。

天才――。

で、あったのだろう。

そんな彼女が熱心に研究していたのが「地上で魔法を使用する方法」である。

ダンジョンのみに満ちる幻想物質「エーテル」を利用する形でしか魔法は使えない。もしそのエーテルの代わりになるものを用意できれば、地上でも魔法が使えるのではないか？　という仮説を立てていたのである。

当時、彼女は英二《えいじ》と比呂《ひろ》に語ったものだ。

『もし地上で治癒魔法が使えたなら、医療、特に救急において劇的な変化をもたらします』

『科学においても、魔法が関与する特殊な現象が発見できるかもしれません』

『あらゆる分野で、無限の可能性があるんです』

一方で、強い懸念もあった。

『魔法が地上で使えるようになった時、人間がまっさきに思いつくのはやっぱり軍事転用でしょう』

『今はまだ、人類にとって利益よりも害のほうが大きいかもしれません』

『だから、慎重かつ極秘に進めなくては』

『わたしがこの研究をしていることは、誰にもナイショですよ』

だからこそ――。

英二《えいじ》も比呂《ひろ》も、この件については国に話さなかった。

この二十年、慎重に隠し通していたのだ。

だが、その禁を破る時が、来てしまったようである――。

◆

ライムグリーンのバイクを駆る英二《えいじ》は、弾丸となって横浜の街を駆け抜けた。

目指すは海。

横浜市が誇る高層ビル群の狭間《はざま》を突っ走り、中華街を突っ切り、赤レンガ倉庫をかすめたあたりでベイブリッジが見えてきた。潮の香りがする。うずたかく積まれたコンテナと停泊する商船が見える。髪を風で煽《あお》られながら上空へと目をやれば、《雷獄《アユタ》》に捕獲されたRが激しく暴れて、徐々に速度を落としているのが確認できた。

そろそろ限界が来る。

《雷獄《アユタ》》の効果が減衰し、捕獲しきれなくなっている。

だが、ここまで来れば十分だ。横浜港から数キロも沖にいけば、障害物はないに等しい。

思いっきりやれる。

「おうい、こっちだ！　英二《えいじ》！」

黒塗りのベンツが埠頭《ふとう》に停まっていた。その背後には無数のパトカー、さらにニチダン所有の大型特殊車両まで従えている。ベンツの隣では、白スーツ姿のキザ男が大きく手を振っていた。

英二《えいじ》はバイクから降りて男に歩み寄った。

「早かったんだな、比呂《ひろ》」

「パトカーに先導されてきたからな。おかげでもう目立って目立って！　まーた俺のファンが全世界に増えちまうなっ」

「そいつは何よりだ」

自分が目立たずにすんでいるのは、日本一の目立ちたがり屋が近くにいるからかもしれない。

「それで、例のものは？」

「おうよ」

比呂《ひろ》が指を鳴らすと、黒服の男たちがトランクからジュラルミンケースを持ち出した。慎重に受け取って留め金をはずす。そこには青白く輝く拳大の鉱石が七つ収められていた。

「グレーターデーモンの魔核《コア》。これだけあれば、舞衣《まい》が遺してくれた『魔導機械《まどうきかい》』起動の要件は満たすはずだ」

「そうだな……」

魔核《コア》のひとつを英二《えいじ》は手にとってみた。ずっしりとした重みとともに、ひりつくような魔力も感じられる。時々、心臓が脈打つみたいに明滅を繰り返す。鉱物であると同時に生物としての性質も併せ持つ『魔核《コア》』は、今でも謎に包まれた物体だ。しかも魔族の尖兵《せんぺい》である「グレーターデーモン」のものとなれば、制御不能に陥るかもしれない。最悪、魔族を地上に呼び寄せてしまう危険性すらある。

だが、それでもやらねばならない。

「桜舞《おうぶ》の準備は？」

「できてる。ただ、まだ七割の完成度だぞ。完全な動作は保証できないとうちの形錬研《けいれんけん》も言ってる」

「七割もあれば十分だ」

周辺を警備している警察官の目を憚るように、比呂《ひろ》がそっと英二《えいじ》にささやいた。

「先ほど米大使館を通じて官邸に連絡が入った。グアム沖に展開する第七艦隊から、第１０２戦闘攻撃飛行隊が離陸したそうだ。Ｒの太平洋進出を阻止する名目で」

「……何だと？」

思わず旧友の顔を見返したが、冗談を言っている目ではない。

「お前が失敗した時は、すぐ攻撃に移るだろう。東京湾岸を巻き込む広範囲爆撃でな」

「めちゃくちゃだな」

「そう。めちゃくちゃにして、そのどさくさにダンジョンを『事後処理』の名目で接収するかもしれん。日本は、また……」

大きなため息を吐き出して、比呂《ひろ》は続けた。

「日本は、また『戦後』からやり直すことになるかもしれない」

「その前にカタをつける」

英二《えいじ》はまなざしに力をこめた。

「何人《なんびと》だろうと、舞衣《まい》が眠る場所を荒らさせはしない」

「すまない。俺も一緒に行きたいが」

「社長みずから出撃してどうする。ここはサラリーマンに任せろよ。超過勤務は慣れてるからな」

すまん、と比呂《ひろ》はつぶやいた。

そんな旧友に英二《えいじ》は告げた。

「それに、楽しみでもある」

「楽しみ？」

「二十五年前の戦いでは、俺は未熟もいいところだった。若さに任せて無謀に突っ込んでいっただけだった。やつの角を折れたのは、本当にただの偶然だ。運が良かった。だが、今は違う。あれから様々なことがあった。様々なものを積み重ねてきた。やつも変わったようだが、俺も変わった。今の俺の力がやつの目にどう映るのか――わくわくするんだ」

不謹慎だがな、と付け加えた英二《えいじ》の顔を、比呂《ひろ》はぽかんと見つめた。

やがて、両者の表情に苦笑が生まれる。

「ひさしぶりに出たな。英二《えいじ》の『わくわくする』が」

「ああ。舞衣《まい》も今ごろ、笑ってるはずだ」

その時である。

パトカーに先導されたリムジンが一台到着した。

その中から飛び出してきたのは、二人の女子中学生である。

「おじさん！」

「藍川《あいかわ》さん！」

息せき切って駆け寄ってきた少女二人を出迎えた。

「遅かったじゃないか。待ちくたびれたぞ」

「待っててくれたの？　私たちを」

ごく自然に頷いた。

「当然だろう。仲間だからな」

「……っ」

氷芽《ひめ》は一瞬、泣きそうな表情になった。

しかし、いったんうつむいて涙を堪《こら》えると、いつものクールな顔をあげて言った。

「私たちにも、何か手伝わせて」

「そうだよおじさん！　黙って見てるなんて、できないよ！」

二人の肩を叩いた。

「もちろんだ。お前たちにもやってもらうことがある」

遥か上空に留《とど》まるRの咆哮が、ここまで聞こえてくる。もう少しで《雷獄《アユタ》》の戒めが解けてしまいそうだ。そうなればRは再び自由に飛翔し、その無慈悲な息吹《ブレス》を下界に向けるだろう。

「いいか。作戦はこうだ――」

英二《えいじ》はレクチャーを始めた。

三分ほどで話し終えると、未衣《みい》と氷芽《ひめ》は興奮と不安がない交ぜになった複雑な表情を浮かべていた。

「す、すごい重要な役目だね。責任重大っ」

「ぶっつけ本番で、できるかな。正直、自信ないよ」

「この一ヶ月、お前たちを見ていた俺が言うんだ。絶対にできる」

自信を持っていった。嘘ではない。この二人にできなければ誰にもできないとさえ思う。自分が知る限り、彼女たち以上の適任はほかにいなかった。

その想いが伝わったのだろう。未衣《みい》と氷芽《ひめ》の表情から迷いが消えた。

比呂《ひろ》が進み出た。

「二人とも、これを」

手渡したのは、レンジャーであることを証明するライセンスカードだった。特別任務探索者とあり、「臨時」という赤い文字がハンコのような形で捺《お》されている。

「幻資庁長官じきじきに発行してもらった。モンスターが相手とはいえ、民間人が地上で戦闘行為を行うには法的根拠が必要だからさ。こんなことしかできなくて申し訳ないけど……この国を頼む」

「ありがとう、比呂《ひろ》おじさん！」

未衣《みい》は笑顔で頷いた。

「全力を尽くします」

氷芽《ひめ》は胸を張った。

「二人ともいい子だな。まったく、英二《えいじ》の弟子にゃもったいないよ」

比呂《ひろ》は目を細めた。何度か、空の一点を見上げてしきりに瞬きした。歳を取ると、涙腺が緩くなる。そう言いたげだった。

「ところで――」

旧友にかわって英二《えいじ》は続けた。

「この作戦が首尾良くいったとしても、Rを倒せるという保証はない。なにしろ相手は未知の生命体だ。果たして『死』の概念があるのかどうか？　人類の持つ技術で封印、ないし凍結することができるのか？　不確実な要素があまりにも多い」

未衣《みい》は唾を呑み込んだ。

「もし、この作戦でも倒せなかったら、どうするの？」

「たったひとつだけ、奥の手がある」

というより。

まさにその「奥の手」のために、二人がいるといっても過言ではない。

それを、英二《えいじ》は話した。

「もし、失敗した時は――配信してくれ」

「「……えっ？」」

ぽかんとした表情を浮かべる二人に、英二《えいじ》は繰り返した。

「配信してくれ。俺とRの戦いを、生配信するんだ――」

■13　決戦

海上保安庁第3管区所属・大型巡視船「さがみ」。

千トンを超える船である。

海保が保有する船のなかでももっとも大型の部類に入る。

ヘリコプターも搭載できる数少ない船舶のひとつだ。

だが、今日さがみが乗せることになったのは、ヘリコプターではない。

「我々の任務は、甲板に配置される『魔導機械《まどうきかい》』とレンジャー二名を護衛しつつ、対象Rへ可能な限り接近することだ。Rにはヘリも航空機も危険すぎて使用できない。唯一、海上からの接近が有効であると判断された」

出航前、甲板にて船長が航海士たちに語った任務は以下のようなものだ。

「レンジャー二名がRに対して攻撃を加える。我々が行うのは——その補助だ。自衛隊が出動できない以上、この役目を担うのは我々海上保安官において他になし。大変危険な任務だが、そのことを肝に銘じるように」

今回は命の危険があることなので、船長は任務を志願制にしようとした。だが、結局は全員が志願したため、通常のローテーション通りの人員で任務に臨むことになった。

むろん、彼らには、疑問もあれば不安もある。なぜRがダンジョンから出てきたのか？　この得体の知れない装置は？　地上で本当に魔法が使えるのか？　だが、彼らはそれらをすべて胸に秘め、自らの職務を全うする道を選んだのだ。

そんな勇敢な航海士たちであるが、護衛対象の姿を見て驚きを隠すことはできなかった。

（えっ⁉）

（おい、おい）

（あの子たちが、レンジャー？）

（まだ子供じゃないか！）

初々しいセーラー服の二人が、船長に伴われて甲板に現れた時、航海士たちは目を見開いた。二人が非常に美しく可憐な少女だったことも理由のひとつであるが——なにより、こんな年端もいかない子たちとは思わなかったのだ。中には同じ年頃の子供を持つ航海士もいる。彼らの動揺は並ならぬものがあった。

——司令部は正気か？

全員がそう思った。二人を連れて来た船長も内心そう思っている。その船長に下命《かめい》した海保司令部ですら思っていた。『政府は正気か？』。背筋が寒くなった。こんな子供たちに命運を委ねなければならないほど事態は切迫しているというのか。

もしやこれは、国家滅亡の危機ではないか——。

声のならないざわめきのなか、二人の少女が挨拶をした。

「鳳雛《ほうすう》女学院中等部一年。朝霧未衣《あさぎりみい》。臨時特任レンジャーです」

「同じく、月島氷芽《つきしまひめ》です」

よろしくお願いします！　と二人はお辞儀した。航海士たち全員が見とれるほど、そのお辞儀は見事だった。彼らも日常的に敬礼・儀礼を行う身だからわかる。本心からの敬意、真心がこもっていないと、こんな優雅で流れるような所作にはならない。

だが、彼らが真に心を打たれたのは、お辞儀から顔をあげたときの彼女らの表情だ。

二人はただ真剣だった。覚悟が決まり、腹が据わっていた。思い詰めているのでも張り詰めているのでもない。ただ自然体で、この任務に臨む心構えが整っていた。そう。整っている。まさに彼女たちが見せたお辞儀と同様、心が整っていたのだった。

こんな表情ができる者は、大人でも少ない。

海保でいえば、国境付近の危険な海域に従事する百戦錬磨のつわものだけができる面構えだ。

「みんな。思うところはあるだろうが、平常心を心がけて欲しい。我が国の存亡がかかっている」

「「「「了解！」」」」

少女に感化され、航海士たちの表情にも覚悟がみなぎった。

◆

巡視船「さがみ」が、夏の海原を往く。

ヘリが離着陸できる広い甲板に立ち、月島氷芽《つきしまひめ》は長い黒髪を潮風にあそばせている。

さっきまで晴れ渡っていた空は次第に暗く曇り始め、今にも雨が降り出しそうな気配となっている。空も震えているのだと、氷芽《ひめ》は思う。いま、遥か上空にいる超常の生命体「R」。地上に現れるはずのなかったその大いなる存在に、空でさえ、怯えているのではないだろうか。

同じように空を見上げている朝霧未衣《あさぎりみい》が、亜麻色のポニーテールをなびかせながら言った。

「もうじき、おじさんの魔法が解けるね」

「うん――」

Rの体にまとわりつくように展開されている《雷獄《アユタ》》はすでに効果を失いつつある。Rの巨軀を縛っていた稲妻の鎖はか細くなり、今にも千切れ飛びそう。あと三分、いや二分持つかどうか。あの途方もない力を持つ藍川英二《あいかわえいじ》ですら、Rを捕縛し続けることは不可能なのだ。

二人はセーラー服の上から蛍光色のライフジャケットを身につけ、さらに落水防止のハーネスをつけている。ハーネスから伸びるワイヤーを航海士たちがしっかりと握り、どんな事態が起きても対処できるようにしてくれているが――Rに襲われたら、こんな救命装備は役に立たない。海保が誇る大型船も、あの巨竜の息吹《ブレス》にはひとたまりもないだろう。

未衣《みい》は甲板に備え付けられた鉄の塊を振り返った。

魔導機械《まどうきかい》。

ニチダンの形錬研《けいれんけん》が開発したもので、全長約五メートル。巨大なアンテナのような形状で、作動時はこの巡視船についているレーダー塔のようにぐるぐる回転するらしい。

「ホントにこれがあれば、地上でも魔法やスキルが使えるのかな？」

「そうらしいね。今は信じるしかないよ」

それより、と氷芽《ひめ》は続けた。

「私たちが《螺旋音速剣《スパイラル・ソニック・ブレード》》を成功できるかのほうが不安だよ。結局、第5層で練習した時は一度も成功できなかったし」

「あたしはそこ、心配してないんだ」

氷芽《ひめ》の顔を未衣《みい》は覗き込んだ。

「あたしとひめのんなら、絶対できるもん。おじさんだって『できる』って言ってくれたじゃん？」

「そうだけどさ……。未衣《みい》、その自信はどこから来るの？」

「それはもちろん、このきゅーとな笑顔から～♪」

にこーっ、と未衣《みい》は笑ってみせる。暗雲に覆い隠されてしまった太陽が、また顔を出したように、氷芽《ひめ》には感じられた。

「もう、適当だね」

つられて、氷芽《ひめ》も笑顔になる。

「しかたない。未衣《みい》の口車に乗ってあげますか」

「あ、それよりさ、やっぱりダンジョン部のユニフォーム欲しくない？」

「何いきなり。今その話する？」

「だって、さっきから潮風でべとべとして、飛沫《しぶき》もかかるしさっ。制服めっちゃ傷みそうじゃない？」

「それ、私も思ってた。やばいよね。ママに絶対怒られる」

「髪もこれゼッタイやばいって。……あー！　日焼け止め、塗るの忘れてた！」

「私は乗船前に塗り直しておいたけど」

「なにそれずっる！　言ってよひめのん！」

「だってそれどころじゃなかったでしょ」

「でも自分は塗ってるじゃーん！」

二人のやり取りを見やりながら、航海士たちがぽかんと口を開けている。

生きるか死ぬかの戦いに臨むというのに、悲壮さはまるで感じられない。

まるで女子校の日常風景のような、そんなやり取りだった。

だが、その時――。

『作戦開始、二十秒前』

インカムに届いた声に、二人の表情は一気に引き締まった。

「こちら朝霧未衣《あさぎりみい》。準備おっけーです」

「こちら月島氷芽《つきしまひめ》。問題ありません」

カウントダウンが開始される。

『十九、十八、十七、十六、十五』

木洩れ日のナイフを逆手に持ち、腰を軽く落とす未衣《みい》。

『十四、十三、十二、十一、十』

黄昏の杖を横向きに水平に構え、深呼吸する氷芽《ひめ》。

『九、八』

――ねえ、未衣《みい》。

『七、六』

――なに、ひめのん。

『五、四』

――私、鳳雛《ほうすう》に来てよかった。未衣《みい》に会えて良かった。

『三、二、一』

――あたしも。

『ゼロ！　作戦開始‼』

《雷獄《アユタ》》の効果が切れた。
稲妻の鎖が、真っ青な空の下で千切れ飛ぶ。
竜の咆哮が、海原に轟いた。

《ウォォォォォォォォォォォォォォォォォォォォォォォォォォォォォォォォォォォ！！！！》

それを耳にした瞬間、航海士たちの半数以上が動揺状態《シェイクン》に陥った。モンスターがもたらす状態異常《バッドステータス》のひとつであり、全身が金縛りにあったように動けなくなり、最悪の場合は気絶する。

彼らは海において恐れ知らずの屈強な男たちであるが、ダンジョンにおいては素人だった。びくんと全身を痙攣させて、そのまま受け身も取れずに甲板に倒れ込んだ。それでもなお、立ち上がろうとする者もいたが、まるで身体に力が入らなかった。動揺状態《シェイクン》とはそういうものだ。未衣《みい》と氷芽《ひめ》を守るためのロープをすら、摑んでおくことができなかった。

そう。

二人の命綱を、彼らは、離してしまったのである——。

◆

紅の竜が、空を舞う。

巨大な顎を開けて、獰猛な牙を剝き出しにして、再び陸へと飛翔を始める。東京都心の方角だ。一千万にも及ぶ人々が暮らす大都会。未だに避難指示すら出ていない。パニックを恐れて出せなかったのだ。

「さがみ」操舵室《そうだ》の船長が、動ける者たちへ命令を下した。

「目標R！　撃ち方はじめッッ！」

「了解。うちーかたーはじめー!!」

船体後方に装備された35㎜機関砲が空に向かって火を噴いた。ダダダダッという爆裂音とともに、Rめがけて白い放物線が描かれる。

「どうだ!?」

「全弾命中。しかし効果は認められず」

Rは悠々と飛び続けている。

生物共通の弱点・頭部を狙ったというのに、まったく怯む様子もない。本当なら魔核《コア》を狙うべきところなのだが、あの巨体のどこにあるかわからない。解析結果が出るまで待っていたら、日本は焼け野原になるだろう。

だが射撃が効かないのは織り込みずみだ。あくまで挑発である。「さがみ」にRの注意を引きつけるための誘い水にすぎない。

Rは誘いに乗ってくれた。

長い首の向きを変えて、紅蓮の瞳に海上を往く「さがみ」の船体を捉えたのである。

◆

Rがぐんぐん高度を下げる。

そのとき、甲板に立ってるのは二人だけだった。二人の少女だけだった。大人たちがみんな行動不能に陥っているとき、少女二人は空を見上げて、迫り来るRを恐れもせず睨みつけていた。

「君たち、下がれッッ!!」

そう叫んだのは、ようやく動揺状態《シェイクン》から覚醒したベテラン航海士だった。まだ足に力が入らない。甲板に倒れたまま、上半身だけを起こして声を振り絞って叫んだ。

「下がるんだ！　もういいッッ！」

彼はさっきまで少女の命綱を握っていた一人だ。三人体制でハーネスから伸びたワイヤーを握り、絶対に少女らを海に落とさないことが仕事だった。だが、今、ワイヤーは手を離れて甲板に転がっている。拾いに行くことさえできない。だから、せめて声を振り絞った。

「逃げろ！　逃げてくれ！」

亜麻色のポニーテールが振り返った。

彼女は微笑んでいた。

「あの、ごめんなさい」

そう言いながら、ハーネスの金具をみずからはずして甲板に落とした。

「実はこれがあると動きづらいなって。さっきから取りたくてしかたなかったんです。だからぜんぜん、気にしないでください。落ちた時はその時ってことで」

同じく金具をはずして、黒髪の少女が言った。

「私たち、覚悟はできてますから」

航海士は声を失った。言うべき言葉が出てこなかった。彼女たちを子供扱いする意識は消え失《き》せ《う》ていた。代わりに畏敬の念が湧いていた。ただその気高い背中を見つめた。背中でなびく亜麻色の髪と黒髪を見つめた。それはまるで、誇らしげに振られる旗のようにも見えた。

これが。

これが、レンジャー。

ダンジョンへ挑む者。

未知へと挑む者の姿！

◆

『伊邪那岐《イザナギ》、起動』

甲板で魔導機械《まどうきかい》が作動を開始する。アンテナ状のエーテル生成装置がゆるやかに回転する。ブゥゥンという虫の羽音のような通電音がして、アンテナの中央部に青白い電離現象が発生する。局所的に生み出されたエーテルの輝きが未衣《みい》と氷芽《ひめ》がいる周囲三立方メートル程度の空間を包み込む。

その瞬間、氷芽《ひめ》は直感した。

（――魔法が、使える！）

エーテルが周囲に満ちるのを感じる。
ダンジョンにいる時と同じ感覚。
これなら、使える。今なら、地上で魔法が使えると確信した。

『詠唱開始！』
「了解。詠唱開始」

氷芽《ひめ》は黄昏の杖を構えて詠唱を始めた。

『凪よ』
『遥か大空をわたる旅人よ』
『我が求めに応え　我に力を貸し与えたまえ』
『その歩みを止め　燃えさかる熱きものに　冷然たる一撃を――』

氷系レベル４に存在する吹雪魔法である。
それは魔法の詠唱というより、まるで「歌」のようだった。

美しく澄んだ歌声だ。
まるで教会で聴く賛美歌のようだった。
「歌ってみた」動画をあげれば軽く十万以上再生される「鳳雛《ほうすう》の歌姫」、その面目躍如だった。

（ねえ、パパ）

氷芽《ひめ》は、心の中で呼びかけた。

（パパ。どこかで聴いてる？　わたしのおうた）
（こんなに、上手く歌えるようになったんだよ）
（届いて――）

歌い終えるとともに、周囲の気温がぐっと下がった。
氷芽《ひめ》のからだを中心として、冷たい風が巻き起こる。

『響け――《凍姫絶唱《シンフォニック・ラダルト》》!!』

吹雪魔法が完成した。

いま、氷芽《ひめ》が使用することができる最大の魔法である。

親友が魔法を完成させるのとまったく同じタイミングで、未衣《みい》も詠唱する。


『剣よ、風となれッッ！』


《身体強化《ブースト》》が発現すると同時に、木洩れ日のナイフを横薙ぎに振るった。

重要なのは手首のスナップ。

英二《えいじ》がやっていたのを思い出しながら、それをそっくり、身体になぞらせる。

「**《ソニック！　ブレェェェェェドッッッ》!!**」

技の名前を、未衣《みい》は叫んだ。

魔法と違って技の名前を叫ぶ必要はないのだが――未衣《みい》は、叫べば威力があがると信じている。

「言葉には、魂があるんです」それは、彼女の伯母がよく言っていた言葉だった。

手首の回転によって生み出された衝撃波に、火の精霊の力を乗せる。

（サラちゃん、あたしに力を貸して!!）

彼女の体に宿る火の精霊が、活性化する。

体温がぐっとあがるのを感じる。

亜麻色のポニーテールがまるで燃え上がる炎のように浮き上がる。

風が渦を巻き始める。

氷芽《ひめ》の魔法が作り出した凍気。

未衣《みい》の剣が作り出した炎気。

その二つが作り出すのは——巨大な竜巻。

「いっけえええええええええええええええ!!」

未衣《みい》が叫んだ。

「私たちの、合体技!!」

氷芽《ひめ》の叫びも加わる。恥ずかしいと言っていたのに、叫んでいた。それはもう無意識だった。ただ想いを重ねた結果だった。

竜巻が生まれる!

「友情《ツイン》!」

「螺旋《スパイラル》!」

「「ソニックブレェェェェェェェェェェェェェーーーーーーーーーーーーーードッッ!!」」

炎と氷が、渦を巻く。

巨大な竜巻となってうねり、周囲の海水すらも巻き上げて、Rへと迫っていく。

『オオオオオオオオオオオオオオオオオオオオオオンンンンン!!』

Rは再び咆哮し、その巨大な両翼を羽ばたかせた。
ちっぽけな人間などたちどころに吹き飛ばす羽ばたきだ。まして、人間のなかでももっともか弱い小娘など、たちまちのうちに消し飛ばしてしまうに違いない——藍川英二《あいかわえいじ》の考案したこの作戦が官邸に伝えられた際、多くの有識者が指摘したところである。
だが、現実はそうはならなかった。
炎と氷の渦は、Rの羽ばたきが生み出した風を押しのけて、その巨体すらも吹き飛ばしてしまったのである。

『グウウウウウウウウウウウウウウウウウウウウウウッッッッ!??!?』

それは、人類が初めて耳にするRの「驚愕《きょうがく》」の声であった。二十五年前に撃退された時ですら、こんな声は出さなかった。当時の英雄たちが多数証言している。「自分たちは、Rを倒してはいない」「角を折られてもなお、あの竜は不敵に笑い、悠然と去って行った」と。

その絶大なる竜を、二人の少女は怯ませることに成功したのだ。

だが――。

「ダメですっ!! 目標にダメージ認められませんっ!」

悲痛な叫びにも似た報告が、船長のもとにもたらされた。

「R、再び降下開始! 本船の直上に迫っています!」

「総員、対ショック姿勢!」

決死の覚悟で、船長は命令する。

「甲板にいる者は、少女たちの保護を! 小さな英雄を死なせるな! 大人の意地を見せるんだ!」

だが、甲板にはすでに動ける者は残っていなかった。

あまりにも、あまりにもすさまじい技の威力は、甲板にいた航海士たちをも吹き飛ばして海に落としてしまったのだ。

そして、未衣《みい》と氷芽《ひめ》すらも――。

「ごめん。もう動けないや」

がっくりと膝をついて、未衣《みい》は甲板に崩れ落ちた。

「私も、だめ……かな」

弱々しい声で、すでに仰向けに倒れている氷芽《ひめ》が答える。

「でも、成功できて、よかったよね」

「うん。悔いはない」

二人はどちらからともなく、手を伸ばす。

その指先が触れ合う。

ありったけの力をこめて強く握り合った。

Rの禍々しい顔が、いま、すぐ頭上まで迫っている。

二人の目が、静かに閉じられようとした、その時である。


『藍川英二《あいかわえいじ》の名を賭して命ずる。来たれ――《全能神《ゼウス》》』


鼓膜をつんざくような雷が、Rの巨軀めがけて落ちた。

それはギリシャ神話に謳われる主神・ゼウスが用いる雷霆《ケラウノス》そのものだった。


『　ウオオオオオオオオオオオオオオオオオオオオオオオオオオオオッッッ！？！？！？　』

一瞬にして真っ赤な鱗が黒焦げになり、Rは大きくのけぞった。翼は羽ばたきを失い、きりもみしながら高度を落としていく。

「Rがたった一撃でダメージを受けただとっ!?」

操舵室の船長は呆然として、眼前に繰り広げられる信じられない光景に見入った。

レーダー担当官が報告する。

「三時の方向より、飛翔体接近！　全長約十五……十八メートル！」

「飛翔体とはなんだ、もっと詳しく報告せよ！」

担当官は食い入るように計器を見つめ、やや迷った後、その報告を口にした。

「きょ、巨大な、魔導装甲《まどうそうこう》です」

「魔導装甲《まどうそうこう》!?」

「魔導装甲《まどうそうこう》と思われる、巨大人型兵器！　Rとの戦闘に入る模様！」

◆

Rに接近するその巨大人型兵器を見上げながら、氷芽《ひめ》は言った。

「あの大きな鎧を、藍川《あいかわ》さんが操ってるっていうの……？」

寝転がったまま、未衣《みい》が答える。

「さっすがおじさん、ついに巨大ロボットに乗っちゃうなんて」

「や、でもあれは着てるんでしょ？　正確にいえば鎧なんじゃないの？」

「まぁまぁ、細かいことはよくない？」

未衣《みい》は笑う。

「あたしたちのおじさんが最高だってことには、変わらないんだからさ――」

◆

巨大魔導装甲《まどうそうこう》の中で――。

藍川英二《あいかわえいじ》は、静かなまなざしをRに向けていた。

「悪かったな。こんなところまで連れて来て」

独り言をつぶやくように呼びかける。

「さあ、そろそろケリをつけようか。R」

■14　祈り

ニチダンインダストリー・1F《イチエフ》工場謹製。
第Ⅱ世代型魔導装甲《まどうそうこう》。
型式番号JDMA-M9《エムナイン》。
魔導機械《まどうきかい》「伊邪那美《イザナミ》」搭載。
コードネーム『桜舞弐式《おうぶにしき》』。

付与魔法や詠唱省略のための術式を組み込んだダンジョン探索用パワードスーツ「魔導装甲《まどうそうこう》」を進化させたのが第Ⅱ世代型である。魔導機械《まどうきかい》を搭載し、地上でも魔法が使用できるのが最大の特徴だ。各国で開発が進められているが、いまだ成功した例はない。

この純日本製の機械である「桜舞弐式《おうぶにしき》」が、世界初ということになる。

見た目的にはまさにアニメに出てくるような「巨大ロボット」だが、開発当初、ここまで巨大化する予定はなかった。あくまで「鎧」なのだから、せいぜい三〜四メートルのサイズを想定していたのである。だが思ったような効果が表れず、搭載する魔導機械《まどうきかい》をさらにさらに強力にしていく過程で、最後は全高十八メートルという馬鹿げた大きさになってしまった。

しかし、このサイズでないと、魔導機械《まどうきかい》で発生させたエーテル・フィールドを維持できない。

この「桜舞《おうぶ》」のルックスをひとことでいえば「黒鉄《くろがね》の鎧武者」である。

巨大な鉄塊に無骨な鎧を纏《まと》わせたかのようなそのシルエットは、確かに、アニメの巨大ロボットのようにも見える。男の子が憧れる要素がすべて詰まっていると言ってもいいだろう。

だが、現実はそんなに格好の良いものではなく――。

「……うん」

大空を舞う「桜舞《おうぶ》」のコクピットの中で、藍川英二《あいかわえいじ》は渋い顔をしていた。

「この機械、使えないぞ。比呂《ひろ》」

コクピットといっても、操縦桿《かん》のようなものは何もない。英二《えいじ》の頭も体も手足もすべて機械に覆われている。まさに機械の鎧を着込んでいる感覚に近い。装着者の動きがそのまま機体に反映されて動くという仕組みだ。外の様子はすべて脳波に変換されて操縦者の脳に転送されるため、外にいるのと変わらない感覚で物を視《み》ることができる。

この技術は確かにすごいのだが――。

(召喚魔法一発で、魔核《コア》ひとつおシャカになるとはな)

(燃費が悪すぎる)

先ほどRに対して放った召喚魔法で、装塡されていた魔核《コア》が粉々に砕けて薬莢《やっきょう》として排出された。

ニチダン技術者の話では魔核《コア》ひとつにつきレベル7の魔法が三発は使えるという話であったが、実際は一発しか持たなかったわけだ。

（いきなり全能神召喚《ゼウス》は、やり過ぎだったか？）

しかし、Rのスペックが不明な以上、こちらもフルスロットルで挑む必要があった。出し惜しみして敗北するような愚を真のレンジャーは犯さない。

比呂《ひろ》が用意してくれたグレーターデーモンの魔核《コア》は七つ。

ひとつは「さがみ」に積み込んだ魔導機械《まどうきかい》・イザナギに使用している。未衣《みい》と氷芽《ひめ》が時間を稼いでくれなければ、「桜舞《おうぶ》」起動の準備はできなかった。

あと六つはすべて「桜舞《おうぶ》」に装填されているが、そのうち二つは機体の動力源として使用しなくてはならない。

つまり、戦闘に使用できる魔核《コア》は四つ。

今、そのうちのひとつを早くも消費してしまったわけで——。


『グオオオオオオオオオオオオオオオオオオオオオッッッ　』


Rが苦しげにその巨軀を揺すると、雷霆《ケラウノス》によって黒焦げになったはずの鱗が次々に剝がれ落ちた。

その下から、真新しい鱗が顔を覗かせる。

暗赤色の両眼が、空を飛ぶ「桜舞《おうぶ》」をギラリと睨みつける。

「たいして効いちゃいない、か」

あのダンジョンマスターでさえこれを喰らった時はビビッてくれたんだがな——。

やはり二十五年前よりもRは強くなっている。他のモンスターが弱体化するなか、Rは例外ということか。思い当たる節はある。月島雪也《つきしまゆきや》氏を殺害した敵性魔族も、当時と変わらない、あるいはそれ以上の力を発揮したという報告があった。古竜種も魔族も、ダンジョンマスターとは別系統の存在だ。マスターの消失から二十年を経て、今、何かが動き出そうとしている。

「ともあれ、やるしかないか」

未衣《みい》と氷芽《ひめ》があれだけのことをやってのけたのだ。二人がかりとはいえ、女子中学生が剣聖技《けんせいわざ》を成功させた。鳳雛《ほうすう》女学院のダンジョン部がめでたく発足したなら、きっと日本じゅうから注目を集めるだろう。

大人も根性見せなくてどうする——と、珍しく英二《えいじ》はやる気になっている。

どうやら正真正銘の「奥の手」を使うことになりそうだった。

◆

総理官邸地下一階・危機管理センター。

緊急対策本部となったこの場所に詰めかけた有識者たちは「桜舞《おうぶ》」起動成功の快挙に沸き立っていた。なにしろ実験でもほとんど動かなかったシロモノだ。「超一流のマジック・ユーザーが乗れば動く」などと技術部門は言い続け、経営陣に白い目で見られていたのだが、今日、ついにその念願が叶ったわけだ。

技術者たちとともに、派手に喜んでいたのは黒岩《くろいわ》長官である。

「あんなすごいものを作っていたなんて、やるじゃないか比呂《ひろ》君!! ついに、ついに地上で魔法を行使する人類の悲願が達成されたのだ!! 米国でも中国でもなく、我が国が！」

『そ、そうっすね。いやー快挙だなー。発表したらうちの株価また上がっちゃうなー』

横浜港の埠頭にて本部と通話している比呂《ひろ》だが、内心彼は焦っている。

黒岩《くろいわ》はすっかりRに勝利した気でいるようだが、問題はこれからなのだ。

(やーばい。やーばいっしょこれ)

(雷霆《ケラウノス》でもノーダメってことになると、もっと強い魔法を使わなきゃいけないわけだが)

(どう考えても、魔核《コア》、足りなくね？)

英二《えいじ》の真の実力なら、きっとRをも凌駕する。

そう信じている比呂《ひろ》ではあるが、その英二《えいじ》の力に魔核《コア》が耐えられるかどうかは別の話である。

「どうした比呂《ひろ》くん。顔色が優れないようだが」

『いや、ちょっと魔核《コア》がもつかどうか心配で』

「燃費の問題かね。それなら、飛翔をやめたらどうだ？　横浜港付近の避難は完了している。英二《えいじ》くんに地上に降りて戦うよう伝えるといい」

『それが、あの機械、陸での運用は想定してなくて』

「……は？」

『地面に二本脚で立ったら自重で壊れる可能性があると、うちの形錬研《けいれんけん》が』

長官はぽかんと口を開けた。

「じゃ、じゃあなんで脚なんてついてるんだね!?　人型にする意味がないじゃないか！」

『それが「脚は飾りで必要なんです！」「えらい人にはそれがわからないんですよ！」なんて、舞衣《まい》が』

魔術的な問題で人型にしなくてはナリマセンだのなんだのと、舞衣《まい》は当時言っていた。だが、比呂《ひろ》も英二《えいじ》も未だに疑っている。お嬢様なのにロボットアニメ大好きだった舞衣《まい》が、自分の趣味で「桜舞《おうぶ》」を設計したのではないかと。

長官は憤懣《ふんまん》やるかたない様子で、

「だめだ！　だめだよそんなんじゃ！　株価下がるよ君んとこ！」

と、うるさいので、比呂《ひろ》は通話を切った。

埠頭から空を見上げて、大きく旋回してRと距離を取る「桜舞《おうぶ》」を見つめる。

「二十年ぶりの『奥の手』に期待するぞ。英二《えいじ》」

いよいよ横浜上空は暗雲がたちこめ、陽射しを覆い隠してしまった。

雨が降り出しそうな気配である。

◆

《全能神《ゼウス》》がもたらした衝撃から立ち直ったRは、その巨大な顎を開いた。

「いよいよ来るか」

英二《えいじ》は「桜舞《おうぶ》」を急速上昇させる。海上の「さがみ」から距離を取りつつ、自機も回避行動に入る――だが、間に合わない。「桜舞《おうぶ》」の機体が英二《えいじ》の素早い行動についてこれない。そしてRの動きは予想以上に俊敏で、喉の奥から灼熱のマグマが奔流となって解き放たれた。

灼熱息吹《メテオ・ブレス》!!

『藍川英二《あいかわえいじ》の名を賭して命ずる。遮《さえぎ》れ《戦女神《アテナ》》』

光り輝く巨大な「女神の盾《アイギス》」を召喚して、吹き荒れる炎を遮断した。八王子《はちおうじ》の街をたった一息で焼き尽くしたR必殺のブレスでさえ、この盾の前には無効化される。あらゆる敵の害意を弾く、まさに神威《カムイ》である。

しかし、その代償は支払わねばならなかった。

またもや魔核《コア》の薬莢が排出されて、海へと落ちていったのである。

(これで残弾は二つか)

Rのほうは、まったく消耗した様子もない。やつにしてみれば息をひとつ吐いてみせたにすぎない。どう考えても分の悪い勝負だった。

長引かせず、一気にケリをつけねばならない。

圧倒的な「力」で。

英二《えいじ》は「桜舞《おうぶ》」を操って息吹《ブレス》が生み出した乱気流に耐えながら、船上にいる未衣《みい》と氷芽《ひめ》に向けて合図を送った。


「来たよ未衣《みい》！　藍川《あいかわ》さんからの合図！」

「わかってる！」

さがみの甲板にいる未衣《みい》が取り出したのはスマホである。

撮影モードに切り換えて、配信アプリを起ち上げる。

生放送を開始する。

◆

「はろろーん！　みんな元気ーっ？　鳳雛《ほうすう》だんじょん♥ちゃんねるのみぃちゃんだよーっ！」

ややタイムラグがあって、怒濤のようにコメントが流れ出した。


『未衣《みい》ちゃん!?』

『わわわ　ひさしぶりに通知きましたわわ!!』

『心配してたんですのよ！』

『こんみぃちゃーん！』

『夏休み　ヒマで〜ヒマで〜　しかたなかったですの！』

『もう　配信がないと　生きられないカラダにっ』


しばらく配信がなかったので、みんな飢えていたようだ。


『いま　避難所からです　配信　助かりますわ！』

『おうちは燃えましたけど　配信は見ますわよ！』

『手動でえいえい充電器まわしながら　視聴いたしますの！』


被災したお嬢様も多いようだが、意気消沈はしてない。どんなピンチの時も絶対あきらめない。さすが可憐な乙女の鳳雛《ほうすう》生である。


『氷芽《ひめ》さんは？　氷芽《ひめ》さんは退院されましたのっ？』

『そうです！　氷芽《ひめ》さんはいずこ!?』


「ほらひめのん、心配されてるよ。何かひとことっ」

「ちょっ、いきなりカメラ向けないで」

前髪をあわてて整えた後、氷芽《ひめ》はカメラに視線を向けた。

「あ、その、月島氷芽《つきしまひめ》です。さっき退院してきました。もう大丈夫だから。……みんな、心配かけてごめんなさい」

たどたどしく謝罪すると、

『よかった！　元気そうですの！』

『すっごく　すっごく　心配してたんですのよ！』

『あぁいけません　ワタクシ　涙が』


と、祝福の嵐が吹き荒れた。スパチャをつけていたら、きっとすごい額になっていたことだろう。

「そうだ未衣《みい》。スマホ、そこの機械につながないと」

「あっちゃ、そうだった！」

未衣《みい》は白いケーブルの先端をスマホに刺して、もう一方の先端を例の魔導機械《まどうきかい》につなげた。


『なんか海が見えますけど　そこ、どこですの？』

『まさかお船のうえ？』

『クルージング中ですの？』


「あたしたちは今、海上保安庁の船の上にいます」

「そう。横浜港から東京湾」

『**横浜港⁉**』

『**まさかドラゴンさんが飛んでいった場所にいるんですの？**』

『**そんな　危ないですわよ！**』

「今、海の上で、藍川《あいかわ》さんがドラゴンと戦ってるんだよ」

「みんな見て！　あのロボットに、おじさんが乗ってるの！」

未衣《みい》はスマホのカメラを上空に向けて、Ｒと戦う「桜舞《おうぶ》」の勇姿を映した。

『**ロロロロロロロロロボット⁉　本物ですの⁉**』

『**うっっそお⁉　ですの‼**』

『**アニメみたいですわ！**』

と、興奮するお嬢様もいれば、

『**おじさまのお顔が見えないじゃありませんの！**』

『**くすん　おひげが　見えませんわ　くすん　くすん**』

『なんかワイプとか出せませんの？』

『そうですわー　ワイプ希望！　ワイプ希望！』

『せめて　せめて　お声をぷりーず！　ですわ！』


と、英二《えいじ》を見られないことに不満をもらすお嬢様も大勢いた。

みんな、すっかり「おじさま」のことが大好きになっている。

そんな彼女たちに向かって、未衣《みい》は言う。

「みんな！　その調子だよ！」


『えっ？』

『へ？』

『んん？』

『なにが　ですの？』


「その調子で、ありったけのパワーをこめて、おじさんを応援してあげて！」

そう——。
まさにこれが「奥の手」だ。

生配信で集めた「乙女の祈り」。

人々の思念。想念。

それを魔導機械《まどうきかい》を通じて英二《えいじ》に送り、魔核《コア》の代わりにエーテルの発生源にしようというのである。

◇

――英《えい》くん。ねえ、英《えい》くん。


思い出のなかで、彼女は呼びかけてくる。

それは、なんでもない日常の風景だった。

ダンジョン探索のない日。

のどかな昼休み、高校の教室。

比呂《ひろ》はたくさんの女子に囲まれて、ダンジョンでの武勇伝を面白おかしく語って聞かせていて。

英二《えいじ》はのんびり、自分の机で居眠りをしている。


「英《えい》くん。起きてくださーい」

ぷにっと頬を突かれて顔をあげると、そこにはにこにこと微笑む舞衣《まい》の姿がある。学校では黒縁

眼鏡をかけて、長い亜麻色の髪をみつあみのおさげにしている。優しげなふくらみを示す胸には、分厚い本を大事そうに抱えている。

いかにも「文学少女」という風情——。

ダンジョンさえ出現しなければ、彼女は見た目通りの人生を平穏に送ったことだろう。

「舞衣《まい》。また新しい本を読んでるのか？」

「えへへ。わかりますか？」

わかる、と英二《えいじ》は思う。

彼女がこんな嬉しそうにするのは、面白い本を見つけた時だけだから。

「『大英帝国図書館』から秘蔵の魔法書《グリモワール》を借りられたんです。魔法と祈りの関係について、詳しい理論が載ってるんですよ」

英二《えいじ》の前の席に腰掛けて、舞衣《まい》は本を広げて身を乗り出す。みつあみから、甘やかなシャンプーの匂いがふわりと香った。

「この本によれば、魔法と祈りは本質的に同じものらしいんです」

「祈るだけで、モンスターが倒せれば苦労はないと思うけど」

「『祈り』っていう大きな括《くく》りのなかに『魔法』も含まれるって言ったほうがわかりやすいでしょうか。たとえば神聖魔法《治癒《ヒール》》レベル1の詠唱は『光よ、彼を癒《いや》し給《たま》え』。——ほら、祈ってるでしょう？」

「なるほどね。祈ることから奇跡は始まるって話か」

舞衣《まい》の頬に可愛らしいえくぼができた。

「英《えい》くんにしては、ロマンチックな表現ですね」

「別にそういうつもりじゃないけど」

「古典魔術において『祈り』で最上のものとされるのは『純潔の乙女が捧げる祈り』なんですって。乙女の祈りを束ねれば、奇跡さえ起こせるだろうって」

「そういや『乙女の祈り』っていう曲があったっけ」

「はい。バダジェフスカ」

「新幹線のドアの曲な」

「そう言われると、ロマンがどこかにいっちゃいますけど……」

くすっと笑うと、それから舞衣《まい》はふいに真面目な顔つきになった。

「英《えい》くん」

「なに」

「もう、あんな無茶はやめてくださいね」

思わず、舞衣《まい》の顔を見返した。

「なに、いきなり」

「だってあんな、手負いのミノタウロスの斧に飛び込むなんて」

「詠唱中の舞衣《まい》を守るのは俺の役目だから。それに、ケガしたって舞衣《まい》がすぐに治してくれるだろ」

「…………」

舞衣《まい》は無言で英二《えいじ》の目をじっと見つめた。その丸い目にはうっすらと涙がたまっている。

（——あっ）

その時になって、ようやく、英二《えいじ》は本のタイトルに気づいた。ページ上部に印字されている。

「治癒魔法と祈り」。おそらく舞衣《まい》は、英二《えいじ》のためにこの本を借りてきてくれたのだ。

「その、……ごめん舞衣《まい》」

舞衣《まい》は笑って、ふるふる首を振った。

「わたしも、いちおう乙女のはしくれですから。英《えい》くんのために祈ります」

「……うん」

頬が熱くなるのを英二《えいじ》は感じた。

目をあげられない。

まともに舞衣《まい》の顔を見られそうになかった。

その時、大きな腕に後ろからがばっと抱きつかれた。

「二人とも！　何イチャイチャ見せつけてんだよ俺だけ仲間はずれで！」

比呂《ひろ》だった。

ギリギリとヘッドロックで英二《えいじ》の頭を締め上げる。

「イチャイチャしてない。お前こそ他の女子とずっとイチャついてただろ」

「あーあーあー悲しいなあ！　三人パーティーで俺だけ蚊帳の外でさあ！　生死を共にする仲間だっていうのに学校ではこの有様だよオーイオイ！」

盛大な嘘泣《うそな》きをかます比呂《ひろ》に、舞衣《まい》は笑って首を傾げた。

「じゃあ、比呂《ひろ》くんも一緒に魔法のお勉強しますか？」

「んっ？　勉強？　……それじゃ、そういうことで」

さっと逃げようとした比呂《ひろ》のシャツを、英二《えいじ》は摑んだ。

「はっ、離せ英二《えいじ》！　離すんだッ」

「三人パーティーだろ？　生死を共にする仲間だろ？」

「離せエエエエエエエエエエエエ」

比呂《ひろ》の悲鳴が響き渡り、成り行きを見守っていた他のクラスメイトたちが大声で笑った。


それは、遠い昔の話。

少年の日の話。


まだ、深い悲しみを知る前の話。

◆

（祈ることから奇跡は始まる）

（乙女の祈りを束ねれば、奇跡さえ起こせる——）

英二《えいじ》は口元に笑みを浮かべた。

そんな甘いこと、自分は当時から信じていなかった。祈りでモンスターが倒せれば苦労はない。

そんな風に思っていた。だが、二十年の時を経て思う。本当かもしれない。あの、5層での未衣《みい》と氷芽《ひめ》の特訓。あのとき、お嬢様方のチャット欄の励ましが届いて、二人は力を取り戻した。画面を見ている暇なんてなかったにもかかわらず、声援が届いたのだ。

もしあれが、奇跡なのだとしたら？

舞衣《まい》の言う「祈り」がネットの海を渡り、エーテルに反応して、未知なるエネルギーを生み出したのだとしたら？

(信じてみるよ。舞衣《まい》。お前の言葉を)

「桜舞《おうぶ》」を操り、襲いかかるRの爪を回避しながら、精神集中を開始する。

「さがみ」の甲板に設置された魔導機械《まどうきかい》が「乙女の祈り」を集めて、桜舞《おうぶ》に送ってくれている。まだ微弱な波動でしかないが、その力は確かに「桜舞《おうぶ》」を通して伝わってくる。

しかし――。

「っ！」

灼熱息吹《メテオ・ブレス》が再びRから放たれた。全力で回避する「桜舞《おうぶ》」だが、今度は間に合わなかった。脚部に被弾し、両脚が焼け落ちる。胴体まで延焼が及ぶ前に脚部をパージして、上半身だけの姿になった。

「出力が落ちた？」

計器に表示されている魔導係数《まどうけいすう》がガクンと下がった。エーテル・フィールドを維持できる数値ギリギリである。脚をやられただけなのに、どうやら「人型が大事」という舞衣《まい》の理論は本当だったらしい。「藁《わら》人形だって、人間に似せた形を作るでしょう？　それと同じ理屈ですっ」。当時はめちゃくちゃだと思ったものだが、二十年越しに答え合わせをされてしまった。

厄介なことは、もうひとつある。

かなり距離を取ってはいるが、Rとの戦闘空域周辺に報道ヘリの姿が何機か見える。おそらく望遠でこちらの映像を狙っているのだろう。Rの翼の風圧でまともに撮ることはできないだろうが、こちらの回避運動には制約ができてしまう。下手に息吹《ブレス》をかわせば、彼らに命中させてしまう恐れがあるからだ。

「もう、長くは持たないな」

英二《えいじ》はひたすら飛び回り、時間を稼ぐ。

◆

危機管理センターに、「桜舞《おうぶ》」の状況をモニタリングしている技術員たちの悲痛な叫びが響いた。

「脚部に被弾！　損壊率30パーセントを越えました！」

「腰部スラスター出力低下。各基部ＭＰの半数が消失。このままでは飛翔状態を維持できません、墜落します！」

先ほど起動成功の喜びに沸いたばかりだというのに、もう地獄へと叩き落とされている。

「『無刀の英雄』でも、Rには通用しないのか!?」

ぎりぎりと歯噛《はが》みする黒岩《くろいわ》長官だが、埠頭にいる比呂《ひろ》は別の見解を持っている。

(一番のネックは、年齢だ)

英二《えいじ》も比呂《ひろ》も、すでに三十七歳。あと数ヶ月で三十八歳。

そろそろ四十に手が届こうかという歳になっている。

英二《えいじ》の力自体はまだまだ衰えてはいない。むしろ技術と戦闘力は年を経るごとに冴《さ》え渡《わた》り、総合的な実力なら「今が全盛期」といってもいいかもしれない。

だが、回避行動に必要な瞬発力と動体視力だけをみれば、やはり十代の頃のままというわけにはいかないのだ。

(現役時代の英二《えいじ》なら、あんな攻撃に当たるはずはないんだ)

桜舞《おうぶ》がその動きについて来られるかどうかはともかくとして、比呂《ひろ》はそう信じている。

「なあ、舞衣《まい》よ」

いつの間にか、比呂《ひろ》は祈るようにつぶやいていた。

「英二《えいじ》に力を貸してやってくれ！　頼む！」

◆

「さがみ」の甲板で。

未衣《みい》と氷芽《ひめ》。

両手を胸の前で組んで、遥か上空の英二《えいじ》に祈りを捧げている。

あどけない瞳をきらきらと輝かせながら、じっと見つめている。


「おじさん。あたし信じてる」

「おじさんならこの世界のどんな相手にも負けないって」

「あたしのおじさんは世界一だって、信じてる！」

「おじさん。だーーーーーーーーーーーーーーいすきっ！」


「藍川《あいかわ》さん。これで終わりだなんて言わないよね？」

「まだ教えて欲しいこと、たくさんあるんだ」

「もっと鍛えてくれるよね？　もっと強くしてくれるよね？」

「またダンジョン連れて行ってくれるって、信じてるから！」

◆

八王子市内の避難所でも。

「主任……？」

ふいに気配を感じて、椎原彩那《しいはらあやな》はカレーをよそう手を止めて空を振り仰いだ。

避難所に指定された小学校のグラウンドで、彩那《あやな》は炊き出しを手伝っている。

「お姉ちゃん、どうしたの？」

不思議そうに尋ねた避難民の子供に、彩那《あやな》は微笑みかけた。

「お姉ちゃんの上司——尊敬する人の声が聞こえた気がしたの」

「そのひと、いまどこにいるの？」

「それは、わからないけれど……」

彩那《あやな》には確信がある。

彼はきっと、今このときも戦っているはずだと。

（私、また主任と一緒にダンジョンで仕事がしたいです）

（負けないでください！）

◆

とある地方都市。

手芸サークルの活動のために開放されている市役所の一室でも。

「ダンジョン、ひどいことになっちゃったわねえ」

「地上の街まで燃えてるわあ」

「この前行ったばかりなのにねえ……」

テレビを見ながら、五人の女性たちは不安を口にする。

今日の製作課題であるテーブルクロス作りの手は止まり、八王子市の被害状況を伝えるテレビを食い入るように見つめている。

「あのガイドさん、大丈夫かしら？」

「今日もお仕事でダンジョンよねえ？」

「上手く逃げていてくれたらいいいんだけど」

「心配ねえ」

彼女たちの心配は、あの親切なガイドのことだった。ちょっとぶっきらぼうだったけど、丁寧にガイドしてくれた。最初は若いイケメンでないことに不満を抱いた彼女たちも、ツアーが終わる頃にはすっかり満足していた。来栖比呂《くるすひろ》の写真まで撮ってくれて、彼のおかげで夫や子供に自慢できたのだ。

まさにあれは、プロの仕事だった。

――あのガイドさんが、無事でいますように。

手芸サークルの女性たちは、心のなかでそう祈った。

◆

配信のコメント欄にも、祈りがあふれていた。

『おじさま　勝って！』
『がんばっておじさま！』
『おじさま、お慕いしております♥♥♥』
『はじめて尊敬できる大人に出会えました』
『いいねボタン　一億一回　連打してますわ！』
『ダンジョン部に入れば　お会いできますの？』
『ずっと　おじさまのおひげのこと　かんがえてます』
『お手紙　未衣《みい》ちゃんに渡すので　読んでクダサイ』
『甘いもの好きですか？』
『おっ　お嫁さんにしてくださいませっ』
『あの　あの　あいしてます♡』
『どさくさに紛れてなにコクッてますの⁉』

『ぬけがけ禁止！　ぬけがけ禁止！』
『ともかくっ！　ともかくっっ！』
『おじさまの勝利を　お祈りいたします！』

◆

それらすべての祈りが。
乙女の祈りが。
人々の祈りが。
光となって、凄絶な戦いを繰り広げる英二《えいじ》のもとへと集まっていく。

『　グオォォォォォォォォォォォォォォォオッッッッッ!!　』

その祈りを打ち砕くかのように、Rの咆哮が響いた。
同時に吐き出される灼熱息吹《メテオ・ブレス》。
紅蓮の炎が、蒼穹《そうきゅう》をまっぷたつに引き裂いていく。

「桜舞《おうぶ》」は、ついにその攻撃をかわすことはできなかった。英二《えいじ》はとっさに《魔法障壁《マジックシールド》》を発動させた。白い紋章が空に浮かび上がり、炎の分厚い束を堰《せ》き止《と》める。だが、それさえ長くは持たない。紋章を貫通して炎が伸びる。胸部にぶち当たり、一瞬にして装甲板が融解する。

コクピットが剝き出しになった。

《魔法障壁《マジックシールド》》を張ったことで、またひとつ魔核《コア》が壊れて排出された。

残すはあと、たったひとつ。

「よう、ひさしぶりだな」

二十五年ぶりに直接Rと対面して、英二《えいじ》は軽口を叩いた。

Rはその真っ赤な両眼で英二《えいじ》をまじまじと見つめている。いったい何を思うのか。当時十二歳だったこちらのことなど覚えているはずもないが、その戦いで角を折られたことは覚えているかもしれない。英二《えいじ》ひとりで折ったのではない。あの場にいた全員で勝ち取った角一本だった。あの頃、人類と竜のあいだにはそれほどの力の差があった。

「あと、もう少し――」

物言わぬ竜に対して、英二《えいじ》は語りかけた。

「あともう少しだけ、火を吹くのが早かったら、お前の勝ちだったのにな」

英二《えいじ》の体が、いつの間にか光に包まれている。

その輝きはどんどん強くなり、英二《えいじ》の姿《シルエット》を白く塗りつぶしていく。

『グルゥウウウウウウウウウウウウウウウウッッッッッ？』

Rの唸り声に驚きの色が含まれている。
何千年、何万年と生きるといわれている古竜が、人間を見て驚くなどということがあるのだろうか？　だが、事実、Rは硬直していた。自分の目の前で起きつつある「奇跡」に、魅入られたかのように動かなかった。

「お前さんより、ずっとひ弱な俺たちだが」

白い光のなかで、声がする。
それは英二《えいじ》の声には違いない。
だが、少し声のトーンが高い。

「こうして、肩を寄せあって、手を取り合って、必死に生きているのさ」
「そこんところ、わかってくれや」
「なあ『竜』よ」

白い光が次第に収まっていく。

現れたのは、三十七歳のおっさん――ではない。


少年。


歳は十代前半。

未衣《みい》や氷芽《ひめ》と同じか、あるいはさらに年下か。

水が滴り落ちそうほど瑞々しい香気に満ちた少年が、桜舞《おうぶ》のコクピットの中に立っていた。

「『無刀の少年』藍川英二《あいかわえいじ》だ」

二十年前に呼ばれていた名を、英二《えいじ》は名乗った。

右の拳を握りしめる。

そのなかには、残る最後の魔核《コア》が握られている。


『武装言語起動』

少年の瑞々しい唇で、詠唱を紡ぎ出す。
『藍川英二《あいかわえいじ》の名を賭して、我が拳《こぶし》に告ぐ』
『お前は炎だ、燃え上がれ』
『握って、潰して、焼き尽くす――』
それは「暗示」である。
己こそが天上地上地下最強であると、拳に刻み込むための暗示――。
『グアアアアアアアアアアアアアアアアアアアアアアアアッッッッ!!』
硬直から解けたRが、再び攻撃を開始する。
喉の奥に烈《はげ》しいマグマが出現する。
これまでの比ではない、
腹や喉まで発光するほどの火炎を溜《た》め込み、少年めがけて噴き付けた。
だが――。

少年の拳のほうが。

迅《はや》くて、勁《つよ》いッ！！！


「《終牙《シュウガ》・三つ星《レネシクル》》」


拳が、三度、突き出された。

Rの眉間と、鼻と、顎に、それぞれに命中する。

命中した場所が、抉れる。

ヒットした場所、その空間ごと、抉り取られた。

抉り取られた場所は、黒い穴となり、その穴へと、Rの全身が吸い込まれている。絶対の強靭《きょうじん》さを誇った鱗も、鋭い牙も、真っ赤な両眼も、すべて塵となりながら黒い穴——マイクロ・ブラックホールの中に吸い込まれていく。


「《終焉《ブラック・アウト》》」

少年がつぶやくと同時に、黒い三つの穴はかき消えて、Rの巨体も消え去った。

事象の地平へと旅立ったのだ。

勝利。

その瞬間——。

少年の拳のなかで魔核《コア》が砕けた。

さらに「桜舞《おうぶ》」の姿勢制御に用いていた魔核《コア》も砕け散り、全機能を停止する。

——ありがとう、舞衣《まい》。

——ありがとう、みんな。

巨大な魔導装甲《まどうそうこう》は、無刀の少年とともに、きらめく海へと墜《お》ちていった。

地元ＢＢＳ
【速報】横浜港上空の竜を実況part12【命がけ】

11: ハマっ子
あれ？　ドラゴンいなくなった？

12: ハマっ子
見えなくなったよな？

13: ハマっ子
こちら南本牧
さっきから望遠鏡で見てたけどなんか光った後に消えた

14: ハマっ子
消えたってどういうことだよ

15: ハマっ子
時系列で書くぞ
ドラゴン、海からの攻撃をくらう
↓
巨大ロボットが出てくる
↓
戦う
↓
ロボットピンチになる
↓
かと思ったらドラゴン消える

わかりやすく書くとこんな感じ

16: ハマっ子
わかりやすくなくて草

17: ハマっ子
巨大ロボって、魔導装甲のこと？

18: ハマっ子
そんなデカイ魔導装甲あるわけないだろ

19: ハマっ子
ともかくドラゴンいなくなったんだろ？
もうパンツはいていい？

20: ハマっ子
パンツははけ
油断はするな

21: ハマっ子
動画とか画像とかないんですかね？

22: ハマっ子
交通規制されてて現場に近づけないからね
報道関連も全部シャットアウト

23: ハマっ子
ネット回線も電話回線もつながりにくい
ちょっと動画は期待できないかも

24: ハマっ子
報道ヘリは頑張ってたみたいよ
ずっとびゅんびゅんうるさかったもん

25: ハマっ子
ゆーてドラゴンに近づけるはずもないしな

26: ハマっ子
でもマジでR消えちゃったんだけど

27: ハマっ子
あんなデカブツがどこに消えんだろ

28: ハマっ子
海中に落下したのでは？

29: ハマっ子
米軍がやったんじゃね？
ミサイル打ち込めばさすがに木っ端微塵だろ竜も

30: ハマっ子
いやここは我らが自衛隊だろ
木更津駐屯地の皆さんがやってくれたんだよ！

31: ハマっ子
忘れちゃいけない海上保安庁
さがみとか一応機関砲積んでたはず

32: ハマっ子
だからロボットがやっつけたんだって！
すごいビームとかなんかで！

ゴゴゴちゃんねる・A級レンジャー（個別）板
【煽り上等】あんあんあんあんあんあんあんあんあん【二刀流】part61

200：名無しのリスナー
R消滅で盛り上がってるとこアレだけど
あんあん亡くなったかもしれん
前にパーティー組んでたって仲間がそれっぽい書き込みしてる

201：名無しのリスナー
マジ？

202：名無しのリスナー
これな
https://xwier.com/sp__ylove/status/17573570f30826

203：名無しのリスナー
うわマジっぽい

204：名無しのリスナー
この人が言ってるならマジだろうな ご冥福

205：名無しのリスナー
悲しいよおおお あんあんあんあんあんあんあん

206：名無しのリスナー
あんあんの人として亡くなるのか。。

207：名無しのリスナー
切崎に殺られたって言われてるレンジャーもこれで浮かばれるか

208：名無しのリスナー
惜しいなあ 若手の星だったのに

209：名無しのリスナー
やりたい放題やってたからね 自業自得だと思うよ

210：名無しのリスナー
ダンジョンリゾートなんかと手を組んだのが悪い

211：名無しのリスナー
それな あそこの社長、悪い噂しか聞かないもん

212：名無しのリスナー
Rの件と何かリンクしてたのかね？

213：名無しのリスナー
ありうるなー

214：名無しのリスナー
切崎が逝って国内レンジャーの勢力図が塗り変わるな

215：名無しのリスナー
現役ベスト５の一角が崩れたからねえ
これで最強は天藤かなる

216：名無しのリスナー
切崎って確か妹だか弟だかいなかったっけ？

217：名無しのリスナー
いたな
でもまだ中学生のはず

218：名無しのリスナー
そいつもレンジャーになるのかねえ

219：名無しのリスナー
例の鳳雛生の二人と戦わせたら面白いかもな

書き込む

全部読む 最新50 1-100 板のトップ リロード

ゴゴゴちゃんねる・なんでも実況するZ板
【速報】ダンジョンリゾート本社に東京地検特捜部が家宅捜索

1：実況する名無し
ソースは夕日テレビの速報テロップ

2：実況する名無し
やったか

3：実況する名無し
なんでなんで？

4：実況する名無し
Ｒ消滅のニュースからまだ３時間くらいなのに 早いな動きが

5：実況する名無し
例のＤＢＰ絡みだろ　かなり強引なことやってたみたいだから

6：実況する名無し
にしてもいきなりだね　前から目つけてたのかな

7：実況する名無し
Ｒ出現直後から土木作業板で言われてたよ
ダンリゾが無理な開発したからＲを刺激したんだって

8：実況する名無し
比呂しゃちょーが手を回したんだろ　ライバル企業は素早く潰す

9：実況する名無し
幻資庁のラインかもしれんぞ
ちょっと揉めてたみたいだし

10：実況する名無し
ダンリゾの社長って我間だろ？　元総理の娘婿の
邪魔だったんだろうなー

11：実況する名無し
剣聖サマと黒岩長官にしてみれば利害一致して潰しにかかったってわけね

12：実況する名無し
あの社長はそんなことしないと思う
人類みな兄弟
悪いのは政府だと思う
政府が悪い
政府が悪い
社長マジかっこいい

13：実況する名無し
仮にこれでR事変はダンリゾのせいでしたってことになったらどーなんの？

14：実況する名無し
莫大な賠償金が請求されるべ

15：実況する名無し
八王子はまだ燃えてるところあるし被害額がどうなるか想像もつかない

16：実況する名無し
少なくともダンリゾは潰れるな
我間一族は他にもたくさん系列企業持ってるし、それら全部イカれるかもしれん

17：実況する名無し
だとしても、因果応報としか思わんわ ざまぁ

18：実況する名無し
いい機会だからダンジョン開発はちょっと落ち着いた方がいい

19：実況する名無し
そうなればいいけど
ダンジョンの資源や機密をねらってる企業や国はいくらでもあるからね

20：実況する名無し
それよりどうやってRを倒したかのほうが重要
魔法って説が出てる　これがマジならとんでもないこと

21：実況する名無し
日本の技術がそこまで進んでたんなら誇らしいけど　どうなんだろね

21：実況する名無し
地上で魔法使えるとかなったらもうめちゃくちゃだよ
今までの常識とかパワーバランスがひっくり返る
おっさんのオリジナルスペル？

22：実況する名無し
他国は必ず追求してくるよなそこ　とくに米中露はガチってくる

23：実況する名無し
荒れる予感しかしない。。。

ゴゴゴちゃんねる・ダンジョン総合板
【実況OK】R事変を語り尽くすpart59

59：雨降れば名無し
ニュー即＋より転載。
さっきテレ西で流れたニュース。
ロボットらしき画像
https://i.ingur.com/zbgpz3dcwg.jpeg
近海で撮影された船の画像
https://i.ingur.com/zbgpz4dcwg.jpeg

60：雨降れば名無し
ようやく写真出てきたか

61：雨降れば名無し
粗すぎてよくわからん

62：雨降れば名無し
粗いけどロボットなのは確定じゃね
手足がある

63：雨降れば名無し
でかいな
竜が１００メートルって言われてるから
このロボは２０メートルくらいある

64：雨降れば名無し
マジでロボットだったんか……

65：雨降れば名無し
地元ＢＢＳの横浜スレで言われてたけどな
写真が出たのは初めてだね

66：雨降れば名無し
２枚目の画像さ
海上保安庁の船に乗ってるの誰？水兵？

67：雨降れば名無し
海上保安官だろ

68：雨降れば名無し
海上保安官ってセーラー服着るの？

69：雨降れば名無し
これは鳳雛女学院のセーラー服じゃね？

70：雨降れば名無し
制服マニアここにもいるのか

71：雨降れば名無し
いやこれはマニアじゃなくてもわかるだろ
髪の色とか髪型とかで

72：雨降れば名無し
だよな
みぃちゃんとひめのんだよな

73：雨降れば名無し
あのふたりが竜を倒した……ってコト！？

74：雨降れば名無し
いやさすがにそれはない

75：雨降れば名無し
でもここにいるってことは何か関係あるよな

76：雨降れば名無し
あの二人がいるってことは無刀おじも近くにいる？

77：雨降れば名無し
ロボット操縦してるのがおっさんだったとか？

78：雨降れば名無し
あのロボ誰か乗ってるのかよ

79：雨降れば名無し
そんなアニメじゃあるまいし

80：雨降れば名無し
さっきテレ西のニュースでやってた画像
https://i.ingur.com/zbgpz5dcwg.jpeg
ロボットがぶっ壊されてて、中身が見えてる
なんか男の子？が乗ってる

81：雨降れば名無し
うわマジで乗ってるじゃんw

82：雨降れば名無し
えーマジでロボットアニメなん？

83：雨降れば名無し
これは無刀のおっさんじゃないな

84：雨降れば名無し
だな　どう見ても子供だわ

85：雨降れば名無し
男の子？　女の子じゃね？

86：雨降れば名無し
どっちにも見えるな　綺麗な顔してら

87：雨降れば名無し
顔つきが凛々しい感じするし
男の子じゃねーの
小４くらいの

88：雨降れば名無し
まあ少なくともひげは生えてないわな

89：雨降れば名無し
なーんだ無刀のおっさんじゃないのか

90：雨降れば名無し
いや何も解決してねーぞ
じゃあこの少年は誰なんだよ

91：雨降れば名無し
レンジャーとしても幼すぎるな

92：雨降れば名無し
竜は誰がどうやって倒したのか？
倒すのに魔法使ったのか？
使ったならなんでダンジョンじゃないのに使えたのか？
ロボットはなんなのか？
少年は何者なのか？

わからんだけらけだな

93：雨降れば名無し
どうしてこう
無刀のおっさん絡みはわからないことだらけなんだ。。。

94：雨降れば名無し
総理が羽田に緊急帰国だって
テロ流れてる

95：雨降れば名無し
あっそ

96：雨降れば名無し
知らんがな

97：雨降れば名無し
いまおっさんの話してるから邪魔しないでくれる?

書き込む

全部読む 最新50 1-100 板のトップ リロード

鳳雛女学院・学校裏サイト
【雑談】なんでもお話しして良いスレ
ごきげんよう61回目【おけですわ】

11：名も無き淑女
ドラゴン消滅から一夜明けましたが。。。。世間はすごい騒ぎになってますわね

12：名も無き淑女
どこのニュースも謎のロボと少年のことで持ちきりですわ

13：名も無き淑女
画像も出てましたわね　あれだけじゃ何もわからないでしょうけれど

14：名も無き淑女
私たちすごいものを目撃してしまったのでは？

15：名も無き淑女
警察から口止めされるのも当然ですわね

16：名も無き淑女
あの、わたし昨日から胸が苦しくて……
おじさまのことを思い出すだけで　ごはんも喉を通りません

17：名も無き淑女
ご病気？

18：名も無き淑女
実はワタクシもですの。 頭がぼーっとして。。

19：名も無き淑女
おじさまのことを考えると体が熱くなりますの
枕ぱんち！枕ぱんちですの一っ！

20：名も無き淑女
わたくしもずーっとクッションをおまたに挟んだままですの。。。

21：名も無き淑女
そ、それはおやめになったほうがよろしくてよ！

22：名も無き淑女
いまさらですが、あの少年はなんなんですの？　本当におじさまなの？

23：名も無き淑女
魔法で若返ったとか？

24：名も無き淑女
そんな魔法聞いたことありませんわよ

25：名も無き淑女
一体ナニホルンリンクルですの？

26：名も無き淑女
あの少年、かっこよすぎました……

27：名も無き淑女
ごちそうさまでしたって感じでしたわね

28：名も無き淑女
ジョニーズとかビーティーエズとかメじゃなかったですわ　尊すぎて

29：名も無き淑女
水も滴る、ってあいう少年のことを言うのですのね　ああ、尊死

30：名も無き淑女
あらあら　私はあんな子供よりおじさまの方が良いですけどね

31：名も無き淑女
おひげがあるほうがいいですわ！

32：名も無き淑女
真相は未衣ちゃんか氷芽さんに聞くしかありませんわよ

33：名も無き淑女
さっきラインで未衣ちゃんに聞いてみたんですけど
「今日もごはんがおいしいです」って

34：名も無き淑女
ごまかしてますわごまかしてますわ～

35：名も無き淑女
みぃちゃん嘘へたすぎ！

36：名も無き淑女
ちなみに氷芽さんからは「知らない。」ってひとことだけ
しっかり句点もついておりまして……

37：名も無き淑女
クール！

38：名も無き淑女
マルハラ！

39：名も無き淑女
ああもどかしい！夏休みじゃなければみぃちゃんに直接問いただせますのに

40：名も無き淑女
おじさまに、告白しようと思ってる。
スレのみんなには、悪いけど。
抜け駆けで。
次の日曜、おこづかい入るから。
手作りのケーキ渡して。そこで気持ち伝える。
ぺこーらは男の人と付き合ったことないから。
びっくりするかもだけど。
もう気持ちを伝えるのを我慢できないから。

41：名も無き淑女
唐突な恋文おやめになって！

42：名も無き淑女
コピペ改変するなら最後までやりきって！

43：名も無き淑女
ズサンですわ！

44：名も無き淑女
あの～、盛り上がってるところなんですけれど
おじさまは中学生は守備範囲外だと思いますわよ？

45：名も無き淑女
ですわ おじさまはロリコンじゃありません！

46：名も無き淑女
きっと彼女さんいらっしゃいますわよ！

47：名も無き淑女
それどころか結婚されてるのでは？

48：名も無き淑女
ああああおやめになっておやめになって！！！！！！

49：名も無き淑女
ワタクシに効くのでやめてくださます！？！？

50：名も無き淑女
だからおじさまは女子中学生なんてアウトオブ眼中ですって！

51：名も無き淑女
とか言ってライバルを減らすおつもりでしょう!?

52：名も無き淑女
ふと思ったのですが、、、、おじさまが本当に若返ったのなら
わたしたちがアプローチしてもおかしくないのでは？
お付き合いできるのでは？

53：名も無き淑女
あっ

54：名も無き淑女
天才。。。

55：名も無き淑女
最高！

56：名も無き淑女
それですわ！

57：名も無き淑女
それですわじゃねーですわ！

57：名も無き淑女
でもその場合ライバルが未衣ちゃんや氷芽さんになるんじゃありませんの？

57：名も無き淑女
中等部一年が誇る顔面最強コンビ。。。

57：名も無き淑女
あのふたりが相手じゃ勝てる気しませんのー！

57：名も無き淑女
だからといってあきらめるなんてできませんの！

57：名も無き淑女
恋は仁義なき戦い
鳳雛の太陽が相手でも
鳳雛の歌姫が相手でも
ヤるしかない！

57：名も無き淑女
こうなったらダンジョン部入るしかありませんわね！

57：名も無き淑女
ですわ！

57：名も無き淑女
ともかく！　少しでもお近づきになるんですのー！

■終章　～新たな英雄～

それから一週間後。

Rがもたらした混乱覚めやらぬ八王子市《はちおうじし》。

灼熱息吹《メテオ・ブレス》や翼の暴風による直接被害、火災や家屋の倒壊による二次被害などの全容がようやく摑めてきた。幸い、ダンジョン周囲は自然公園法で建築制限されているため、一般住居は少ない。ゆえに被害範囲のわりに死傷者数は少なく、わずかな慰めになった。

とはいえ、被害は甚大だ。

熱で溶けた電柱。傾いたまま色を失っている信号機。陥没したままの道路。灼熱息吹《メテオ・ブレス》が吹き付けた範囲だけ綺麗に切り取られたかのように焼失している。特に交通網の寸断は深刻で、ダンジョンから半径一キロの範囲は瓦礫と土砂が積み重なっている。消防庁と陸上自衛隊が協力して復興活動にあたっていて、オレンジ色の防護服の姿が破壊された街で見られた。

それらの様子がよく見える、小高い丘の上に英二《えいじ》は佇んでいた。

ここは陸上自衛隊の施設があったところだ。つい先月、門の前を通った施設だ。灼熱息吹《メテオ・ブレス》によって跡形もなく焼き払われ、焦げ茶の地肌が見える更地になっている。

英二《えいじ》は目を閉じた。唇を引き結び、祈りを捧げた。Rを倒した報告をした。「仇は取ったぞ」。あるかなしかの声で、そうつぶやいた。亡くなった人々に届くだろうか。この夏の風に乗って、届くだろうか。そうであればいいと思う。そのくらいの幻想が、この地上にもあってほしい。

「――――」

黙禱《もくとう》していると、後方から白い大型車が近づいてきた。未衣《みい》が昔「戦車みたいなクルマ」と言っていた。納車五年待ちと言われる高級車を自転車代わりに乗るその男が、紅い宝刀とともに降りてきた。

「よお。退院おめでとう」

比呂《ひろ》が白い歯を見せて笑い、隣に立った。カーラジオの鳴らすニュースが、開け放たれたままの運転席の窓から聞こえている。いつもは洋楽を鳴らしているはずだ。こういうところに、根っこのところの生真面目さが垣間見える。

「面会謝絶の重体だったわりに、元気そうじゃないか」

「体は問題ないさ。機密保持のためだ」

それは黒岩《くろいわ》長官の計らいだった。マスコミや諜報《ちょうほう》機関の接触を避けるため、政府関係の病院に「隔離」したわけだ。未衣《みい》や氷芽《ひめ》とも会ってない。

「それでも、三日三晩眠りっぱなしだったんだろう？　未衣《みい》ちゃん泣いてたぞ。『このまま起きなかったらどうしよう』って。この女泣かせめ」

「お前にだけは言われたくないな」

比呂《ひろ》は笑って、英二《えいじ》の体をじろじろ眺めた。

「本当に体のほうは問題ないんだな？」

「ああ。検査検査でうんざりしたがな」

「検査の結果は？」

「尿酸値とＬＤＬコレステロール値が高いそうだ」

「それは……歳だな」

遠慮のない言葉に、英二《えいじ》も笑った。

「それだけ寝込んだってことは『メーデイア』を使ったんだな？」

「ああ。ぶっつけ本番だったが」

若返りの秘術『メーデイア』。

それは、桧山舞衣《ひやままい》が記した遺稿に記述があるだけで、舞衣《まい》本人ですら実際に行使したことはない、まさに「秘術」である。ぶっつけ本番で上手くいく保証はどこにもなかったが、しかし、英二《えいじ》には成功できるという確信があった。

「あの舞衣《まい》がいい加減なことを書き残すはずがないからな。成功できると確信していた」

「だな。Ｒを仕留めた技は？」

「《終牙《シュウガ》》」

「そうか。無刀奥義は若返りでもしないと無理だからな。……そうかぁ、やっぱり《終牙《シュウガ》》か。現場をいくらさらっても、鱗ひとつ残ってないからそうだとは思っていたが」

「Ｒの遺伝子情報を地上に残せば、それを巡ってまた不必要な争いが起きる。すべて一切合切、事象の地平へ消えてもらった」

「ああ。正しい判断だ」

そう言いつつも、比呂《ひろ》は横顔に残念さを滲《にじ》ませている。あの竜の鱗が一枚でもあれば、そこから得られる情報量は膨大だ。経営者としては手に入れておきたかったのだろう。ニチダンは日本では大企業だが、世界のダンジョン市場から見ればせいぜい中の上。米のタイラント社などに対抗するにはまだまだ力をつけねばならない。

「黒岩《くろいわ》さんはどうしてる?」

「後始末でてんてこ舞いさ。さっき電話で少し話したが――ほら、ちょうどやってるぞ」

耳をすますと、ラジオが黒岩《くろいわ》のことを話していた。

『……引き続き、R災害関連のニュースです。今日午後三時二十分ごろ、幻想資源開発庁の黒岩賢《くろいわけん》長官が辞任を表明したことがわかりました。R災害の責任を取るものと見られます。時期については『被災した八王子市の復興の道筋をつけてから考えたい』とのことです』

英二《えいじ》はため息をついた。

「やっぱり、辞めるのか」

「辞めざるを得ないさ。誰かが責任を取らなきゃならない」

「ダンジョンリゾートには検察が入ったんだろう?」

「民間はそれでいい。だが、政府側にも生け贄が必要だ」

「生け贄か」

比呂《ひろ》の言い方は極端だが、正しくもある。これだけの災害だ。人心の安定のためには、人身御供《ひとみごくう》が必要なのだ。

「黒岩《くろいわ》さんのことだ。ただではやられないだろう？」

「ああ。白河《しらかわ》総理を道連れにすると言っていた。実際、この一大事にろくなリーダーシップも取れなかったのは大きな失点だ。野党だけでなく、与党からも白河《しらかわ》の手腕を疑問視する声が出ている」

「内閣総辞職までいくか」

「かもな」

「辞めるのは勝手だが、八王子の復興が済んでからにしてもらいたいね」

改めて英二《えいじ》は街を見渡した。

「今日の時点で死者は千人超え。全壊または全焼は七千棟を越えている。復興には相当のカネも時間もかかるだろう。しばらくはダンジョン開発どころじゃないな」

「……だといいがな」

比呂《ひろ》の渋い声に、英二《えいじ》は振り向いた。

「どういう意味だ？　まさか、これを機に……」

「そのまさかさ」

比呂《ひろ》は南の方角を指さした。以前は山だった場所が抉《えぐ》り取《と》られたように地形が変わっている。その中心地、いや「爆心地」には、巨大な穴が開いていた。

「Rがブチあけた、あの大穴がある。今までは地盤への影響だのなんだのでなかなか開けられなかったが、これを機にあの穴を利用して一気に開発を進めようって計画があがってる」

英二《えいじ》は眉間に皺を寄せた。

「確かに、大規模な工事や資材の運搬なんかはやりやすくなるだろうがな」

「工費も工期も三分の二くらいにはできるだろう。気の早い役員は『R特需だ』なんて言い出してるやつもいる。防衛省では『ダンジョン駐屯地を作る好機』っていう声もある。米政府も探りを入れてきている。米軍基地を作りたいんだろう。……はは。それで横田の基地問題、解決するかもな」

「どいつもこいつも、たくましいことだ」

陽射しで熱くなった髪の毛をかきまぜた。

「好きにすればいいが、復興にも協力してくれるんだろうな？」

「協力させるさ。八王子は俺が生まれ育った街だぞ。利用されて終わってたまるか」

「ああ。俺にできることがあれば言ってくれ」

「ありがとう」

「礼はいらない。『俺たち』の街だろう」

しばらく黙って風景を眺めた。ニュースはすでに芸能に移り変わっている。ダンジョン系動画配信者が女性アイドルと電撃結婚した云々《うんぬん》。比呂《ひろ》が局を変えた。古い歌が流れ出した。少年時代に流行った歌だ。女性ボーカルの、甘くて、少し切ない歌声。じっと耳を傾けた。比呂《ひろ》が軽く膝でリズムを取っている。

「この歌、舞衣《まい》がよく歌ってたなあ」

「ああ」

「本家はちょっと気だるそうに歌ってて、そこがいいんだけど。舞衣《まい》は本当に楽しそうに、にっこにこで歌っててさ」

「マイク、握ったら離さなかったよな」

「だな！　舞衣《まい》とカラオケ行ったら俺たちの番なんて回ってこなかったもんな！」

雲の影を飛び越えて。

夏の匂いを追いかけて。

あの頃、あの時代、確かに吹いていた風が、今を生きる男たちの頬を撫でていく。今も吹いている。そんな夢に、二人して浸った。

「舞衣《まい》が今の俺たちを見たら、なんて言うのかな」

ふっと比呂《ひろ》が口にした。

「おじさんになりましたね、なんて笑うかな。あいつはもう、歳を取らないからさ……」

英二《えいじ》は言った。

「今度、墓参りに行くか」

「どっちの？」

「地上の方。１００層の方にも、いつかは」

「……ああ。いつかは」

夢は、いつまでも覚めない。

◆

翌日、一週間ぶりに出勤すると、すぐ課長室に呼び出された。

入院していたとはいえ、一週間も有給を取ったのだ。さぞ絞られるだろうと覚悟していたが「夏のバカンスはどうだったかね？」という軽いイヤミだけですまされた。非常時であったことは課長にもわかっているのだろう。自宅は隣の多摩《たま》市にあるというから、多少の被害はあったに違いない。

課長がぼやいた。

「今回の件で、ダンジョン観光が下火にならなきゃいいんだがなあ」

それは、一部の識者が指摘するところである。今回の災害によってモンスターの脅威を一般人は目の当たりにしたわけで「ダンジョンは怖いところ」という忌避の感情が国民に広がっても不思議ではない。

「一時的には、そうなるかもしれません。でも、すぐに元に戻るでしょう」

「そうかなあ」

「喉元過ぎれば熱さ忘れる。良くも悪くもね。それに――ダンジョンは、やっぱり人の心を惹《ひ》きつけますから。我々の仕事は今後も変わりません。ダンジョンを安全に、楽しく観光していただくこと。それだけでしょう」

英二《えいじ》の言葉に、課長も納得したようだ。

「竜が暴れたくらいで、気落ちしてちゃいかんな。我々も頑張らんと」

「ええ。プロとして」

珍しく英二《えいじ》は上司に同意したのだった。

◆

事務所に顔を出すと、椎原彩那《しいはらあやな》がわざわざ起立して待っていてくれた。

「主任！　退院おめでとうございます！」

「ありがとう」

「本当はお見舞いに行きたかったんですけど」

手作りのクッキーまで渡されてしまった。十五も年下の部下にそこまでされると、さすがに気恥ずかしい。

「ところで今日の予定は？」

「ツアーの予定はすべてキャンセルになっています。ダンジョン全域立ち入り禁止ですから。破壊された『アンドロメダの鎖』の再設置作業もありますし」

「じゃあ、しばらくヒマなわけか」

彩那《あやな》はにっこり笑って首を振った。

「幸運なことに、問い合わせのメールやＦＡＸが山ほど来ています。残業しても終わるかどうか」

「だと思った」

事務所の古いテレビがニュースで国会の模様を流している。帰国したばかりの白河《しらかわ》総理が野党から追及を受けてしどろもどろになっている。今まで目立った失点のない政権だったが、今回は命取りになるかもしれない。比呂《ひろ》の予想が当たりそうだ。

「解散総選挙となったら、民憲《みんけん》党は負けるかもな」

「政権交代があるかもしれないですね」

「応援してる政治家でもいるのか？」

彩那《あやな》は大きく頷いた。

「雲類鷲今日子《うるわしきょうこ》東京都知事です。彼女は英雄でA級レンジャーですし、今回の復興にも尽力してくれています。きっと国政に出ても、ダンジョンという財産を日本のために活かしてくれますよ」

「……うん……」

「あ、主任はお嫌いでしたか、彼女」

「いや、そういうわけじゃない。いい政治家だと思う」

彼女は英二《えいじ》と同学年の三十八歳。かつてラストダンジョンに挑んだ「英雄」のひとりである。英《えい》二《じ》たちに匹敵する成果をあげていたパーティーのリーダーだった。何かと張り合ってきて、正直、英二《えいじ》は苦手だった。スタイル抜群の美少女だったので比呂《ひろ》は喜んでいたが、英二《えいじ》はひたすら逃げていたものだ。

彼女には娘がいる。確か、未衣《みい》たちと同い年だったはずだ。

ニュースはダンジョンリゾートの件に切り替わった。「R事変」を起こした責任を追及され、経営陣が謝罪会見を開いている。我間《がま》代表が亡くなっているため、残された役員は責任転嫁で逃げの一手であるが、マスコミの追及は厳しく、今後の経営は難しいように思われた。

「日本は、これからどうなっていくんでしょうね」

テレビを見ながら、彩那《あやな》は不安げな声を出した。

「Rを倒すために地上で魔法を使用したという話が本当であれば、大きなパラダイムシフトが起きるかもしれませんが――未だに政府は全容をぼかしていますね。本当のところはどうなんでしょう？　ネットでは『巨大ロボットがRを倒した』なんて荒唐無稽な情報まで出ていますし」

「発表できないことが、色々あるんだろう」

他人事《ひとごと》を装って、英二《えいじ》は言った。

比呂《ひろ》とこの件についてはは打ち合わせてある。R事変にまつわる様々な事情、特に「魔導装甲《まどうそうこう》」の件については、当分のあいだ隠匿するという結論になった。

だが、いつまで隠し通せることやら――。

「そういえば、ダンリゾの顧問レンジャーだった切崎《きりさき》氏は亡くなったそうですね」

「ああ……」

彼が亡くなったと聞いた時、英二《えいじ》には残念に思う気持ちがあった。嫌なやつではあったが、彼はまだ若かった。実力は本物だった。心を入れ替えてやり直すことはできたはずだ。

「世界では若いレンジャーがたくさん活躍しているのに、日本には若い人材が圧倒的に不足してます。主任のような『英雄世代』にしか、頼れるレンジャーがいなくて」

「そんなことはないさ」

英二《えいじ》は言った。

「この国でも、若い世代がどんどん育ってきている。特に今の十代はすごいぞ」

「そういえば、鳳雛《ほうすう》女学院に有望な子たちがいるそうですね。まだネットの噂レベルですけど」

「ああ。きっと彼女たちは、すごいレンジャーになる。間違いない」

そう言って、英二《えいじ》はテレビを消した。

「若者たちに負けないよう、大人も仕事するか」

「はい主任！」

◆

夜六時すぎ。

退院祝いをしようという同僚たちの申し出を丁寧に断って、英二《えいじ》は会社を出た。アパートまでの道のり、徒歩十五分。このあたりは息吹《ブレス》の放射圏外だったため、スーパーや飲食店はもう営業を再開している。とはいえ物流は回復しきっていない。スーパーに寄ると、品揃《しなぞろ》えがやや寂しい。カップラーメンやレトルト食品の棚が軒並み空になっている。だが、野菜は豊富だ。山積みのキャベツに近づいて値札を見れば「こういうときこそ地産地消！」の文字が躍る。一玉抱えて、店を出た。

児童公園を横切るとき、聞き覚えのある声がした。

「おじさんっ!!」

元気のよい足音が近づいて、若さの塊が正面からぶつかってきた。

「会いたかったあ！　会いたかったよおっ!!」

泣きべそをかいて抱きついてくる未衣《みい》を胸で受け止めた。

「おじさんずっと目を覚まさないから！　面会もシャゼツで、あたし心配で心配で」

「ちゃんとメッセージ送ったじゃないか」

「この目で確かめるまで安心できないもん！　おじさん画像も送ってくれないし」

「そんな恥ずかしいことできるか」

自撮りを送る習慣はない。どこぞの社長じゃあるまいし。

「心配かけてすまん。もう大丈夫だから」

未衣《みい》はくすんと鼻をすすって英二《えいじ》の胸に顔を擦《こす》りつけた。彼女は時々、こんな風にすごく子供っぽくなる。前にこんな彼女を見たのは、小三の時に父親を事故で亡くした時だ。あの時も、こんな風に抱きついてきた未衣《みい》を、英二《えいじ》は受け止めたのだ。

大きな手を亜麻色の髪の上に置いて、こわれものを扱うように、優しく動かした。

「もう子供じゃないって、前に言ってなかったか？」

「おじさんに甘えられなくなるなら、ずっと子供でいいもんっ」

なんて幼いことを言うけれど、こうして抱きかかえている時に感じる体の丸みは、もう彼女が子供ではなくなりつつあることを教えてくれている。しかし、他の男性にとってはそうでも、英二《えいじ》にとっては、未衣《みい》はいつまでも子供だった。

「あたしだけじゃないよ。ひめのんだって心配してたんだから」

「わかった。後で連絡しておく」

「――いや、ここにいるけどね」

その声のほうを向くと、腕組みして仏頂面をした氷芽《ひめ》が佇んでいた。

「藍川《あいかわ》さん。もう会社行って大丈夫だったの？」

「ああ。おかげさまでな」

氷芽《ひめ》はじっと英二《えいじ》を見つめていた。しばらくして、大きく息を吐き出した。

「まったく一時はどうなることかと思ったよ。藍川《あいかわ》さんは若返るし、竜は消えちゃうし、マスコミには追い回されるし」

「マスコミ、やっぱり来てたか」

「昨日まではね。今朝あたりからパタッと来なくなって、今度は何？　って感じ」

「そうか」

おそらく黒岩《くろいわ》長官が手を回してくれたのだろう。代わりにリークしたのが自身の辞任表明だったのかもしれない。あるいはもっと別の「爆弾《スクープ》」をマスコミにちらつかせたか。五十代で庁のリーダーまで上り詰めた人がただ辞めて終わるはずもない。このままずっと味方でいてくれれば良いのだが。

「世間もそうだけど、うちの子たちも大騒ぎだよ」

「鳳雛《ほうすう》のお嬢様がたが？」

氷芽《ひめ》がスマホを差し出した。チャンネルのコメント欄だった。そこには、英二《えいじ》に対する熱烈なラブコールが画面いっぱいに表示されている。スクロールしてもしてもキリがない。内容は「おじさま」に対するものが半分、少年に対するものが半分、見事に二分されているようだ。

「もうすぐ夏休みも終わるし、二学期から入部希望者が殺到するね」

氷芽《ひめ》が言うと、未衣《みい》も嬉しそうに頷いた。

「これでついにダンジョン部発足！　だね！」

ぱちん、と手を叩き合わせる二人を眺めつつ、英二《えいじ》は苦笑した。

「それだけ部員が集まれば、正式な顧問かコーチを雇えるんじゃないか？」

「駄目駄目。藍川《あいかわ》さんには、まだまだ教えてもらうことがたくさんあるんだから。もっと深くまでダンジョン潜りたいし」

「そうそう！　あたしたちをもっともーっと！　強くしてくれないとっ！」

「もっと深く。もっと強くか」

英二《えいじ》は遠い目つきになった。二十年前の自分たちも、口癖のように言っていた。もっと深く。もっと強く。どこまでも深く。強く。もっと、もっと。

「なあ、二人とも」

ふいに英二《えいじ》は尋ねた。

「そもそもあのダンジョンは誰が何のために作ったんだと思う？」

二人はきょとんとした顔になった。

「誰がって、勝手に地面から生えてきたんじゃないの？　こう、ボコボコって」

「ダンジョンマスターが作ったんじゃないってこと？　ネットでもその説が有力だって書いてあったけど」

英二《えいじ》は首を振った。

「〝彼女〟はあくまで管理者にすぎない。本当の支配者は――」

英二《えいじ》は視線を西へ向けた。空は穏やかな紫に染まり、太陽が山の向こう側へ沈んでいく。

代わりに空を支配するのは〝明星〟。ヴィーナス。ルシファー。中国では太白《たいはく》。日本では「天津《あまつ》甕星《みかほし》」と、様々な名前で呼ばれる星だ。

「え、空ってこと？」

「それとも宇宙？」

英二《えいじ》は言った。

「お前らなら、いつかあそこまで行けるかもな」

未衣《みい》と氷芽《ひめ》は顔を見合わせた。

疑問だらけの表情を浮かべている。

「ちょっと待っておじさん、どゆこと？」

「ダンジョンって地下だよ？　どんどん深く潜っていくんだよね？　どうしてそれが宇宙？」


どこまでも高く。

どこまでも深く。

それは、いずれ、つながってゆくんです――。

最期に〝彼女〟が残した言葉だった。

英二《えいじ》が答えないので、二人は再び空へと視線を上げた。その髪が、まつげが、頬が、綺麗なオレンジに染まる。しばらく二人は空を見つめていた。若者だけができるまなざしで。遠くを見つめていた。

「ダンジョンにはしばらく入れない。その代わり、ＶＲでびしびし鍛えるからな」

その声に、二人の視線が現実に戻ってきた。

英二《えいじ》の顔を見つめて、笑顔で声を重ねた。

「「はいっ、先生!!」」

元気の良い返事に、英二《えいじ》は微笑した。「この二人なら、いつか」。そう希望を持たせてくれる。二人だけじゃない。若い世代からどんどん出てくる才能、情熱。そういうものを眠らせず、腐らせず、導いていくことができたなら……いつか、届くかもしれない。


無刀のおっさん。

藍川英二《あいかわえいじ》。

かつてラストダンジョンを攻略し、今回はR事変から日本を救った「大英雄」。
その正体を知る者は少ない。
英雄であることを捨てたその男は、いま、新たな英雄を育てようとしていた。

電撃の新文芸

『無刀《むとう》』のおっさん、実《じつ》はラスダン攻略図《こうりゃくず》済み

著者／末松《すえまつ》 燈《ともり》
イラスト／叶世《かなせ》べんち

2025年2月17日　初版発行

発行者／山下直久
発行／株式会社KADOKAWA
〒102-8177　東京都千代田区富士見2-13-3
0570-002-301（ナビダイヤル）
印刷／TOPPANクロレ株式会社
製本／TOPPANクロレ株式会社

【初出】……………………………………………………………………………
本書は、2023年から2024年にカクヨムで実施された「第9回カクヨムWeb小説コンテスト」で大賞（現代ファンタジー部門）を受賞した『『無刀』のおっさん、実はラスダン攻略済み』を加筆・修正したものです。

ISBN978-4-04-915999-8　C0093　Printed in Japan

◇◇◇

ファンレターあて先
〒102-8177
東京都千代田区富士見2-13-3
電撃の新文芸編集部

「末松 燈先生」係
「叶世べんち先生」係